ENTRE AMIGOS

colección andanzas

HAL EBBOTT
ENTRE AMIGOS

Traducción de Juan Trejo

TUSQUETS
EDITORES

Título original: *Among Friends*

1.ª edición: febrero de 2026

Diseño de la colección: Guillemot-Navares

Tusquets Editores, S.A. – Av. Diagonal, 662-664 – 08034 Barcelona
www.tusquetseditores.com
ISBN: 978-84-1107-721-7
Depósito legal: B. 121-2026
Fotocomposición: Realización Tusquets Editores
Impresión y encuadernación: CPI Black Print
Impreso en España

Índice

Lo verdaderamente terrible de la vida es que cada uno tiene sus propias razones.

JEAN RENOIR

Primera parte

A lo lejos, los muchachos corren por el tupido césped, impecablemente cortado. La pelota anticipa sus cambios de dirección, el sudor se extiende como musgo por sus camisetas. Acabarán deteniéndose y subirán la colina, con sus radiantes sonrisas, agotados. Uno empuja a otro. El grupo lo acoge; es un acto de amor.

Es a él a quien Amos examina, el chico al que han empujado, cuyos ojos marrones observan el campus como si fuera de su propiedad y cuyas piernas impulsan sus pies hacia delante en largas y cómodas zancadas. No ha dicho gran cosa, pero su silencio no lo empequeñece. A los demás, su presencia les resulta tan inevitable que ni siquiera es necesario señalarla.

Mientras comían, inclinados cual soldados sobre sus bandejas, alguien le había lanzado una manzana. Ford, le gritaron. El chico la agarró al vuelo, le dio un mordisco limpio, violento y, con un suave golpe, la dejó en la bandeja. Todos se echaron a reír. La pulpa brillaba como un hueso.

En el terreno de juego se movía con la indolente elegancia de un prodigio, natural y sin esfuerzo alguno. Amos era mejor y, tiempo atrás, le agradaba. Pero ahora, al caminar a su lado, le avergüenzan sus esfuerzos. Las horas de verano dedicadas a sudar se vuelven imprescindibles pero poco agradables a la vista.

A su alrededor, la universidad yace inmóvil bajo el sol de agosto. Caminos vacíos recorren sus jardines como si fueran venas. Solo los deportistas han regresado de sus vacaciones; se desplazan formando pequeños grupos, sus voces suenan distantes y suaves.

—Yo me quedo aquí —dice el chico.

Los demás asienten y siguen caminando. Amos recuerda entonces que aquella es también su residencia. Se da la vuelta y regresa al trote.

—¿Vives aquí? —le pregunta el chico.

—Sí. —Amos entrecierra los ojos como un anciano que inspeccionase su granja—. Desde esta mañana.

El chico esboza una sonrisa. Le ofrece una cálida mano, bronceada como un guante.

—Emerson.

—¿No te llamas Ford?

—Es lo mismo. Como prefieras.

—Amos.

—Así que tú eres el que ha traído las lámparas.

—¿Somos compañeros de habitación?

El chico hace un gesto con el brazo.

—Sí —dice cuando Amos pasa a su lado—. Desde esta mañana.

1

Habían salido según el horario previsto y avanzaban a buen ritmo. El cielo se extendía sobre sus cabezas tenso como una sábana. Las carreteras estaban despejadas, la luz era de un azul catedralicio y frío. Amos no conducía con frecuencia, pero le gustaba hacerlo: la forma en que el coche los envolvía con sus elegantes curvas, cómo se lanzaba hacia delante bajo la presión de su pie.

El paisaje iba quedando atrás a toda velocidad: árboles, árboles, alguna roca esporádica. Vio cómo se aproximaba un granero y desaparecía al instante. Tejas descoloridas, pilas de leña en el porche. Principios de octubre. El verano había llegado a su fin, pero el frío del invierno aún no había hecho acto de presencia. Imperaba la buena disposición. Todavía quedaban días buenos por delante.

Claire suspiró y cerró el libro. Amos se volvió y le tocó la rodilla. Ella sonrió sin decir nada y apoyó la cabeza en la ventanilla. Desde el asiento trasero, Anna observaba.

—Si llueve —dijo—, ¿podremos ver una película?

Se dio cuenta de que su padre se lo pensaba antes de contestar.

—¿Se supone que va a llover? —preguntó.

Claire alzó la vista.

—¿No vas preparado para la lluvia?

La reprimenda no carecía de afecto. A decir verdad, le

gustaba la tranquilidad con la que él reconocía que había olvidado meter en la maleta algo importante. Sin embargo, también había situaciones en las que su despreocupación lo llevaba a vestirse de manera inadecuada y ella estallaba de rabia. En esos casos sentía el impulso de abofetearlo, como si no fuera más que un niño, o bien un borracho que se negase a dejar de hablar. Daba la impresión de ser, en algunos asuntos cruciales, una persona poco seria.

Amos hizo un gesto con la mano para restarle importancia.

—Pero ¿va a llover o no?

Anna se encogió de hombros.

—En cualquier caso —dijo Claire—, nada de caramelos duros. Órdenes del médico.

Amos resopló.

—¿Qué? —preguntó Anna.

—A tu padre le dolían las muelas y creía que se estaba muriendo.

Amos dejó pasar el comentario sin decir nada. Miró a Anna por el retrovisor. Ella le sostuvo la mirada. Él torció el gesto y frunció el ceño, como si alguien le hubiera pedido que bajara el volumen de la música. Sintió la cálida mirada de Claire en su mejilla.

—No lloverá —dijo él—. No el día de su cumpleaños. Emerson nunca lo permitiría.

Esa mañana, Amos se había sentado en el borde de la silla mientras el asistente iba en busca del dentista. Había sido la sangre en el lavamanos lo que lo había llevado allí, una leve hinchazón en la parte posterior de la mandíbula. Hinchazón, así era como lo había descrito por teléfono. Como un pequeño montículo. ¿Qué era lo que no había querido decir? Un bulto, por supuesto. Porque todo el mundo sabía lo que venía justo después de encontrarse un bulto, y escupir sangre era una señal evidente de que alguien en aquella película iba a morir.

Claire le había asegurado que no era nada.

—Soy médico —dijo ella.

—Pero también eres mi esposa —respondió él—. Necesito una opinión imparcial.

—Razón de más para confiar en mí. ¿Acaso te crees que no me habría alarmado?

Cuando se lo dijo, le pareció un argumento de peso, pero en ese momento, al oír el chirriar de la silla bajo su cuerpo, Amos se percató de lo silenciosa y vacía que estaba la habitación. Sí, pensó, debería haberse alarmado.

—Amos —dijo el doctor Phillips al entrar por la puerta. Señaló hacia el mostrador—. ¿Hilo dental?

Amos negó con la cabeza.

—Es mejor que conozcas mi verdadero yo.

—De acuerdo —dijo el hombre con tono seco—. Echemos un vistazo.

Amos se recostó en la silla. Había sido una broma un tanto extraña, se dijo. ¿Había tenido gracia? Sí, más o menos, no mucho, pero sí lo suficiente. Sin duda, lo bastante graciosa para la consulta del dentista. ¿Qué esperaba? ¿Hacía la gente bromas mejores que aquella? ¿A quién iban dirigidas sus explicaciones? ¿Por qué no se había limitado a no decir nada?

En esos asuntos andaba atareada su mente, buscando a toda prisa pensamientos y tareas, observaciones y ocurrencias. Se movía a tientas, como los dedos ansiosos y desesperados de un muchacho que se esfuerza por desabrochar un vestido. Sabía lo que estaba haciendo: sonreír, reír, hacer comentarios irónicos. Mírame, parecía indicar aquel espectáculo, para mí es fácil, se me da bien. Era todo esperanza, temerosa y vacía.

Pasado un rato, el hombre se retiró y dio media vuelta.

—No tienes nada de que preocuparte.

Amos fue consciente de que pretendía que su expresión transmitiese tranquilidad, pero, a pesar de sus esfuerzos, se estremeció por la adrenalina y la sensación de alivio.

—¿Nada? —preguntó.

—He visto que no te sacaron las muelas del juicio —dijo el hombre, lanzando los guantes a la papelera que había junto a la puerta.

—No —respondió él—, mi madre...

Pero Amos había dejado de escuchar..., incluso sus propias palabras. De repente, la habitación le parecía luminosa, casi acogedora. La rutina volvía a imponerse.

Ya no lo necesitaba. Volvería al trabajo. Llamaría a Emerson. Le diría que no había ningún problema y que todo saldría bien.

Anna inspeccionó un pequeño lunar en su rodilla y luego se recostó en el asiento. A su derecha tenía el cuaderno de dibujo que últimamente llevaba consigo, de gruesas y caras páginas, en blanco en su mayoría. Tocó la cubierta. Aún no se avergonzaba de él. Seguía creyendo que aquel cuaderno podría desempeñar un papel destacado en la persona en quien iba a convertirse.

Los árboles se alineaban a ambos lados de la carretera. El coche parecía nadar entre ellos. En algún momento, la ciudad había quedado atrás. Ahora solo había campo: verde, extenso, delicioso como pequeños sorbos. Cada vez resultaba más difícil pensar en calles rectas; el suave arrullo de las palomas se desvaneció hasta desaparecer.

Anna abrió la ventanilla.

Claire alzó la vista de su libro.

—¿Es realmente necesario?

—Es que huele tan bien.

Su madre no dijo nada. Al poco volvió a cerrarla. Al otro lado del cristal seguía oyéndose el murmullo del viento.

—¿Cuánto tiempo estuviste asustado? —preguntó.

—¿Qué? —respondió Claire.

—Tú no, papá. Por lo de tu diente.

—Oh, ratita. No estaba asustado. Pero...

A Amos le asaltó entonces el recuerdo fugaz de la pierna gangrenosa de su padre.

—Quería tenerlo claro.

No parecía que la hubiera convencido, y Amos se imaginó a sí mismo continuando, añadiendo a lo que ella ya sabía —que su abuelo había muerto antes de que ella naciera— detalles sobre su aspecto físico, tendido en la sala de estar, con los huesos atravesados por tumores, su pantorrilla como una calabaza abandonada al sol para que se pudriera. Quizás podía añadir la descripción de cómo se habían colocado alrededor del ataúd de pino más barato, un ataúd que le habría importado bien poco si su madre no se hubiera puesto a gritar que, obviamente, no tenían dinero para aquello, y que, obviamente, él no se había hecho cargo de nada.

Podía ser breve. Valiéndose de los detalles adecuados, Amos trazaría una imagen que capturara al menos parte de la verdad. Mi padre: un hombre de una negligencia trágica, aniquiladora; dos veces divorciado, fumador, bebedor y capaz de comer hasta morir. Tenía sesenta y dos años cuando falleció. Sus ojos cetrinos parecían dos brasas que alguien hubiese dejado arder toda la noche; en su armario, una caja de facturas sin abrir. ¿Y yo? Risita. Había cumplido veinte años aquella primavera. Cuando nos deshicimos de su cama, el colchón estaba lleno de hormigas.

Podía imaginar la cara de Anna mientras contaba todo aquello. Seria, un poco confundida. También podía imaginar la de Claire, su perplejidad inquisitiva teñida de irritación. Ella ya se lo había oído contar antes, hacía décadas, cuando, apoyados en los codos, vertían sus respectivas historias en una maraña de sábanas. Pero de aquello hacía ya mucho tiempo; no había necesidad alguna. ¿Por qué, vendría a decir su expresión, le está contando esto a la niña?

Era una pregunta para la que no tenía respuesta. A veces, simplemente, sentía ese impulso: tenía que compartir algo con Anna. Cuando lo sentía, era tan potente como la necesidad de confesarse.

Pero entonces volvió a pensar que hacía una tarde deliciosa. Estaban tranquilos, juntos, de camino a celebrar el cumpleaños de su mejor amigo. Y si bien se trataba de una ocasión especial, perfectamente podría haber sido un fin de semana sin importancia. Porque ese era el mundo que Amos había ideado, el que había construido con sus propias manos. ¿Qué ganaría desenterrando un retazo del fétido pasado? Nada. Muy poco, en cualquier caso. Así pues, lo dejó de lado y sonrió, para sí mismo, para los árboles, para el coche fresco y tranquilo.

Amos sintió que Claire lo miraba.

—Hacemos bien en ir —dijo ella—. Finge que no le importa. Pero...

Él esbozó una sonrisa y asintió. La semana siguiente celebrarían una fiesta de verdad, acorde con el hecho de cumplir cincuenta y dos años. Amigos, colegas, con las piernas enfundadas en cómodos pantalones; ostras, cebollas encurtidas en la barra. Poco importaba. El domingo era el día en cuestión, lo que fuera a ser digno de recordar sucedería entonces. Matracas, sombreros, una vela clavada en la corona de un huevo pasado por agua.

En el asiento trasero, Anna bostezó. Claire estiró los brazos hacia delante y tamborileó en el salpicadero. En el ámbito familiar, el silencio nunca es completo. Las raíces hablan, la respiración.

Cada uno pensará en ese viaje a su manera. Se sorprenderán por su esencia cotidiana o bien buscarán señales. ¿Ya se había fastidiado? ¿Ya estaba perdido? Se lo preguntarán. No tendrán ni idea.

Claire se volvió hacia él.

—Gracias por pilotar el barco.

Él apoyó una mano en su pierna y ella se movió un poco para atraparla entre las rodillas. El coche siguió adelante. Amos sintió que se movía con él; sumido en esa vida tranquila, sin aristas.

2

Emerson había besado a su esposa al entrar, cosa que, sin duda, era lo que debía hacer. Aunque ella estaba sentada a la mesa de la cocina, con un cuenco vacío frente a sí y aquella mirada ausente que le llevaba a pensar que, en caso de abofetearla, ni tan siquiera se daría cuenta. Ella se sobresaltó al oír la voz de su marido. Él le rozó el cabello con los labios.

—¿Algún avance sobre la naturaleza humana?

Retsy le lanzó una de sus miradas; una de esas que él no solo respetaba, sino que, en cierto sentido, le encantaban. Una mirada de lánguido desdén. No creía que ella lo despreciara realmente, pero el hecho de que pudiera expresarse de ese modo con semejante falta de moderación le resultaba atractivo a un nivel primitivo y sexual. Así que la besó de nuevo, esta vez con sentimiento, y le contó lo del accidente.

Una vez arriba, se quitó el jersey y los pantalones, y la hebilla del cinturón repicó débilmente contra el suelo. No tenía ninguna necesidad de cambiarse de ropa: aunque acababa de llegar de la ciudad, no había llevado traje a la oficina y la ropa que se iba a poner no sería muy diferente de la que se había quitado. Aun así, después de todo lo ocurrido, quería algo nuevo.

Emerson prefería recibir a las visitas después de haber pasado al menos un día o dos en casa. Estar allí con cierta antelación garantizaba que, cuando abriera la puerta, pudiese palmearles el hombro y levantar en volandas a sus hijos, y quedara claro de ese modo que él pertenecía a aquel lugar de un modo esencial, que los recién llegados eran sus invitados y que, mucho después de que se hubieran ido, él seguiría allí. Cabía decir, por lo tanto, que el innecesario cambio de atuendo era un intento de lograr una versión atenuada de ese mismo efecto.

Vestía como cabía esperar que lo hiciese. Se ponía la ropa igual que expresaba sus opiniones, con la elegante seguridad de alguien que no cuestiona sus elecciones. Piernas, brazos. El pequeño brinco de los músculos, el ligero apunte de fuerza. De haber sido más ancho, tal vez su boca habría sido demasiado grande. En cambio, su sonrisa era como un abrazo. Dientes deslumbrantes, labios como pliegues de tela cara, una sonrisa en la que uno quería creer. Una de esas sonrisas que solo un hombre puede tener: sin sentido alguno de la historia; parecía ajena al mundo.

Sin embargo, ahora no sonreía. Se estaba poniendo los pantalones y deseaba que Amos ya estuviera allí para averiguar cómo se sentía con relación a lo que había ocurrido. Había atropellado a una mujer con su coche. Es cierto que no había muerto y que, según la opinión generalizada, se recuperaría, pero aun así, no era cualquier cosa, ¿verdad? Además, los detalles que habían salido a la luz con posterioridad llevaban a plantearse algunas preguntas de peso, preguntas a las que no quería tener que enfrentarse solo.

Retsy había dicho lo que tenía que decir, lo que cabía esperar, pero existía un límite respecto al alcance de sus opiniones. Cuando se trataba de pensar, en cierto sentido era como alguien capaz de ordenar pero no de limpiar. Rio para sus adentros. Era una forma perspicaz de expresarlo. Un poco cruel, es cierto, pero la verdad solía ser así. No le costaba imaginar que algún día realmente lo hubiera expresado de viva voz.

En cualquier caso, Amos. Pensar en su amigo provocó que Emerson se detuviese un momento y mirara hacia el granero. Su estado de ánimo mejoró. Se llenó el pecho con una inspiración agradable y consciente. Había algo en su amigo que parecía entrañar la promesa de una purga. El tiempo que pasaba con Amos era como limpiar las ventanas cubiertas de polvo con un paño húmedo: tras un rato con él, surgía todo un mundo de matices. Debería decírselo, pensó Emerson. ¿Por qué no decirlo exactamente de aquel modo?

Oh, pero Amos ya lo sabía. Eran amigos desde hacía décadas. Desde la universidad, desde el primer día en la universidad. Se hacían confidencias, se abrazaban. No como hombres, sino como amigos. Abrazos auténticos, cariñosos, carentes de ironía. La gente los envidiaba; comparaban sus vidas con las de ellos. «Es mi Amos», podría haber dicho alguno de ellos. No era cierto, por supuesto. Pero Emerson les permitía albergar esa esperanza.

Al otro lado de la pared oyó que Sophie llamaba a Retsy. Sonrió al oír su tono de voz. No es que estuviesen discutiendo, pero se notaba cierta tensión. Sophie acababa de cumplir dieciséis años y la palabra «mamá» se había convertido para ella en un trapo sucio, la pronunciaba como si tuviese que mantenerla a distancia.

—Es tan desagradable conmigo —se había quejado Retsy recientemente.

—Oh, déjalo ya —le dijo él, dándole una palmadita en la rodilla—. Amos dice que Anna es igual con Claire. —Luego siguió leyendo: una historia de grandes batallas. Al pasar la página, Emerson se preguntó si, de haberlo exigido las circunstancias, podría haber demostrado semejante genialidad.

Sophie bajaba las escaleras. Sabía que era ella por el rápido golpeteo en los peldaños de los pies enfundados en los calcetines. Podía imaginar las yemas de los dedos de su hija acariciando la barandilla. Él tiró de los puños de su camisa y se inspeccionó las palmas de las manos, que sacudió para limpiarlas de nada. No se había mirado ni una sola vez en el espejo. Era vanidoso, por descontado, pero de una vanidad poderosa. No se detuvo a preguntarse; no necesitaba que se lo recordaran.

Bajaría para asegurarse de que no se lanzara la una a la garganta de la otra. O, en caso de que lo hicieran, para separarlas y aligerar el ambiente. Todavía era lo bastante fuerte como para cargar a Sophie sobre sus hombros. Ella aseguraba que aquello no le gustaba nada, pero él no lo tenía tan claro. Además, era su cumpleaños, él la quería y era divertido.

3

Su coche se adentró en el bosque, como si lo impulsara la carretera. La pintura amarilla había empezado a agrietarse, pero el pavimento estaba liso. Se desplegaba por todo el terreno. A ambos lados, la tierra se extendía sumida en el lánguido estupor tras una tormenta. Rebosante, sombría y satisfecha.

De vez en cuando, los árboles desaparecían. Entonces podía verse el gran río. Escurridizo y gris, brillaba como las escamas de un pez. Se aproximaba un pueblo. Un pueblo de cobertizos donde se apilaban verduras; se veían los precios escritos con tiza y una taza, que nadie vigilaba, para el dinero.

La carretera seguía adelante, descendía y luego subía por un acantilado. Había allí una curva cerrada, de las que se advierte a los forasteros; de no ser así, es fácil pasarse el sendero de entrada. El suelo crujía bajo los neumáticos, las raíces sacudían las bolsas del maletero. Al oírlos llegar, el perro del vecino salió corriendo. Los siguió, ladrando y moviendo la cola. Los pájaros emprendieron el vuelo desde los arbustos y salpicaron el cielo.

—Ya noto el relax —dijo Claire.

—Bien —dijo Anna—. Me gustas más así.

Amos chasqueó la lengua.

—Señoras, su destino está a nuestra derecha.

La casa esperaba, igual que un veredicto, como si fuera la última línea de un libro. Las piedras grises ascendían hasta los aleros. La puerta era verde y las ventanas tenían cuarterones. Hacia el linde del bosque había un granero, abierto por ambos lados, de modo que podía verse un cuadrado boscoso. La hierba del jardín había crecido a su aire. Una pelota, que le habían lanzado al perro, desapareció en la maleza. Rebuscó, se dio la vuelta y siguió rebuscando.

En el interior de la casa, el olor de los años. En algunas habitaciones parecía que estuvieran bajo tierra. El aire umbrío era fresco, casi húmedo. En otras, la luz entraba a raudales, bañando las paredes y calentando los cerrojos. Al pie de las escaleras, un reloj de pie. Una agradable brisa entraba por la ventana, una brisa como la charla de unos amigos. En todo había certeza. Los días eran tranquilos, lisos como guijarros.

Emerson aceptó la botella de vino mientras Claire lo abrazaba. Se la entregó a Retsy, quien, por su expresión, pareció preguntarse si debía servirlo con la cena. Claire negó con la cabeza.

Todo —la luz, la hora— le resultaba familiar. Las cinco. Las cinco y media. La hora de la emoción y de la tranquila certeza, cuando las cosas que tienen que suceder aún no han empezado. El sonido de los vasos que se bajan del estante, de los cuerpos que llegan, que entran desde el crepúsculo.

Sophie miró a Anna y se encogió de hombros con una confusión también familiar, como si confirmase su feliz perplejidad por encontrarse de nuevo en aquella situación. Sin decir nada, subieron las escaleras. Amos fue el último en entrar.

—Hola hola —dijo. Se volvió hacia el perro—. Hola.

Retsy lo sujetó por el hombro mientras le besaba la mejilla.

—Oh, lo siento, ¿te has hecho daño en la boca?

—No, qué va. —Amos sintió la presencia de Claire a su lado—. No es nada.

—Bueno, eso está bien —respondió Retsy.

Claire le pellizcó en la parte posterior del muslo.

—Pero gracias por tener cuidado —añadió.

—Hablando de eso —apuntó Retsy.

—Espera a que nos sentemos —dijo Emerson.

Estaba de pie detrás de ella y, durante unos segundos, Retsy le pareció a Claire extraordinariamente pequeña, como una muñeca, algo que él había creado.

—De acuerdo —añadió él, como si pudieran ponerse manos a la obra. Agarró a Claire por el hombro con la rudeza de los primos y luego se volvió hacia Amos—. ¿Habéis tenido buen viaje?

—Oh —exclamó Retsy con un hilo de voz. Casi al instante, el suelo brillaba. Había pedazos de cristal por todas partes y la etiqueta estaba rota. Ella se agachó y se inclinó hacia uno de los añicos.

—Déjalo —dijo Emerson. La apartó como si fuera una cortina—. Te vas a cortar.

Retsy trastabilló y luego se incorporó. Encogió los hombros para recuperar la compostura. Se volvió hacia Claire y le dedicó una amplia sonrisa poco convincente.

—Se me ocurrió que estaría bien empezar con un golpe de efecto. Además —añadió—, él siempre me dice que tengo que dejar claro que estoy presente.

—¿Esas cosas te digo? —preguntó Emerson. Su amplia espalda llenaba la camisa.

—Lo siento —continuó ella—. Tenía muy buena pinta. Y tus zapatos.

—Por eso solo regalamos vino blanco —sonrió Claire amablemente. La forma en que Emerson había desplazado a Retsy había sido excesiva, incluso un poco cruel; y, sin embargo, admitió, también había resultado, de algún modo, atractiva, correcta, una forma de castigar y proteger al mismo tiempo.

Amos regresó con un montón de trapos en las manos.

—Mucho menos seco de lo que nos aseguraron —observó.

Lo miraron. Emerson sonreía sin dejar de negar con la cabeza.

Al observarlos a ambos —uno recogiendo cristales con movimientos rápidos y seguros, el otro secando con los trapos—, a Claire le pareció que, curiosamente, la división del trabajo resultaba adecuada; de hecho, tras pensarlo, le pareció que era una idea que no carecía de interés. Pero lo dejó correr y se echó a reír. Al fin y al cabo, lo que había dicho su marido era gracioso, ¿por qué no iba a reírse ella?

—¿Sabéis lo que quiero para mi cumpleaños? —preguntó Emerson poniéndose de pie. Se limpió las manos en los pantalones—. Un cubo de basura. Tal vez incluso una escoba.

Antes de desaparecer, Retsy señaló hacia las bolsas que habían traído.

—Venga, venga. Ya sabéis cómo va esto.

Cuando ella se fue, Emerson se tocó con la lengua el punto entre dos nudillos donde había aparecido un hilo de sangre.

—Eh, cabroncete —dijo. Se acercó a Amos y le acarició la mejilla—. Que te den por saco por habernos preocupado.

4

Amos no le quitó ojo de encima a Emerson mientras preparaba las bebidas. Este le daba la espalda. Sonaba música. Cuerdas, una voz de mujer. Alzó una botella y le mostró la etiqueta.

—Genial —dijo Amos.

—¿Hielo?

—No.

—¿Agua?

—No. Sí. Solo un poco.

Hacía lo mismo cuando eran estudiantes. Esos gestos, esas preguntas. Amos recordaba haber sentido entonces que estaba presenciando una especie de transición: la de un niño que llenaba los vasos de su padre con el licor de su padre y que pasaba de jugar a hacerlo a hacerlo de verdad. Y, ahora, allí estaban, en la habitación que Emerson siempre había estado destinado a ocupar. Marcos festoneados en las paredes, muebles oscuros, lisos como bancos de iglesia.

—¿Qué es esto? —preguntó Amos.

Se refería a un lienzo que, todavía envuelto, estaba apoyado contra el escritorio.

Emerson se encogió de hombros.

Amos sonrió.

—¿Una semana larga?

—La verdad es que no.

Los dos se echaron a reír.

—Eh. —Emerson le tendió un vaso.

Amos lo tomó y se sentó.

—Dios, me alegro de estar aquí. —Exhaló un poco después de beber—. ¿Alguna noticia desde lo de Paula?

El ruido que hizo Emerson tenía algo de gracioso. Ya habían hablado durante el almuerzo, cuando llamó para contarle, un tanto avergonzado, que le había pedido a su secretaria que reescribiera el cheque para la mujer de la limpieza, pues su letra resultaba demasiado ilegible como para que el banco lo aceptara. Amos se burló de él, tal como Emerson esperaba y, en cierto sentido, también deseaba. Porque el hecho de que su amigo lo ridiculizase suponía para él una especie de bendición: le permitía seguir adelante, porque había quedado absuelto.

—Algo hay.

—¿Ah, sí?

—En realidad, no, pero tuve un accidente de camino a casa.

Su renuencia le sorprendió. Emerson había pensado que le gustaría hablar de ello, pero ahora la mera idea de hacerlo le agotaba. A decir verdad, la mente de Amos era capaz de exigir tal rigor que podía provocar no solo incomodidad, sino también agotamiento y fastidio. A veces las cosas pasaban sin más. No todo tenía por qué ser simbólico. Ciertas cosas podían hacerse sin tener que preocuparse por lo que eso acababa diciendo de tu persona.

Por ejemplo, aquella vez en que llevó a Amos a la fiesta de Navidad de su empresa. Todavía eran jóvenes, tenían veintiséis o veintisiete años y Emerson estaba emocionado porque había descubierto, muy recientemente, que se le daba bien su trabajo, e incluso albergaba la esperanza de que algún socio comentase, delante de ambos, lo buen abogado que era. Sin embargo, en lugar de eso, la mayor parte del tiempo se lo pasaron hablando con otro asociado a quien Amos se había empeñado en provocar porque había dado a entender que el mal inglés de las personas sin hogar era la causa principal de su difícil situación.

La cuestión no era si Amos tenía razón o si el hombre merecía todo su desprecio. Era un sustituto, alguien prescindible, alguien con forma de persona al que se le permitía hacer comentarios y nadie le llevaba la contraria. No porque todos estuvieran de acuerdo con él, sino porque lo que decía no le importaba a nadie. Además, algún día podría ser de utilidad, tal vez necesitasen en alguna ocasión que les diese o hiciese algo. Y cuando llegara ese momento, las reglas, la forma en que se hacían las cosas, pondrían de manifiesto su paciente lógica. El coste era muy pequeño, solo había que pasar por alto algunas cosas.

—Estoy bien —dijo Emerson, mirando a su alrededor como si buscara otro tema de conversación.

—Estupendo. ¿Qué ha pasado?

Suspiró.

—Es que... No sé. No estoy de humor.

En el rostro de Amos se apreció una leve confusión.

—¿Crees que podría ser el síntoma de algo interno?

Emerson se dio unas palmaditas en los costados.

—Pregúntaselo a tu mujer.

Amos sonrió. La bebida había llegado a su pecho. Estiró las piernas.

—¿Cómo está...? ¿Cómo se llama, Shields?

—Llegaremos a un acuerdo.

—Oh, bien. Antes parecías preocupado.

—¿En serio? —Emerson estaba inspeccionando un hilo en la manga de su jersey—. ¿Algo nuevo desde el diván?

—Padres, etcétera. Una aventura, o varias.

Emerson asintió.

—Dejando todo lo demás de lado, admiro la energía que deben de requerir. —Hizo una pausa—. ¿Con qué frecuencia sigue la gente tus consejos?

Amos se tocó la barbilla.

—¿Con qué frecuencia sigue la gente los tuyos?

Emerson frunció el ceño, pensativo, intentando dar con la respuesta adecuada.

—No la suficiente como para librarse de la necesidad de volver.

—Supongo que los dos contamos con eso.

Ambos sonrieron. Amos alzó su copa. El momento de tensión había quedado atrás.

—El otro día leí una frase muy buena —prosiguió—. «Miramos el mundo una vez, en la infancia. El resto son recuerdos.»

Emerson se encogió de hombros.

—No me convence.

—Vale.

—¿Dónde la leíste?

—En un poema.

Emerson seguía con la mirada fija en su manga, pero en su rostro apareció una leve sonrisa. Una sonrisa de satisfacción, pensó Amos, destinada a cuestionar su vida.

—Bueno, claro. —Emerson levantó la punta de un zapato y lo miró entrecerrando los ojos—. Pero ¿a quién le importa?

—No creo que tenga que cambiar tu modo de vida —dijo Amos—. Simplemente es interesante.

Se puso de pie, notó cómo una ligera corriente de ira recorría su cuerpo y se dirigió a la pared con los estantes empotrados. Se inclinó hacia delante, les echó un vistazo a los títulos.

—¿Estás leyendo algo bueno?

Esa pregunta siempre le había parecido un poco provocadora. Como cabía esperar, se dijo Amos, Emerson prefería los ensayos históricos, los relatos de guerras y las teorías sobre la civilización. No es que a Amos no le resultasen atractivos: le fascinaba la forma en que los discursos, las tormentas o el derrumbe de un puente podían condicionar el discurrir de la historia. Pero no tenía tan claro por qué a Emerson le atraían aquellos temas, y aunque Amos a duras penas podría haber defendido semejante afirmación, le parecía que había algo vacuo, casi siniestro, en sus gustos. Después de todo, ¿acaso no era inhumano dividir la historia según los periodos en los que se utilizaba tal o cual método de cultivo? ¿No contribuía eso a ocultar, más que a revelar, la verdadera esencia de los seres humanos?

Pero, por otra parte, ¿no era esa la misma persona que se había sorprendido cuando Amos le habló de su visita al dentista, diciendo que pensaba que todo estaría bien, y que, después de que Amos le explicara que no, que solo Claire estaba segura, dijo: «Ella es la peor», de un modo que hizo que Amos pensara que iba a echarse a llorar? Porque eso era algo que solo él podía decir; él, que conocía a Claire desde hacía más tiempo que Amos; él, que, en cualquier caso, los había presentado y que, al estar ligado a su historia personal, a su familia y a la idea de lo que ella era, tenía el poder de tenderle la mano y darle permiso a Amos. Lo cual no era moco de pavo. Lo cual, bien pensado, era un detalle realmente importante. Así pues, ¿a quién le importaba qué tipo de libros le gustaba leer?

—¿Lo conoces? —preguntó Emerson. Había tomado uno de su escritorio.

Amos entrecerró los ojos.

—No lo creo. ¿Cuántas personas murieron?

—La cantidad perfecta.

Amos se echó a reír y volvió a sentarse. Observó a su amigo. El rostro de Emerson mostraba su edad con sutileza, como si se tratase de polvo. Amos podía mirar al otro lado y ver la misma sonrisa contenida con la que lo había recibido una noche, al regresar al primer apartamento de ambos. Podía recordar, sin esfuerzo alguno, cómo Emerson estaba sentado con las piernas cruzadas sobre el mantel de cuadros junto a un pequeño plato de palmeritas. Ambos tenían veintitrés años. Sus cucharas no hacían juego. ¿De dónde había salido todo aquello? ¿Y por qué? Emerson descartó esas preguntas con un gesto indolente.

—Llamé a unas cuantas puertas —dijo—. ¿Qué otra cosa puede hacer un padre mientras espera a que su hijo vuelva a casa?

Amos se inclinó hacia delante. El hielo del aparador se estaba derritiendo, las tachuelas del sofá reflejaban la luz. Afecto y preocupación, eso era lo que sentía, lo único que siempre había querido sentir.

—Un accidente de coche —dijo, dejando escapar un suspiro—. Dios mío. ¿No debería Claire, al menos, palparte las costillas?

Emerson le lanzó una mirada disciplinaria.

—Que lo digas precisamente tú...

Se acabó la copa de un solo y elegante trago.

—De acuerdo —dijo—. Tengo que ponerme en marcha, porque se supone que querréis comer.

Amos permaneció sentado un minuto tras su marcha. Podía imaginarlo trabajando. El cuchillo grande centelleando, el paño de cocina sobre uno de sus hombros, su rostro adquiriendo seriedad por momentos, luego tranquilo, impasible. Manipularía las hierbas con delicadeza, el ajo explotando bajo la palma de su mano.

5

Las mujeres estaban en la cocina, de pie. No parecían sentirse incómodas, pero eran conscientes de lo que las había reunido allí. Sobre sus cabezas colgaban ollas de cobre. En las estanterías había especias, té y tarros con fechas escritas en cinta adhesiva. Un fregadero de porcelana, lo bastante profundo como para poder lavar fruta. El suelo era de anchas lamas de madera pintadas de blanco. A través de los calcetines podía sentirse su textura.

Retsy señaló hacia la biblioteca con el mentón.

—Lleva toda la semana esperando.

—Y no han hablado desde la hora de la comida —respondió Claire.

Retsy rio. Llevaba el pelo oscuro recogido y el cuello al descubierto. Sonreía de esa manera amplia y desvergonzada que podía provocar que sus piernas no parecieran el logro que realmente eran. Se acarició el dorso de una mano. El hecho de que sus dedos fueran más anchos en los nudillos la hacía sentirse segura.

—¿Tienes hambre? —preguntó—. Hay queso. Y también melón, creo.

—¿Qué tal un Pernod?

—Eso me parece mucho mejor.

Claire no la intimidaba, pero la gente del ámbito de la medicina tenía una forma de ser muy particular: eran competentes, estaban curtidos, siempre parecían esperar el momento oportuno. Por eso, en previsión de visitas como aquella, Retsy se sentía agradecida de poder encontrar algo que valiera la pena compartir. Como lo que había dicho el dependiente de la librería. ¿Estaba al corriente Claire de que el responsable de las muertes de Beethoven *y* de Händel había sido el mismo médico, que en realidad era un charlatán? Cabía la posibilidad, pero eso carecía de importancia. Lo realmente significativo era que se trataba del dato adecuado. O bien, pensó Retsy en ese momento, podría contarle lo del despido de Raymond. Él había supervisado al equipo de escenografía de un teatro de cuya junta ella formaba parte, y a Claire le gustaba conocer las formas que podía adoptar el fracaso. Por otra parte, a Retsy no le importaba que se percatara de que había una parte del mundo en la que la gente la tenía en cuenta y podían decirle: «Retsina, ¿puedes encargarte de esto?».

Y, sin embargo, mientras las dos estaban allí de pie, entendió que haber dejado caer la botella de vino imposibilitaba decirle algo así. Sé que parezco torpe, pero la semana pasada le quité el trabajo a un hombre. Habría parecido la ingenua réplica que sin duda era: endeble, irrelevante, una argumentación innecesaria, etcétera.

Retsy sabía que estaba siendo tonta. Esa era la peor parte de sí misma. Pero aun así, vaciló. Apoyó la barbilla en la palma de la mano.

—¿Crees que me perdonaría si colgara algunas serpentinas? —dijo finalmente.

—¿Ahora? —Claire cruzó las piernas. Su expresión era impasible, tal vez un tanto contenida—. ¿O el domingo?

—Supongo que podría esperar —admitió Retsy.

—Así podrías jugar con el factor sorpresa.

—Algo que le encanta, como es bien sabido.

Sonrieron. Sí, aquel hombre. Ambas lo conocían, podían hablar de él. Las chicas entraron. Sophie se subió a la encimera y se puso a pelar una naranja.

Dejando a un lado las maquinaciones, a Retsy le reconfortaba que estuvieran allí. Quería a Claire y, por supuesto, a Anna, no solo como personas, sino por lo que parecían significar. Gracias a que existían, ella tenía sentido. Ellas eran una confirmación de sus pulseras, de las camisetas que guardaba en sus cajones.

—¿Qué tal el colegio? —preguntó.

—Se me dan mal las matemáticas —dijo Anna.

—Bien. Es lo menos importante.

—Todo el mundo actúa como si fuera al contrario.

—Exacto.

Anna sonrió. Más con los ojos que con la boca. Era una sonrisa de agradecimiento, pero también contenida. Abrió un armario y luego lo volvió a cerrar.

Al observar aquel gesto, Claire sintió un pequeño temblor de rabia. Su mente se llenó con una imagen que tendría lugar dentro de unos años: Anna en un apartamento. Vestida tan solo con una camisa y unas braguitas ajustadas, estaba sentada a una mesa. Su piel se pegaba a la madera de la silla, las ventanas estaban abiertas de par en par, dejando entrar el sofocante calor de la ciudad. También había un hombre. En su plato había pedazos de fruta. Claire no sabía quién era, no podía verle la cara. Pero era real. O lo sería. Esa era la cuestión.

—¿Tienes hambre? —preguntó. Su tono fue cortante, intencionado.

Anna miró hacia el armario y se encogió de hombros. Se volvió hacia Retsy.

—Estás guapa —dijo.

Sophie rio, un pequeño ruido de sorpresa para declarar lo novedoso de esa afirmación.

Retsy le tocó el hombro a Anna.

—Bueno, gracias. —Miró a su hija—. Es agradable que te vean.

Sophie suspiró y bajó al suelo.

—Vamos arriba.

Mientras Claire las veía alejarse, tuvo el extraño impulso de estirar el brazo y tirar de Anna por el pelo o por el dobladillo de su camisa. Porque «estás guapa» no era algo que su hija dijera habitualmente, o, si lo hacía, nunca sonaba de ese modo. Claire sabía que no estaba insinuando que su propia madre no lo estuviera: era algo menos malicioso, pero más atrevido, como si fuera un intento de reclamar su espacio entre iguales, una forma de decir: «Ahora soy una de vosotras».

Y, en parte, era cierto. En los últimos tiempos, Anna había cambiado más allá de la evidente transformación física. Su modo de ver las cosas se había vuelto posesivo, casi sexual. Se movía con la arrogancia de un tasador, alguien que entiende que puede decidir el valor de las cosas. Lo cual podía provocar que Claire sintiera que le había dado algo importante y que ahora había cambiado de opinión. Se estaba haciendo un mal uso de ello. Había que recuperarlo.

Cuando las chicas se marcharon, Retsy se sentó. Emerson había entrado. Se quedó de pie, intentando captar el ambiente de la habitación.

—Dios mío —suspiró Retsy—. A esta edad son horribles.

Claire sonrió agradecida.

—¿No íbamos a preparar unas copas?

Emerson ya se estaba lavando las manos.

—Oh, por favor —rio—, tenéis suerte. De ser chicos sería aún peor.

6

—Mi padre atropelló a alguien con el coche —dijo Sophie desde donde había caído en la cama.

Anna se volvió hacia ella.

—¿Qué?

—Sí —dijo mirando al techo—, estaba deprimida o algo así. Llevaba una carta en el bolsillo.

—¿Está bien?

—Dijeron que sobreviviría, pero al parecer estaba muy mal.

—¿Qué decía la carta?

—No estoy segura —respondió Sophie—. Mi padre lo sabe. Era para su marido o su novio. —Hizo una pausa—. Espero que algún día alguien me quiera tanto.

Anna soltó una carcajada de sorpresa.

—¿Tú no? —preguntó Sophie.

Anna se encogió de hombros.

—¿Algún chico?

—Ninguno bueno.

—Yo tampoco.

—Te hace preguntarte para qué sirve ir a clase —dijo Anna.

Ambas rieron. Hubo un momento en el que hablar de aquello podría haber transitado un terreno delicado. Ahora asistían a escuelas diferentes y, durante un tiempo, Anna pareció creer que cualquier incomodidad que Sophie pudiera sentir por no haber sido admitida en su escuela se vería aliviada mediante una grosera muestra de desprecio. Por supuesto, semejantes métodos no servían para nada y solo hacían evidente la arrogancia que pretendían negar. Pero eso había quedado atrás, o al menos esa era la impresión que tenía. Sophie estaba segura de que lo había dicho con sinceridad.

Anna se tumbó a su lado y miró hacia las vigas.

—¿Crees que nos dejarán beber vino?

—Si lo pides así, no —respondió Sophie.

—¿Cómo?

—Como una niña.

Anna no reaccionó a su comentario. Se dio la vuelta y se incorporó apoyándose en los codos.

—¿Te acuerdas de Detectives?

Sophie sonrió. Era un juego que habían inventado ellas años atrás: elaboraban intrincadas tramas para los vecinos, los empleados de hotel, la mujer que paseaba con dos grandes daneses que trotaban a su lado. ¿Qué opinas?, le preguntaba una a la otra. ¿Qué estaban tramando? Tal vez un atraco en el Frick o en el banco de la Tercera Avenida. El cartero podía ser el tipo al que los gánsteres contratan cuando quieren matar a alguien.

—Es posible que todavía tenga por casa las libretas donde lo apuntábamos todo.

—Qué bueno —dijo Anna—. Aunque, a decir verdad, nunca logramos que arrestaran a nadie.

Sophie movió un dedo.

—Ese es el poder de la disuasión.

La genuina risa de Anna, la que brotó en ese momento, era completa y auténtica; tenías que ganártela. Al oírla, Sophie sintió una oleada de felicidad. No estaba pensando demasiado, solo hablaba; estaba siendo tal como quería ser.

Era un cambio bien recibido con relación a cómo se comportaba en algunas ocasiones, en las que, para decirlo con todas las letras, actuaba como una cabrona. Y aunque Sophie no lo habría negado, pocas cosas la dejaban tan confundida como cuando la gente decía de ella que era mala. Por un lado, la alegraba. Incluso cuando provenía de compañeros de clase a los que había herido —sus rostros intimidados y tensos, sus voces como fruta magullada—, no podía evitar entenderlo como una suerte de cumplido. Lista, poderosa, astuta, divertida. ¿No era eso lo que querían dar a entender? ¿No era eso lo que realmente habían dicho? Pero también había una parte de ella que se sentía incomprendida. Era como si se arrepintiese *y* hubiera sido acusada injustamente.

Anna acentuaba esas sensaciones. Fuera justo o injusto, para Sophie su mera presencia suponía una provocación, le agradaba la cercanía de alguien que parecía tan serena y le enfurecía lo que ese comportamiento implicaba.

Tomemos como ejemplo la tarde en que estaban paseando por el parque cerca del embalse y Sophie vio a un hombre entre los arbustos. Tenía el pelo sucio y enredado. Miraba para un lado y para otro con una mezcla de miedo y violencia.

—Dios mío —dijo. Agarró a Anna del brazo—. Dios mío, está cagando.

Anna frunció el ceño y arrugó la nariz.

—Hay gente que es como los animales —añadió Sophie, y sintió una punzada de vergüenza al haber intentado parecerse a su padre.

Anna no dijo nada. Al cabo de unos segundos, soltó un suspiro.

—Seguro que no quería hacerlo.

Qué típico, pensó Sophie. Típico de Anna: hacer que te sintieras a gusto y luego, cuando a ella le convenía, se retiraba, renegaba de todo para afianzarse en una posición segura y de superioridad. Esa era la razón por la que Sophie se metía con su amiga. Tenía que mantener el equilibrio, tenía que estar segura de que podía hacerlo. Como lo que había dicho sobre el vino y lo de que no tenía que pedirlo como una niña. Era exactamente el tipo de golpe que podía propinarle para, acto seguido, arrepentirse. En cierto modo, sabía que la maldad te devora desde dentro, pero la capacidad de herir era mejor que nada. Al menos Sophie tenía eso. Al menos podía recordarle a Anna que siempre lo tendría.

Le lanzó una almohada.

—¿Crees que seremos amigas como ellas, dentro de treinta años o lo que sea?

—¿Por qué no? —dijo Anna.

Sophie se encogió de hombros para ocultar su decepción. Esperaba algo más que la ausencia de dudas, quería que Anna deseara ser su amiga. Que ella lo deseara significaría algo, no tanto para ella, sino, en su opinión, *sobre* quién era.

—¿Tenéis chucherías abajo? —preguntó Anna sin darse cuenta—. Me apetece algo dulce.

—¿Dulces? —se burló Sophie—. ¿Te has fijado en mi madre?

7

Tras ofrecerse para ayudar y ser rechazado con un gesto, Amos subió las escaleras. Sus pensamientos volvieron al inicio del día: levantarse temprano para afeitarse antes de su cita en el gris consultorio que olía a goma y desinfectante. Y, sin embargo, no había sido nada. Nada: la palabra, en sí misma, como el alivio que supone un suspiro largamente contenido. ¿Qué le había dicho el dentista? Solo buenas noticias. Amos esbozó una sonrisa. Fue, tenía que admitirlo, mínimamente ingenioso. Subió los escalones de dos en dos. Iba en busca de su esposa.

—Vaya pinta —dijo Claire.

Amos dejó su copa sobre la cómoda. Los ojos de su esposa lo siguieron en el espejo mientras se acercaba.

Ella estaba de pie junto a su maleta. Él la tomó por los hombros y la observó mientras ella recogía sus cosas, ordenadas y precisas. Solo con verlas se sintió seguro de un modo amplio e impenetrable.

En la planta de abajo, Emerson llamó a Retsy y le pidió que probara el caldo. Diez minutos más, dijo ella, a lo mejor quince. Amos esbozó una leve sonrisa. Recorrió con el dedo el collar de Claire, deslizándolo bajo la blusa como si fuera el borde de una carta.

—No seas ridículo.

—Pero esa es mi forma de ser.

Se colocó detrás de ella, hablándole al oído. El cuerpo de su mujer se relajó. Apenas, pero lo hizo. Él sintió lo que sus manos habían conseguido.

—Para.

—¿Qué tengo que parar?

Ella no dijo nada.

—Claire, cuando me he despertado he pensado que a lo mejor me estaba muriendo.

—Oh, por favor. —Se volvió hacia él—. Guarda esa carta para algo que valga la pena.

Amos la miró y volvió a componer su mohín sensual.

—¿Por qué tendría que dejarlo?

—Porque no puedo tomarte en serio si me miras de ese modo.

Tanto si había sido su intención como si no, aquello le dolió. Dio un paso atrás y se sentó en la cama.

En una ocasión, cuando empezaban a salir, Claire comentó como de pasada que estando en la universidad hubo una temporada en la que vomitaba las comidas. Amos había esbozado una mueca de dolor y le había apoyado una mano en el brazo. Ella le miró con una expresión a medio camino entre la lástima y el fastidio, como si su preocupación fuera la de una enfermera que, sin nada que hacer, se niega a aceptar que algo es simplemente un rasguño. Aquello le hizo sentirse mal y acabó enfadándolo, de un modo nuevo, masculino. Había intentado interpretar un papel y ella no se lo había permitido.

Acababa de sentir ese mismo rechazo. No es que sintiera que ella le debía algo, sino que le faltaba la capacidad de desear cualquier cosa.

Claire percibió el cambio y le apoyó una mano en el pecho.

—De acuerdo —dijo—, más tarde.

—¿Y si me caigo muerto? —respondió él, como para recordarle el evidente riesgo.

—Un trato es un trato —dijo ella, dándose la vuelta y buscando el cierre de su vestido—. Me follaré tu cadáver.

Amos se sentó en la cama cuando ella salió de la habitación. No eran una de esas parejas en las que todo se ha vuelto yermo e insensible; desde el principio, su esencia había estado marcada por el punto adecuado de pasión. Ni demasiado tiernos ni demasiado intensos, ardían como gruesos leños. Si le apetecía hacerlo, podía rememorar con la mano ciertas escenas. Podía cerrar los ojos y estar allí.

Tienen veinticinco años y están en el baño. La ducha está abierta, pero todavía no sale agua caliente. Es por la mañana. Las diez, las once, tal vez. Claire lleva puesta una camisa, nada más. ¿Cómo lo había expresado Emerson cuando le dijo a Amos que tenía que conocer a una amiga suya? Es una persona muy serena. Y era cierto. En gran medida, como mínimo. Pero ahí está ahora, con una camisa, lo que la hace parecer incluso más desnuda.

La noche anterior habían cenado con Emerson. Quiere admirar su obra, dijo Claire mientras se ponía las medias. Amos se echó a reír. Seis meses, añadió ella. Seis meses y, hasta el momento, todo muy muy bien. Es hora de conocer a nuestro creador, dijo Amos. Ella sonrió y lo abrazó, mostrando los dientes. Deslizó sus frías manos bajo su camisa y le acarició la espalda desnuda.

La bañera está a varios centímetros de la pared. La cortina, llena de restos de jabón, tiene el borde curvado. Entran con cuidado, para no resbalar. Claire se inclina. Él la penetra y ella se estremece ligeramente, llenándose como el extremo de una manguera. Él empieza a moverse con embestidas tranquilas y poderosas. Como alguien que levanta un ancla, o un cubo desde el fondo del pozo. Está tomando posesión de algo, está transmitiendo un mensaje.

Sí, dice ella. Y después, más despacio, por favor.

En el exterior, a lo largo del río, sus padres se desplazan con el tráfico. Se ha organizado un almuerzo. Vienen en coche desde Connecticut porque ella tiene un chico que le gustaría presentarles. Amos se imagina a su padre, el hombre de negocios, el profesor, conduciendo su coche por la amplia carretera. La reluciente ciudad se alza a su costado, blanqueada por el frío. El Hudson deslumbra; su esposa observa los edificios que pasan. Cuando se registran en el hotel, un hombre se encarga de sus maletas. Su piel es de color ocre. En el labio, una pequeña cicatriz. ¿Por qué, se pregunta Amos, imagina esas cosas?

De la garganta de Claire brotan sonidos. Sus pequeños gemidos son acontecimientos. Caen a sus pies y se precipitan hacia el desagüe.

Más tarde, todos se encontrarán en el vestíbulo, se darán la mano mientras las conjeturas y la intuición inician su lento trabajo. Pero en ese preciso instante es como si Amos pudiera dibujar su vida juntos al completo y quedársela. No para vivirla, sino para guardarla en un estante. Como un pedazo de cristal pulido por el mar, como una baratija comprada en un viaje.

Claire tose. Se está riendo debido al agua que ha tragado. Él también. Su vientre se sacude. Las puntas de su cabello están mojadas y se le pegan en la espalda. Para, dice él, para. Me falta poco. Ella se vuelve y él se corre. Son sus ojos los que lo provocan. Marrones como el baúl al pie de la cama. Oh, bueno, dice ella, incorporándose. Él la besa mientras el agua corre por sus mejillas.

Él ha descubierto una parte de ella, la ha reclamado como

propia. Faltan una o dos horas para que John diga que él da para un buen revolcón, haciendo reír a Laura. Y decide que Claire, Claire, que le acariciará la rodilla mientras su madre se disculpa por semejante arrebato, va a ser su pareja para toda la vida. Si es posible. Si ella lo acepta.

8

Estaban charlando. Durante la cena, después de la cena, durante las largas y tranquilas horas después de comer. Sobre la mesa había platos y duras cortezas de queso. Alargaban sus historias como si fueran cartas. Sonrisas amplias y familiares. Manos, dientes.

Amos estaba hablando. Se estiró hacia su vaso sin incorporarse.

—Esta semana me tocó hacer cola para ir al baño en una cafetería.

—Qué horror —interrumpió Emerson.

—Y el hombre que estaba detrás de mí se acercó para llamar a la puerta.

Retsy alisó su servilleta mientras escuchaba. Las chicas también estaban allí, no se habían ido.

—Luego dio un paso atrás como si nada hubiera pasado, como si me hubiera hecho un gran favor y fuera demasiado cortés para buscar reconocimiento.

Emerson rio.

—Claro que sí.

Amos prosiguió.

—Así que, obviamente, cuando salió la mujer, una anciana con un carrito y bolsas llenas de bolsas, sacudió la cabeza y me miró de un modo terrible.

—No creo que esa clase de cosas solo te pasen a ti —dijo Retsy—. Pero solo a ti se te ocurre contárselo a los demás.

Amos rio.

—¿Te aburro?

—No quería decir eso.

—Estoy fascinada —dijo Claire, pasándose los dedos por el pelo—. Y es mi segunda vez.

—Estoy segura de que el tipo ese quiere a sus hijos —aventuró Retsy.

—Es posible —sonrió Emerson—, pero piensa en cómo les ha enseñado a ir al lavabo.

Anna soltó una carcajada. Los demás también lo hicieron, pero ella sintió que su risa era la más sonora y eso le provocó una punzada de remordimiento. Que le gustara tanto una broma de ese tipo parecía delatar cierta infantilidad persistente. Miró a Sophie, que alzó los ojos hacia el techo como preguntándole si debían marcharse. Anna se encogió de hombros, contenta de que sus temores no se vieran confirmados.

—El verdadero problema cuando uno espera para ir al lavabo —dijo Claire— es que cuanto más tarda el que está allí, más ganas tienes de ir, pero más miedo te da lo que vas a encontrar dentro.

—Todo son paradojas —dijo Emerson, haciendo un gesto con las manos—. La única solución es tener todo lo que quieres, en todo momento, exactamente cuando lo quieres.

—Eso suena mucho peor —dijo Amos.

—Un segundo —dijo Claire. Se incorporó—. ¿Por qué estamos hablando de esto? ¿Qué hay de tu accidente?

Amos asintió, sorprendido de no haber sido él quien reparase en ello.

—Vale, vale —dijo Emerson. Dejó el cuchillo junto al tenedor y se recostó. Recorrió la mesa con la mirada. Su rostro era redondo, inmaculado, brillaba como una sala de exposiciones.

—Iba por Cold Spring, ¿sabéis dónde está el semáforo?

—¿En la gasolinera?

—No, antes.

—¿En la cuesta?

Él asintió.

—Y cuando estaba más o menos a mitad de camino, donde están esos árboles grandes, una mujer salió de detrás de uno. Saltó justo delante del coche.

—Dios mío —dijo Claire, en un tono que a Retsy le pareció demasiado forzado.

—Una cosa de locos —continuó él—. Yo diría que estaba mirando hacia el lugar donde ella estaba. Por eso pude frenar.

—¿Y qué pasó?

Amos se volvió. Era Anna quien había preguntado.

—Pisé el freno, o sea, lo pisé con mucha fuerza —respondió Emerson—, con tanta fuerza que golpeé con la cabeza en el techo del coche. —Se tocó el pelo—. Pero la mujer se dio contra el faro, justo en la esquina, y...

Sophie gimió.

—Di lo que tengas que decir, papá.

Emerson hizo una mueca y frunció los labios.

—Fue horrible.

A Amos le pareció una explicación medida, calculada para mostrar una elegante moderación al tiempo que seguía complaciéndolos a todos con cierto grado de cruda violencia.

—¿Cómo fue...? —comenzó Anna, y luego se detuvo—. ¿Cómo acabó... todo?

—No muy bien —dijo Emerson.

A pesar de sus sospechas, Amos le hizo un gesto de agradecimiento con la cabeza.

—¿Va a morir? —preguntó Sophie.

Claire la observó con atención, tratando de decidir cuál era la respuesta que la niña esperaba.

—Gracias a Dios, no.

Retsy le puso una mano sobre el brazo.

—Gracias a ti —dijo. Asintió con la cabeza, como animándole a aceptar un premio—. Porque frenaste a tiempo.

—¿Es eso cierto? —preguntó Claire.

Emerson se encogió de hombros.

—Eso dice la policía. Pero ¿quién sabe?

Amos dio un sorbo para disimular el desprecio que le provocaba esa fingida humildad.

—Entonces, ¿no fue un accidente? —dijo Claire.

—No —respondió él—. En absoluto. Llevaba una carta en el bolsillo. Una nota de suicidio, más o menos.

—¿Estamos seguros de que...? —empezó a decir Amos.

Claire le hizo callar con un gesto, como dándole a entender que con eso bastaba o que ya era demasiado tarde.

—Con las personas nunca se sabe —dijo ella—. Nunca se sabe.

—Bueno —repuso Emerson. Alzó las cejas—. Lo que pasa con las cartas es que a veces sí se sabe.

—¿La leíste?

—No, pero la policía..., la policía me contó lo esencial.

—Eso no me parece ético —dijo Amos.

Retsy asintió.

—En realidad, sí.

Emerson se encogió de hombros ante Claire, y ella le correspondió el gesto. Eran como dos niños que hubiesen encontrado una cartera y hubiesen decidido no devolvérsela a su dueño.

—¿Y? —dijo ella.

—Y, por lo visto, ella había tenido una aventura con alguien, un chico del instituto.

—¿Un estudiante?

—No, un profesor. En fin, supongo que él rompió con ella y... —Emerson hizo una pausa para recomponerse—. Esa es la parte más sorprendente. Por lo que me dijeron, el tipo en cuestión y yo tenemos el mismo coche. Ella estaba esperando a que él pasara por allí, quería que fuera él quien la atropellase.

—¿Qué? —dijo Anna. Sostenía la servilleta entre las manos.

—Sí. No fue casualidad, sino un error.

—Vaya —dijo Claire con un carraspeo—. Menos mal que estabas atento.

Todos asintieron. Incluso Amos se vio incapaz de resistirse a aquel nuevo giro.

—Es algo extraordinario —dijo, sintiéndose culpable por el deje de cinismo. Su amigo, su mejor y más antiguo amigo, había tenido un accidente de coche, había estado a punto de matar a alguien, había... Bastaba imaginar un viraje brusco del volante, un camión aproximándose... Él también había estado a punto de morir. Sin embargo, Amos se estaba dedicando a analizar su tono de voz y sus motivos, reconstruyendo un crimen imaginario.

—La gente está loca —dijo Retsy.

—Pero ¿por qué eligió esa manera de hacerlo? —preguntó Anna.

—Porque creía en su causa.

—Eso no tiene gracia —dijo Claire.

Retsy se pasó la lengua por los labios.

—¿Quién sabe por qué alguien elige actuar de un modo u otro?

—Tal vez fue para vengarse —dijo Sophie.

—A lo mejor era maniaco-depresiva —sugirió Anna, lo que llevó a su padre a preguntarse cuándo había aprendido a utilizar ese término con semejante naturalidad.

—Bueno —Emerson se volvió hacia Amos—, ¿qué dicen los libros?

Él lo miró. Todos lo miraron. Un aire de expectación. Era el momento de poner fin a la diversión *amateur*.

Amos sonrió, con una tenue mueca de tolerancia.

—Lo único que se me ocurre —dijo, masajeándose la palma de la mano con el pulgar— es que estaba pasando por un momento muy difícil.

Emerson suspiró.

—De acuerdo.

La atención de todos volvió a dispersarse. Los cubiertos brillaban. Destellos de luz en los bordes ondulados de sus platos, en el aire flotaba un ligero aroma a vino. Retsy masticó su último trozo de carne. Después de tragar, habló.

—El problema es que la gente no habla lo suficiente entre sí. Nadie habla de sus sentimientos.

—Tú sí —dijo Sophie.

Claire rio.

—Y qué suerte tienes. —Se acercó para revolverle el pelo—. ¿Acaso no es una suerte tener una madre tan maravillosa?

Sophie se agachó con un desdén juguetón, aunque sin mostrar desapego. Se volvió hacia su padre.

—Me alegro de que estés bien.

—Yo también, cariño —dijo Emerson—. Pensadlo un segundo, ¿qué probabilidades había? El mismo color, todo igual.

—Es estupendo que estuvieras atento —repitió Retsy—. Teniendo en cuenta cómo conduce la mayoría de la gente.

Amos siguió escuchando, pero sus voces y sus movimientos, el sonido de las tazas, se habían vuelto confusos, lejanos. Nadie se había percatado de que se había marchado, pero lo había hecho, se había refugiado en esa parte de su mente a la que acudía para poder sentir repugnancia. Porque de lo que estaban hablando era de la indescriptible tristeza de una mujer que se había arrojado delante de un coche, una persona que, como mínimo durante un instante, había estado convencida de que quería morir. Y, sin embargo, nadie parecía ir más allá de lo absurdo de la situación, del estúpido golpe de suerte. ¡Menuda coincidencia! El mismo modelo, el mismo color.

No estaba pensando en su propia madre, aunque podría haberlo hecho. Tampoco le había venido a la mente ningún paciente. Era ella, eran todos ellos. Eran sus uñas mordidas y su salvaje infelicidad y la rapidez con la que, en la embotada mente de otra persona, todo aquello podía quedar reducido a nada.

Amos se había enfadado, luego se entristeció y se sintió cansado; cansado de estar enfadado y triste. Notó una mano sobre su hombro. Era de Claire. Sin volverse hacia él, la había apoyado allí mientras hablaba. El borde legible de sus palabras volvió a hacerse patente. Lo trajeron de vuelta. Era uno de ellos. Culpable, a salvo. Y se alegró. Le avergonzaba estar contento, pero lo estaba.

Amos se inclinó hacia delante y apoyó la barbilla en su puño cerrado.

—¿Cómo te sientes? —preguntó—. ¿Cómo estás?

Emerson se volvió hacia él.

—Conmocionado, obviamente. Imagínate que descubres que conduces el mismo coche que un profesor.

—Dios mío —dijo Claire con una risa de incredulidad.

—Papá —dijo Sophie.

Emerson mostró las palmas de las manos.

—Lo siento, lo siento.

Amos no pudo evitar reírse. Una tos silenciosa, sin aire. Sacudió la cabeza. Emerson sonrió con la tímida arrogancia de un hombre que ha aceptado su naturaleza.

«Te odio», Amos movió los labios sin decir palabra.

Inclinándose hacia delante, Emerson le tomó la mano. Era un gesto sarcástico. Era un gesto sincero.

—Por eso confío en tu opinión.

—Sabes —dijo Claire—, es un triunfo de mi matrimonio que no envidie lo que vosotros dos tenéis.

—Nuestro matrimonio.

—No lo sé —respondió ella, girándose y acariciando el pelo de Amos—. A veces pienso que cada persona tiene su propio matrimonio. —Sonrió para mostrar que no hablaba del todo en serio.

—Bueno, me alegro —dijo Emerson—. No hay nada peor que los celos. Por eso paso tanto tiempo con vosotros.

Amos se sintió tranquilo y relajado. En lugar de fingir que estaba ofendido, siguió con el hilo de la conversación.

—Creo que cuando la mayoría de la gente habla de amigos, se refiere a alguien con quien no se ha peleado, no a alguien que realmente forma parte de su vida.

—Qué triste —dijo Retsy.

—Muchas amistades, especialmente cuando eres joven, son como andamios. Vas en busca de algo, ya sabes, descubres cosas. Lo cual está bien. Nadie quiere estar solo.

—Parece que el tiempo comienza a empeorar —declaró Emerson con voz de meteorólogo.

—No quería que sonase mal. Pero creo que es cierto: os apoyáis el uno en el otro, los dos. No es malo. Es solo algo particular que pasa en una época específica.

Al decirlo, Amos fue consciente de que se entristecía de un modo profundo que le llevó a sentirse indefenso. Con la intención de dejar de hablar, sonrió y volvió a llenarse el vaso.

Emerson se volvió hacia Claire.

—Hablando de amigos, ¿sabéis cuánto tiempo hace que *nos* conocemos?

—Demasiado tiempo.
—Mucho más: cincuenta y dos años y medio.
—¿Es que no tenemos nada mejor de lo que hablar?
—Es algo excepcional, por eso lo digo.
—Supongo.
—Oh, lo es.

Amos reconoció el tono de sus voces. Se habían largado, estaban en el jardín de su historia. Desde la guardería, desde que jugábamos en el patio, desde el útero, decía Emerson a veces, refiriéndose a cómo sus madres habían paseado juntas por el parque y se habían detenido en los pasillos del Metropolitan, riéndose entre dientes al albergar la esperanza de que «sirviera de algo» llevar a sus hijos no natos al lugar donde se exponía el arte importante.

—¿Nos disculpáis? —preguntó Anna.
—¿Todavía estáis aquí? —respondió Amos.
—Te adora, y lo sabes —dijo Retsy cuando se hubieron marchado.
—Es mutuo, a grandes rasgos.

Claire miró a Retsy.

—¿Mañana tenemos que levantarnos temprano? —Pero antes de que esta pudiera responder, se volvió hacia Emerson y le preguntó—: ¿Soy la misma?
—¿A cuándo te refieres?
—A siempre.

Solo después de formular la pregunta, Claire fue consciente de que le importaba lo que le respondiera.

Emerson hizo una pausa.

—Eres... —dijo alargando la palabra— menos violenta.

Ella se echó a reír.

—Continúa —dijo Amos.
—Oh, sí —prosiguió—. Tendríais que haber visto lo que le hizo a Michael Roman.

Claire se quedó atónita. Se sintió casi confrontada. Aquel antiguo recuerdo, tendido a sus pies como una fotografía que hubiese caído de las páginas de un libro.

Eran cinco, tal vez seis. De pie, formando un círculo en el centro del aula. El profesor los estaba contando para dividirlos en grupos. Claire había decidido que la ocupación más adecuada para ella era estar entre los encargados de los títeres. Era a la que mejor se le daba, así que tenía sentido. A su izquierda, Michael Roman empezó a moverse. Levantó la mano. Claire se dio cuenta de que él había cambiado de opinión, que prefería jugar fuera. Eso arruinaría su plan. Lo arruinaría todo. Y eso después de tanto esfuerzo, de haber hecho cálculos, de colocarse hábilmente en su sitio para recibir lo que quería, lo que ahora merecía.

Claire sintió cómo la ira se enroscaba en su interior, sorprendiéndola. Poderosa, ya tensa. Intentó decirle «no» con la mirada. Sintió que su rostro temblaba transmitiendo un mensaje que él tenía que captar. Pero, por supuesto, él no se percató. Su estúpida mejilla redonda estaba vuelta hacia el profesor, sus pies doblados hacia dentro, y, en un gesto estúpido, tenía un brazo colocado sobre la cabeza. Entonces se oyó un gemido. De él. Ella le había golpeado. ¿Cuándo? Al parecer, un par de segundos antes. La sala estaba en silencio. Los demás observaban, parpadeando, hambrientos. Claire notó la mano del profesor sobre su hombro. Se volvió para seguirlo, mientras en su interior el odio hacia el chico, ese chico bobo y estúpido, seguía gritando como una tetera dejada al fuego.

Claire alzó la vista de su plato.

—¿Lo recuerdas?

—Por supuesto. —Los ojos de Emerson transmitían emoción.

—¿Recordar qué? —preguntó Amos.

—Tu mujer tiene un gancho de derecha muy fuerte. Le rompió los dientes a un chico y luego le obligó a comérselos.

—Oh, venga ya —rio Claire.

En apariencia, había recuperado la compostura, pero su mente seguía zumbando. Había una manera mejor de hacerlo. La suya. La ira surgía cuando se pasaban por alto esa clase de cosas. Qué extraño era descubrir que un recuerdo como aquel podía permanecer tan vivo, darse cuenta de que todavía creía tener razón.

—Está bien. Pero le pegaste bastante fuerte.

—No tan fuerte.

—Han pasado cincuenta años y todavía hablo de ello.

—Bueno —rio ligeramente—. Supongo que el objetivo *era* causar impresión.

—Creo que suena muy moderno —dijo Retsy. Sonrió y bostezó.

—¿Por qué lo hiciste? —preguntó Amos.

Emerson alzó una mano.

—La obra es la obra —dijo con solemnidad—. Más allá de eso, el artista no tiene por qué dar explicaciones.

La tarde había pasado. De repente, todos lo sintieron. Estaban cómodos, cansados, agotados únicamente por las cosas que habían elegido hacer. Retsy tomó una galleta, la partió sobre su plato y dejó las dos mitades. No volvería a tocarla. Todos lo sabían. La entendían. La perdonaban, por amor, por compasión, por las semillas de odio que siempre tienen que existir.

Amos apoyó una mano en la espalda de Claire. Ella sonrió y asintió.

—Sí —dijo Emerson—. Yo también.

—Ha estado bien —dijo Amos—. Esto es lo mejor.

Retsy empezó a apilar los platos. Ahuyentó a los otros cuando intentaron unirse a ella.

—No, no —les dijo—. Venga, marchaos.

9

—Hola.

Amos se dio cuenta por el tono de su voz de que Claire estaba tumbada boca arriba y que estaba enojada. Se oyó un crujido cuando se volvió hacia él.

—La otra noche dijiste algo que me molestó.

La precisión con la que pronunciaba ese tipo de frases le parecía, desde hacía tiempo, algo infantil y adulto al mismo tiempo, como si fuera una niña a la que hubieran enviado de vuelta al patio de la escuela para que se defendiera por sí misma. El sentimiento era real, pero al mismo tiempo carecía de emoción. Cabía la posibilidad, pensó Amos, de que tuviese algo que ver con el hecho de que fuera médico y con cómo ese trabajo obligaba a combinar cosas extremas. Había que abrir a la gente y pedir el almuerzo.

—Lo siento —dijo—. ¿Cuándo?

—Durante la cena del miércoles.

Recapacitó durante unos segundos.

—Acerca del postre de Anna —añadió Claire.

Recordó la escena. ¿Qué os parece?, les preguntó Anna tras servirles su tarta de limón. Claire, que parecía perdida en sus pensamientos, esbozó una sonrisa benévola. Estupenda, cariño, dijo. Una de las mejores que he probado nunca. Entonces Amos dio un golpecito juguetón con el puño sobre la mesa. ¿Cómo?, exclamó. ¿No es *la* mejor? ¿Con cuáles compite? Quiero una lista completa.

Amos se incorporó apoyándose en un codo.

—¿Te refieres a lo de cuál podría ser mejor?

—¿Sabes por qué? —preguntó ella.

Admiraba esa táctica en la misma medida en que le irritaba.

—¿Porque me pongo de su parte? —sugirió, sabiendo que no era del todo incorrecto, aunque se negaba a decir la verdad.

—Me pareció una competición —dijo ella—. Como si metieras una cuña.

—No es así —respondió él. Y no lo era, en sentido estricto. Quería decirle algo a su hija, algo que necesitaba asegurarse de que ella supiera.

Anna tenía una extraña forma de cocinar y le obsesionaban ciertos platos. Albóndigas, panecillos ingleses, *galette des rois*. A él le emocionaba ver sus expertas manos en acción, la arruga que se le formaba en el ceño. A Claire también le gustaba, aunque del modo en que les gusta a los padres ver ocupada a su hija en algo que no entraña problema alguno; la emoción que sentía Amos más bien la confundía. De vez en cuando, él rebuscaba las palabras adecuadas para expresar hasta qué punto le maravillaba la vida interior de Anna y la distancia insalvable que la separaba de lo que ambos eran. Sí, decía Claire, lo capto, estoy de acuerdo. Pero no parecía entender lo que significaba, lo que él intentaba expresar.

El amor de Claire por Anna le parecía natural, inevitable. Era su hija, por supuesto que la quería. Pero a Amos le parecía el anodino amor que se siente por un techo cuando arrecia la tormenta: poco importa que las vigas sean de una clase de madera u otra. Él, en cambio, se sentía devorado por su amor. Sentía que Anna no podía haber sido otra persona. A veces, incluso llegaba a pensar que no habría sido capaz de amar a otra hija. No lo decía en serio. En realidad, no. Pero era una forma de transmitir lo que deseaba expresar.

¿Y qué era eso exactamente? No estaba muy seguro. Para explicarlo tan solo disponía de fragmentos y atisbos, como los retazos de comprensión que uno experimenta en una iglesia. Como la frase de aquella historia que ella había escrito cuando tenía ocho años: «El hombre se levantó de la cama como una vieja araña». O como el sonido de su risa al verlo limpiar el detergente, antes de decir, cuando él se enfadó: «Lo siento, pero es muy gracioso que el jabón sea tan difícil de limpiar».

Por eso, al ver que Claire apenas se paraba a pensar en lo que Anna había hecho, Amos sintió la incrédula rabia que uno reserva para los que desperdician algo infinitamente valioso. Quería clavar un cuchillo en su perezosa respuesta, para que su hija lo viera, para que entendiese que uno de los dos se preocupaba por ella.

Claire suspiró. Pasaron unos segundos. La cama yacía en sombras, sus miembros parecían rígidos, colocados en una posición algo forzada.

—Pero ¿de verdad entiendes lo que quiero decir? —preguntó ella—. Es como si le guiñases el ojo. Como si quisieras que yo fuera el blanco de una broma.

—Sí —dijo él—. Lo siento.

—Gracias.

Amos le rozó la muñeca.

—¿Por qué no dijiste nada?

Era una pregunta sincera, y la hizo con un deje de melancolía.

—Estaba cansada.

—Eso me parece triste.

—No era mi intención ponerte triste.

—No he dicho que lo hayas hecho.

—No es que haya estado pensando en ese tema desde entonces, solo digo que me molestó.

Aquella última parte, sobre el temor de Amos a descubrir que durante una serie de días en los que había creído que todo iba bien de pronto resultaba que algo no estaba en su sitio, era bien conocida por ambos.

—De acuerdo —admitió con un amargo sabor de boca—. Lo siento.

—Gracias —dijo Claire.

—Esto parece una conversación antigua —se atrevió a decir—. Como si llevásemos años repitiéndola.

Claire suspiró.

—Supongo que eso es lo que quería decir con follarme tu cadáver.

Amos rio a carcajadas y se acercó a ella casi sin darse cuenta.

—Solo te excitan las bromas —dijo ella, apartándose.

—Solo las buenas —respondió él—. De no ser así, piensa en las molestias.

Claire sabía muy bien por qué había sacado el tema en aquel momento. Aunque era cierto que no había estado dándole vueltas, un pequeño brote de celos durante la cena había desprendido la cuestión de la pared arterial.

Ocurrió cuando ya habían terminado, habían apartado los platos y el vino empezaba a secarse en las copas, cuando Anna dijo algo a lo que Amos respondió con un gesto, como si sus palabras fueran polvo que había recogido con el dedo, lo había inspeccionado y se había librado de él. A modo de respuesta, su hija movió la cabeza de un lado a otro con una caricaturesca muestra de ofensa. Había durado solo un instante, y es posible que nadie lo hubiese notado excepto ella. Lo cual era peor, por supuesto. Pues no había sido para aparentar. Tan solo un mínimo gesto de cariño hecho sin pensar.

Sí, en los últimos tiempos era fácil para Amos. Parecía sencillo decir lo correcto. O no decir nada cuando no había que decir nada. Pero esa no era toda la historia; de hecho, ni siquiera era una pequeña fracción. Porque Claire conocía las partes de sus oídos que Anna nunca limpiaba bien y cómo untaba la mostaza hasta el borde del pan. Conocía también el tacto de sus dedos cuando los sacaba por el borde de la piscina; porque tenía que aprender, debía descubrir que podía flotar. Y todas esas cosas tenían su importancia. De hecho, eran algo más, eran lo que llenaba a una madre y la hacían sentirse plena hasta tal punto —de amor y, sí, por eso mismo, de rabia— que a veces pensaba que iba a estallar.

Que le dieran por saco a Amos y a lo que fuera que estuviera tramando con aquel pequeño comentario. Podía consentir aquella clase de triunfos porque, a la larga, desaparecerían.

En cuanto a la conversación que acababan de mantener, Claire notaba que él le ocultaba algo, aunque no había conseguido averiguar de qué se trataba. Poco importaba. Tal vez era un tanto molesto, pero dentro del gran plan que seguía la realidad todo estaba bien. Porque al casarse con un hombre cuya mente respetaba, había evidenciado estar dispuesta a hacer ciertas concesiones, y esa parte astuta y recelosa de él era, al menos en cierta medida, el motivo principal por el que había decidido que sería él con quien construiría su vida.

A la pregunta de cuándo supo por primera vez que lo amaba, Claire no podía responder. En algún momento entendió que lo que sentía por Amos era fuerte, más fuerte que cualquier cosa que hubiera sentido antes; tan fuerte, en cualquier caso, que tenía que afrontarlo. No quería dar a entender con eso que tuviese que arreglarlo o deshacerlo, sino encararlo. Muchas cosas podían gestionarse simplemente dejando que el tiempo hiciera su trabajo, pero aquello no, ella lo tenía claro.

A pesar de su autocontrol, Claire no era inmune a la alegría del descubrimiento y, a decir verdad, la pilló por sorpresa. Aquel chico no solo sabía perfectamente cómo sostenerla con la espalda arqueada, sino que había utilizado una metáfora sencilla, sin pretensiones, cuando en una ocasión, observando a un hombre en una fiesta que parecía un perro al que estuvieran cepillando, dijo que estaba un poco confundido, pero que se había resignado a esa experiencia humana consensuada. No solo era inteligente, sino también bueno y amable. Perdonaba su manera de pensar porque, a veces, pensaba del mismo modo.

¿Cuál era entonces el problema? En realidad, no había ninguno. Problema era una palabra demasiado seria. ¿Cuántos años tenían, veinticinco? Emerson Ford los había presentado. Supuso un empujoncito, por supuesto, que viniera avalado por un viejo amigo, de una familia que ella conocía muy bien. Y que se citasen buenas y reconocidas escuelas, nombres que a sus padres les resultaban familiares, nombres que prometían moldear sus días. Huelga decir que a ella no le importaban esas cosas, pero eso no quería decir que no fueran reales. Y se trataba únicamente —¿cómo decirlo?— de encajar. Como combinar los colores de la pintura o elegir la alfombra adecuada para una habitación. Habida cuenta que las cosas se desgastaban con el paso del tiempo, era importante tomar en consideración cómo envejecerían.

Y aunque todas las personas tienen una historia personal, la infancia de Amos atesoraba una intensidad que lo diferenciaba del resto. No solo por la pobreza, sino por todo en general. Lo que él describía era duro, real de un modo diferente a lo que contaban otras personas que ella conocía. Al escucharlo, no podía evitar pensar en sus padres y en el insulso mar de rostros que conformaban las mareas de su vida. Los Porter, los Elroy, Edward y Lydia French. Todos aquellos nombres. Importaban bien poco, pero estarían por todas partes; él tendría que acabar viviendo entre ellos tarde o temprano. ¿Sería feliz? ¿Y ella? ¿O era solo una bonita idea, un plan maravilloso que había tenido en cuenta todos los factores excepto el viento?

Luego llegó la noche en casa de sus padres, cuando Graham Dunn, un viejo y cansado amigo de su padre, quiso intimidarlos a ambos con sus pretenciosas explicaciones sobre que una metáfora errónea era peor que una mentira, antes de señalar al otro lado de la habitación, a su esposa, y decir con tristeza:

—¿Sabéis lo que es estar casado con ella?

—Elegir sabiamente —dijo Amos, dándole un impasible sorbo a su copa.

En ese preciso instante, Claire lo captó todo: no solo su inteligencia y su ingenio, sino también su soltura, su intuición, su capacidad de saber dónde y cuánto presionar. Él entendía quién era Graham, veía cuál era su lugar entre las cosas del mundo y, gracias a todo eso, podía imponerse, no de manera excesiva, pero sí lo suficiente. Era el tipo de cosas que no se pueden enseñar, solo aprender. Te veo, decía su broma. Veo esta habitación y estas personas y sé cómo funcionan. Puedo poner el oído y decirte con precisión qué se mueve y cómo. Claire supo entonces que podía casarse con él. Decidió que iba a hacerlo.

Así pues, a pesar de que, obviamente, había algo detrás de lo ocurrido con la tarta, era un comentario que había surgido de una parte de Amos que ella necesitaba, que amaba, y por la que estaba dispuesta a pagar un precio. Además, en cuanto a aquello que él no había acabado de decir, Claire sabía que, en esencia, no le importaba.

Se volvió hacia su marido. Ya se había dormido. Tenía los labios ligeramente entreabiertos. Parecía tranquilo, calmado por la palpable quietud de la casa. Estaba tumbado boca arriba, con un brazo sobre la cara. Ella subió las rodillas. Así era como le gustaba quedarse dormida. Para cuando despertara, las cosas habrían cambiado: estarían colocados en otra posición, sus miembros estarían doblados de otra manera. Pero, de momento, sentía el calor de su aliento acumularse en la curva del cuello de su marido. Apoyó la barbilla en su hombro. Como si estuviera a punto de susurrar algo. Como si tuviera que contarle un secreto.

10

Emerson, tumbado, miraba fijamente a la oscuridad. Retsy dormía a su lado y él pensó, no por primera vez, que a pesar de todas las alusiones que había hecho a su ansiedad, ella daba la impresión de no tener problema alguno para conciliar el sueño de la manera más plácida. Él, por el contrario, podía pasarse una hora observando cómo su mente saltaba de un tema a otro. En ese momento, por ejemplo, sus pensamientos se detuvieron en el modo en que Amos había pedido el postre.

—Supongo —había empezado a decir, mirando a uno tras otro— que no tenéis algo dulce para picar, ¿verdad?

Por supuesto que lo tenían. Y Retsy se levantó al oírselo decir, le dio las gracias por recordárselo y fue en busca de la caja metálica.

Amos había dicho cosas parecidas centenares de veces. Siempre con la misma sonrisa juvenil, la misma afectada esperanza con un puntito conspiratorio. Y, por razones que no acababa de entender, aquello molestaba a Emerson. De hecho, a decir verdad, le enfurecía.

Denominarlo infantil parecía ridículo, sabía que no era más que una tontería. No era exactamente una broma, pero sí algo cómico, un hombre adulto intentando mostrarse divertido. Aun así, no podía evitar utilizar la palabra «infantil». Porque, aunque Amos estaba actuando, siquiera en parte,

Emerson sabía que su comportamiento ocultaba una compulsión incontrolable. Le gustaban los dulces y, si no había algo para dar por finalizada la comida, era propenso a retorcerse en su asiento.

Emerson sabía de dónde venía eso. Durante años había escuchado a Amos desgranar la historia de cómo vivían en casa de su madre, de lo difícil que seguía resultándole a Amos acallar en su cabeza la voz de ella. Había cosas importantes, por supuesto, pero incluso algo tan insignificante como el postre podía ser motivo de inquietud. ¿Qué más se podía esperar de un niño al que obligaban a permanecer sentado durante horas hasta que confesaba haber comido caramelos? En una ocasión, Amos llegó a decir que, gracias a su madre, hoy en día no estaba seguro de haber disfrutado jamás plenamente de una comida. Sin duda, exageraba, pero Emerson asintió, sabiendo que su intención no era mentir.

Aun así, le molestaba. De haberse mostrado menos contenido, ¿qué le habría gritado? Por el amor de Dios, pregunta como un puto hombre. O no preguntes nada. Tómate una copa de vino. Tómate cualquier otra cosa. Pero no te comportes como un niño. Cierra la puta boca.

Porque la cuestión era la siguiente: Emerson también tenía historias. Su vida no había sido solo de una manera. Tomemos como ejemplo el baño, la noche con su padre en la bañera.

Charles se había arrodillado junto a la bañera, con las mangas remangadas hasta los codos.

—Vamos allá —le dijo, abriendo el champú.

Emerson bajó la barbilla para aceptarlo. Mientras las manos de su padre trazaban círculos nuevos e inquietantes sobre su cuero cabelludo, pensó en las de su madre y en sus hábitos familiares.

—Quédate quieto —espetó Charles—. Y no abras los ojos.

Emerson asintió, con los labios sellados para evitar las

burbujas que se adherían a su cara. De repente, todo —la forma en que el cuarto de baño había desaparecido, la rigidez y la densidad del tacto de su padre— le pareció incorrecto y malo. Quería que se detuviera. O que la habitación volviera a aparecer. ¿Qué iba a pasar? ¿Qué era lo peor que podía pasar? Parpadeó suavemente. A modo de comprobación. Solo para saber si podía hacerlo.

La quemazón se hizo notar de un modo rápido y total. Gritó y tragó espuma por la boca. Sumergiéndose bajo la superficie, Emerson se retorció, tosiendo y escupiendo mientras se frotaba los ojos con sus pequeños puños. Finalmente, se quedó quieto. Podía sentir que Charles lo miraba.

—Te advertí que no hicieras eso —dijo con la calma y la confusa indiferencia de un mecánico que habla con alguien por quien no siente respeto.

—Lo sé —repuso Emerson. Continuó masajeándose la piel hinchada—. Pero quería verlo.

Siguió un breve silencio, luego una carcajada redonda y resonante. En el rostro de su padre se reflejaba una cruel saciedad, como si se hubiera visto gratamente sorprendido por un giro inesperado en una tarea que suponía que sería tediosa y aburrida.

—Ver, ¿eh? —Charles estaba ahora de pie. Empezó a abrocharse los puños de la camisa—. ¿Y cómo te ha ido?

Emerson miró las puntas arrugadas de sus dedos.

Su padre se detuvo para mirarse en el espejo.

—Bueno —dijo—. Supongo que voy a irme solo.

A Emerson a veces le sentaba mal rememorar aquel momento como si fuera importante. ¿Cómo no iba a hacerlo, al oír hablar del silenciador y del moho, o de la camisa de fuerza, o de los cables que la madre de Amos había tendido desde su colchón hasta la ventana y el suelo? Frente a algo así, el dolor provocado por un poco de jabón en los ojos y de un padre insensible apenas podía compararse. Aun así, también le molestaba. La forma en que siempre había más historias, que se acumulaban como la nieve en las ventanas, oscureciéndolo todo, dando a entender que él no contaba.

Pues eso, se dijo a sí mismo, cierra la boca y olvídate del postre.

Era una extraña muestra de amistad poder tener aquella clase de pensamientos —violentos, profanos— y, de inmediato, ser capaz de pasar página . Perdonó a su amigo por sus deseos apenas velados. Estaba tan contento de verlo, de saber que dormían bajo el mismo techo. A menudo, la vida parecía una tormenta de años que se abatía sobre él y luego, con la misma rapidez, se arremolinaba durante un instante antes de ser arrastrada por el desagüe. Pero Amos había resistido. Si la vida de Emerson fuera una ciudad, Amos sería la iglesia que una anciana señalaría con orgullo, declarando que había sobrevivido a la guerra.

Centró entonces su atención en la mañana siguiente, que él esperaba que dedicasen a jugar al tenis. Se lo preguntaría mientras tomaban café. Amos siempre era el primero en despertarse.

Un sonido interrumpió sus pensamientos. Retsy se había dado la vuelta. Él sonrió con amabilidad, como si se tratara de un vecino. Una pesadilla, explicó ella.

—Lo siento —dijo él.

Ella negó con la cabeza.

—No importa.

Él no esperaba su caricia, pero tampoco le sorprendió. Al fin y al cabo, Amos y Claire estaban allí, y la presencia de los demás hacía que ellos mismos fueran reales de una manera única y especial.

Al principio, follaban como pelean los hombres. Con brusquedad, cierta torpeza, tomando los besos más que dándolos. A menudo lo hacían después de una fiesta, motivados los dos por algo desagradable que había dicho el otro. Luego yacían agotados, con la manta a sus pies y la luz cenital sobre sus pechos agitados.

De vez en cuando todavía era así, y él lo disfrutaba. Pero también podía ser suave, con un tono que no habría sido erróneo denominar amoroso. La experiencia tenía un peso en esas ocasiones, la comprensión de los soldados o la tripulación de un barco rescatada en alta mar.

Ella le puso la mano, su cálida y burlona mano, en la cadera.

—Oh —se limitó a decir él, y empezó a incorporarse.

—No.

Ella se levantó, sus extremidades parecían ir formándose a medida que emergían de la cama. Le volvió la cabeza hacia un lado, él la dejó caer como la de una muñeca. Ella comenzó a moverse. Al principio despacio, luego con mayor seguridad. Mientras avanzaban, él se descubrió pensando que era bueno. Lo había pillado por sorpresa —el deseo de Retsy, su convicción, que no se hubiese molestado por haberla despertado— y le llevó a sentir que realmente ella le gustaba, que se alegraba de vivir con ella bajo el mismo techo. Sabía que sonaba ridículo decirlo así. Pero a veces había que decir las cosas con claridad para alcanzar el sentimiento. De lo contrario, todo se volvía abstracto y aburrido.

De repente, Retsy se detuvo. Se recostó. La luz que entraba por la ventana iluminaba su garganta. Dejó escapar un pequeño suspiro, como si hubiera resuelto una duda íntima. Él se incorporó parcialmente.

—No te enfades —dijo ella. Le apoyó la mano en el hombro. Estaba claro que no volverían a empezar—. Solo estoy un poco aburrida.

Emerson sonrió. Fue lo único que se le ocurrió hacer. Se

echó hacia atrás y se pasó un brazo por encima de la cabeza. Un frío y misterioso vacío invadió su pecho. Retsy se había levantado y había salido de la cama. Desde el cuarto de baño llegó el sonido del lavabo. Era consciente de la casa, de sus habitaciones y de sus gruesas e imperturbables paredes. Se preguntó qué podría decir cuando ella volviera. Pensó para sí mismo: voy a morir.

11

Sábado. Los primeros movimientos fueron pequeños. Una pierna, un puño, se sumergieron en la luz. Durante la noche había descendido la calma. Las tablas del suelo estaban frías, las cortinas recogidas parecían pliegues de nieve. En la planta de abajo, la cocina estaba en silencio. En el fregadero solo quedaba una cacerola en remojo.

En el exterior, el sol inundaba los árboles. Se derramaba sobre la hierba, sobre las paredes del granero. Un ciervo alzó la vista, parpadeó y salió corriendo. Sus respiraciones se habían vuelto familiares, al igual que sus movimientos. La pista de tenis marrón parecía casi dorada bajo la deslumbrante luz de octubre. La atravesaban destellos de color. La raqueta, la muñeca; poco después, la pelota.

Al principio llevaban puestas las sudaderas, Amos había tomado prestada una del cesto del vestíbulo, pero ahora tenían calor y ambas yacían abandonadas, colgando del banco como si fueran musgo. En el pelo, junto a la oreja de Emerson, la brisa rozó las primeras gotas frías de sudor.

—Estupendo —dijo por encima del hombro. Luego, para sí mismo—: Vamos.

Ambos podían sentir la mañana, su frescura, su forma. Se hallaban inmersos en sus vidas. Si algún día alguien les preguntase si se lo habían perdido todo mientras sucedía, ninguno de los dos mentiría al decir que no.

—¿Treinta a quince?

Emerson negó con la cabeza, pero luego asintió, agachándose para recibir el servicio.

¿Cuál era la diferencia entre ellos? Cinco o seis centímetros como mucho. Y, excepto cuando jugaban, rara vez lo apreciaba. En ese momento, sin embargo, Emerson se percató de que Amos parecía un poco bajo. Tal vez era por la distancia: la arcilla, la pintura y la red. Estaba lo bastante lejos como para parecer, durante un instante, un hombre cualquiera.

El sol ya había ascendido. El césped empezaba a secarse, el granero estaba iluminado como una bengala. Pasaron los puntos, el primer set. Lo ganó Amos. No fue fácil, pero tampoco le había costado mucho. Se reunieron en el banco para beber agua.

Emerson le devolvió la botella, se sentó y se puso a juguetear con los cordones de sus zapatillas. Desde el momento en que se despertó, supo que quería hablar de lo que había dicho Retsy.

No estaba seguro de cómo expresarlo y era consciente de que tal vez no tuviera sentido. Pero aquella frase, «Solo estoy un poco aburrida», se le había quedado grabada. Como el golpe que uno teme o una factura que hay que pagar, representaba la sensación de que algo le estaba esperando, la certeza de que algún día nadie le necesitaría, ni pensaría en él, ni siquiera le importaría quién era.

Emerson movió el pie. Quería decir algo como «me dio miedo». Pero, además de sentirse mal por admitirlo, lo empeoraba aún más el motivo, que a su mujer le aburriese su polla.

Se puso de pie, tratando de reunir valor.

—Retsy... —comenzó, antes de mirar hacia el granero y rascarse la nuca—. Anoche me dejó un poco desconcertado.

—¿Y eso?

Amos golpeaba la raqueta contra la palma de su mano.

—Ya ves.

Una pausa.

—¿Por qué?

Emerson se sintió contento: aquello era suficiente.

—Es una tontería.

—Lo dudo.

Aceptó una pelota. Los músculos de su antebrazo se tensaron al apretarla.

—Bueno, estábamos follando...

Utilizar aquella palabra fue un error. Lo que implicaba era obvio y poco elegante. Durante unos segundos, le pareció más lamentable que la propia historia.

—Hasta aquí la cosa pinta bien —dijo Amos en tono burlón y jocoso.

—Aguanta.

Lanzó la pelota al aire y le propinó un golpe que la envió al otro lado de la pista.

—En mitad del asunto se detuvo y dijo que estaba aburrida.

Amos reaccionó riendo con un toque sarcástico.

—Lo siento. No es..., no es por ti. —El tono de su voz cambió—. O sea, sí, eso está mal. Es una de esas cosas que no se dicen.

La ira que Emerson estaba dispuesto a sentir dio paso al alivio.

—¿A que no?

—Di que no estás de humor. O que estás cansada. O que tienes que ir al baño...

Emerson rio, tal vez con demasiada intensidad, le dio la impresión. Una risa codiciosa y necesaria, que evidenciaba su esperanza.

Amos prosiguió.

—¿Qué dijiste?

—Nada.

—Ya. Supongo que tiene sentido.

—¿Qué tendría que haberle dicho?

Amos frunció el ceño.

—¿Que te jodan?

Emerson rio.

—O bien: «Que te jodan. Para ser mala hay que tener un motivo».

—La próxima vez.

Amos estaba inspeccionando el dobladillo de sus pantalones cortos.

—En cierto modo, me ha recordado a mi madre.

—¿En serio?

—No... Bueno, en cierto sentido. Era capaz de esas burradas, como cuando salió después de que la internasen.

Emerson asintió. Recordaba aquel invierno, varios años después de la universidad. Amos había vuelto de Acción de Gracias y le contó cómo ella deambulaba de una habitación a otra en camisón, deteniéndose de vez en cuando para llorar en silencio o gritar porque nadie había encendido la chimenea. Tiempo después, se volvió tan errática que pasó varias semanas en un sanatorio, uno de esos en los que a los pacientes les quitaban los cinturones y los cordones de los zapatos y solo les permitían tener bolígrafos bajo estrecha supervisión. Pero Emerson no captaba la relación entre ambas cosas, y el giro que tomó la conversación lo dejó al borde del enfado.

—Y me llamó —dijo Amos—. Para decirme que había pensado en suicidarse y para preguntarme cómo me habría sentido si lo hubiera hecho.

Cerró los ojos y sacudió la cabeza con incredulidad. Luego rio suavemente, un sonido que parecía dar a entender que reía a su pesar.

Emerson compuso el gesto adecuado, el que utilizaba cada vez que Amos hablaba del tema. Frunció los labios y negó con la cabeza, una desaprobación discreta cuya moderación pretendía ser sombría y evidente.

—Lo recuerdo —dijo al cabo de un momento—. Pero no estoy seguro de entender...

Amos hizo una breve pausa, como si intentara recordar por qué había sacado aquello a relucir.

—Lo que pretendía decir es que es una de esas cosas que todo el mundo sabe que no se dicen.

En otro estado de ánimo, Emerson podría haber apreciado la idea de que se trataba de una de esas cosas. Pero no era así como se sentía. Por el contrario, durante un segundo vio sus manos colocadas a ambos lados de la cara de Amos, con sus fuertes dedos hundidos en su cabello mientras lo sacudía de un lado a otro como un sonajero. «Que te den por culo», le diría. «Que te den por culo, joder.»

¿Por qué? Por esa risita. Esa risita que implicaba que lo tenía todo. Primero decía: «Impresionante, ¿verdad? ¡Es difícil pensar en una madre peor!». Y luego: «¡Pero no te preocupes! Sé que es alucinante, pero estoy bien». Era una manera de expresarse codiciosa y obscena, como alguien que hace alarde de lo herido o enfermo que está y luego insiste en que puede arreglárselas solo.

En cualquier caso, ¿qué importancia tenía? Los padres hacían cosas. Lo intentaban con todas sus fuerzas, o no. Fracasaban, o bien nunca habían esperado tener éxito. Su propio padre había muerto solo en el hospital. No porque no lo visitaran, sino porque al ingresar dio un nombre falso para que nadie pudiera encontrarlo. En cuanto a la pregunta obvia: ¿por qué alguien haría algo así? Tal vez porque era orgulloso.

O porque tenía miedo. O porque era demasiado orgulloso para admitir que tenía miedo. O tal vez simplemente estaba harto de ellos. Tal vez quería saldar cuentas a su estilo. Y sí, había sido duro. Pero Emerson no lo mencionaba cada diez malditos minutos.

De acuerdo, sí, Amos tampoco lo hacía. Pero aun así, esa no era la cuestión. La cuestión era que le había hablado de él y deseaba que siguieran hablando. Porque había sido un gesto cruel por parte de Retsy. O tal vez incluso no tan insignificante. No lo sabía. Necesitaba que su amigo le ayudara a aclararlo. Por eso estaba enfadado. Al fin y al cabo, había sido valiente, porque hacía falta valor para admitir que habían herido tus sentimientos. Pero en lugar de ayudarle, Amos lo había complicado todo. Era como si Emerson le hubiera mostrado un corte y él se hubiera señalado una cicatriz mucho más grande.

Suspiró.

—Sí —se limitó a decir—. Es una de esas cosas.

Miró a su amigo. Detrás de él, los árboles se movían ligeramente, el viento arrastraba las hojas por la arcilla quemada color tierra de la pista. Amos estiró los brazos por encima de la cabeza. A la altura de la cintura, el pedazo de piel que quedaba a la vista se asomaba como una debilidad.

—¿Listo? —preguntó Amos.

Emerson asintió, pero no se movió. Era raro saber que disponías de las palabras adecuadas. Pero esas le parecieron bien, estaban calibradas con precisión para lo que esperaba conseguir.

—Ya ha pasado un tiempo —dijo—, ¿ahora lo tienes claro?

—¿A qué te refieres?

En el rostro de Amos se dibujó una leve expresión de confusión, ese instante fugaz antes de que alguien se dé cuenta de que las cosas no están saliendo como deberían.

—Desde que tu madre dijo eso. ¿Cuánto tiempo ha pasado? ¿Treinta años?

—Algo así. —Amos jugueteaba con el mango de su raqueta. No alzó la vista.

—¿Cómo te habrías sentido? Si ella lo hubiera hecho.

Amos se volvió. Sus ojos eran fríos y líquidos. Parecía haber comprendido, como por ensalmo, que la conversación había cambiado.

—¿Me lo estás preguntando en serio?

Emerson se encogió de hombros. No sabía qué estaba tratando de hacer. Solo sabía que se estaba enfadando y que la ira confiere cierta ventaja sobre el mundo. Hacía que las cosas parecieran grandes y claras. Por eso, en medio de una pelea, podías gritar cosas que eran obviamente falsas y seguir creyendo con todo tu corazón que eran ciertas. Entonces, ¿qué era lo que tenía ante sus ojos? Algo sobre Amos. O sobre los dos. Su amistad, tal vez. Sus pensamientos llegaban en ráfagas rápidas y escurridizas. Aparecían como destellos en un río y luego desaparecían. No lo tenía claro. No sabía qué hacer.

—Me habría sentido jodidamente bien —dijo Amos.

—Vale —se retractó Emerson—. Lo siento.

—Habría hecho un dibujo, o quizás tejido una bufanda. Te habría llamado y te habría dicho: «Ven a Delmonico's, que hoy te invito yo a cenar».

—Lo entiendo.

—¿Qué entiendes?

Permanecieron inmóviles, de pie, como niños, o como amantes, sin saber muy bien cómo sentirse.

—Da igual —dijo Emerson—. Lo siento. Es que... —Se encogió de hombros—. ¿Cómo es esa frase sobre la mujer que es ciega de un ojo?

—No seas idiota. No actúes como si no estuvieras comportándote como un idiota.

—Lo siento.

—Bien.

—Pero ¿cómo es?

—¿Qué?

—La broma.

Amos lo observó. Parecía estar decidiendo qué hacer.

—Eres un idiota —se rio finalmente.

—Lo sé. Así que acláramelo.

—Se supone que es algo que no tienes que decirle a una mujer con un ojo de cristal.

—Claro.

—Sería desagradable.

Emerson rio, primero en voz baja y luego a carcajadas. Volvía a estar contento. Había confirmado algo importante. Amos no tenía la resistencia necesaria, más que cualquier otra cosa, quería llevarse bien con él.

—¿Estás listo? —preguntó Amos.

—Lo suficiente.

—¿Lo suficiente para qué?

—Para no preocuparme.

Amos descartó sus palabras con un gesto y fue a recuperar la pelota.

Emerson caminó hacia la línea de fondo. Sonrió. Se pellizcó el borde del calcetín. Se había olvidado de lo que le había dicho Retsy. O bien lo había dejado de lado. Se apartó unos mechones de pelo de la cara con un movimiento rápido del cuello. Era como un reptil, nacido ya con los recuerdos, con el conocimiento de la violencia.

12

Desde donde estaba, Claire podía verlos a todos, a las chicas y a los hombres. Una ventana daba a la pista de tenis y vio cómo primero Emerson y luego Amos ganaban un punto. Notó que se estaban esforzando. Entre saques, sus bocas se movían brevemente. Indicaban el marcador, nada más. Sophie y Anna aparecían enmarcadas en la otra ventana. Estaban sentadas junto a la mesa con sillas de hierro forjado. Detrás de ellas, el césped se extendía hacia el bosque.

Fue después de que Claire lo intentara cuando Anna dijo algo inoportuno. Algo que la molestó. O la irritó, sí, irritó sería la palabra. Estaban al pie de las escaleras, Anna se había agarrado a la barandilla con una mano, dando a entender que la estaban reteniendo. No importa, pensó Claire. Ya había pensado qué iba a decirle. Porque no era solo Amos quien quería a su hija. Por supuesto, eran años difíciles, pero si perseverabas en tu empeño, las chicas siempre volvían.

—Esta semana he visto uno bueno —dijo.

—¿Un buen qué? —preguntó Anna.

Retsy se había acercado en silencio y no dijo nada al pasar.

—Un buen letrero —sonrió Claire—. Un buen mal letrero.

Era algo típico de ellas, compartir frases extrañas y sin sentido, entrecomillados que hacían que algo resultara oscuro y difícil de entender. Como el cartel de la tienda de comida preparada que indicaba a los clientes: Por favor, «siéntase», o la tienda en la que prometían que todos los artículos costaban Un Dólar o Más.

Anna sonrió con paciencia. Se tocó el ojo con el meñique.

—No entrar cuando esté cerrado —dijo Claire, separando las manos.

Su hija esperó unos segundos y luego dejó escapar un ruidito conciliador.

—Muy bueno. —Hizo un gesto perezoso—. Prometo cumplirlo.

—Eso pensé —dijo Claire, arrugando la nariz para ocultar el dolor que le causaba su rechazo.

Se apartó de la ventana y observó la habitación. ¿Por qué le molestaban ciertas cosas? ¿Por qué dejaba que le afectaran? Sí, la negativa de Anna a seguirle el juego había sido deliberada, una muestra de ingratitud, y, en cierto modo, incluso un poco cruel, pero eso no fue lo que más preocupó a Claire. Fue lo que Anna dijo a continuación, después de que Claire apartara a un lado sus sentimientos heridos y le preguntase qué iba a hacer ese día. Anna había ladeado la cabeza hacia el techo.

—Pintar —dijo simplemente, antes de alejarse con paso tranquilo. Su voz era ágil y eficiente, y su tono evidenciaba el juicio realizado.

Para alguien que se enorgullecía de tener una mente serena y ordenada, Claire se sentía desorientada por la capacidad de aquella chica, su hija, para sacudirlo todo y poner las cosas patas arriba. Lo peor del caso era que los momentos que más la incomodaban eran, por lo general, los que menos capacitada se sentía para describir; como ese. Si hubiera estado dirigiéndose a un jurado, habría empezado a balbucear hablando de insinuaciones y sutilezas, y habría acabado suplicando, de un modo patético, que simplemente confiaran en su palabra, que ella lo sabía, simplemente *lo sabía*.

Pero ¿qué era lo que sabía? ¿Qué era lo que afirmaba ver con claridad? La arrogancia de la convicción juvenil, el desprecio por las concesiones propias de la edad adulta, la importancia del arte, o algo por el estilo. Tal vez. Al parecer, Anna consideraba la dedicación a la medicina con un evidente desdén, del tipo que Claire reservaba para los contables y los electricistas, personas cuyo trabajo, por necesario que fuera, era insulso, rutinario e inconcebiblemente vulgar. Pero si lo que su hija pretendía expresar era, en realidad, tan trivial, ¿por qué a Claire le molestaba tanto? ¿Acaso se trataba, como diría Amos, de una proyección? Cabía la posibilidad, pero solo en parte. Había algo real en su percepción. Claire estaba convencida. Lo tenía claro.

Por debajo de todo aquello estaba el vergonzoso hecho de que la persona a la que estaba acusando era una chica, una muchacha de apenas dieciséis años. Pero, pensó Claire, los hijos eran capaces de muchas cosas, y siendo adolescentes todavía más. Se movían en una fina línea, ejerciendo poderes de adultos y fingiendo ignorancia cuando se les pedía que rindiesen cuentas.

Suspiró, se acarició los pómulos y se dispuso a ordenar la habitación. Los movimientos sencillos tranquilizaron su mente. La ayudaban a recordar que no había razón alguna para dejarse llevar por semejante angustia. Lo que Anna pensara tenía poca importancia. Era joven, con una reciente tendencia a mostrarse grosera y, lo que era más importante, no tenía ni idea de lo que estaba hablando.

El sol se cruzó con la pelota: verde sobre azul sobre blanco sobre azul. Se elevó antes de caer. Desde abajo, por detrás,

Emerson alzó la raqueta para recibirla. Las cuerdas, su muñeca. Se movieron en un rápido y aplastante destello antes de desaparecer.

Amos dio un paso adelante. Ahora era bueno. De pies ligeros. Mucho mejor que antes. Le devolvió la pelota como una broma: hábil y cortante. Tan solo un par de centímetros, tal vez incluso menos, separaban el fieltro y el borde redondeado de la red.

Al disponerse a responder al golpe, la zapatilla de Emerson resbaló en la arcilla. Muy poco. Una fracción de una fracción. Se le torció el tobillo. Notó un tirón, uno de esos que pueden oírse. Recorrió su pierna, atravesó su pecho y salió por su garganta en forma de dolor, de reconocimiento. Lo oyó a medias, le sonó extraño, casi ajeno, como cuando uno grita en un sueño.

Amos también hizo un ruido. Una pequeña risa. Emerson cojeó hacia él mientras la pelota rebotaba. Sintió algo en su interior. Un espasmo que se solidificaba entre fragmentos de pensamiento. Esta casa es mía, es toda mía. Así que vete. Ya vale. Deja de preguntar sin preguntar. Sabes a qué me refiero: que eres esto, que haces lo otro. Y todo es difícil. Para ti, lo entendemos, todo es difícil para ti.

No fue tanto un pensamiento como una sensación. O bien lo pensó y lo sintió. Todo al mismo tiempo. Como el último latido de sangre de un corazón que se ha detenido. Ahora volvía a sonreír.

—Hielo, capullo —dijo, riéndose un poco. Sus crueles ojos quedaban ocultos tras las gafas de sol. Solo su sonrisa era limpia—. Tráeme hielo.

Cerca, aunque fuera de su ángulo de visión, Anna estaba inclinada sobre una página. Su expresión era seria, de concentración. Ya había dibujado una extremidad de color carne y cubierta de arena, que se curvaba como una ola en un extremo. A su alrededor, rápidos trazos verdes. No era nada especial, pero se sentía feliz. Sin mirar, sumergió el pincel en el vaso de agua turbia.

A los dieciséis años había empezado a plantearse con cierto escepticismo sus nuevas aficiones. En determinados momentos, su dormitorio podía parecer un monumento a antiguas versiones de sí misma —la que tallaba piedra de jabón, la que se proponía dominar el arte del té japonés— cuyas hipótesis habían sido rotundamente refutadas. Había algo vergonzoso en la forma en que impugnaban cualquier convicción presente. ¿No acabaría esto siendo también irrelevante? ¿Cómo podía estar segura?

Sí, admitió, tal vez algún día los pinceles se quedarían rígidos junto a las bandejas con hoyuelos de pigmento seco. ¿Y qué? De momento, creía en esta versión de sí misma. ¿Acaso no bastaba con que fuera algo que ella quería hacer?

Esos eran los momentos favoritos de Anna, cuando sabía con total y absoluta claridad lo que anhelaba. Para una mente que era capaz de perderse en distracciones marcadas por el ansia, identificar un deseo claro era como el borde de una piscina, algo desde donde impulsarse.

—¿Qué es eso? —preguntó Sophie. Había salido un momento antes. Sus ojos todavía suaves y aburridos por la somnolencia.

—Mi tobillo y mis dedos.

—¿Te refieres a tu pie?

Anna no dijo nada.

—¿Qué es todo eso verde?

—Césped.

—Eres rara. —Sophie se encaminó hacia la casa—. Voy a hacer más café —anunció.

Sin responder, Anna continuó con su trabajo. Aunque no le importaba lo que pensara Sophie, se había estado preguntado lo mismo. ¿Por qué ese motivo? ¿Por qué ese día en que se cortó el pie?

Habían pasado años, pero seguía recordándolo con claridad. Aquella casa, aquel mismo césped. La lluvia la alcanzó como un aliento en la nuca. Sorprendente, íntima. Le hacía cosquillas. Ella gritaba mientras corría hacia la espesura de los árboles que se extendía al borde del jardín. Al llegar, sintió un dolor agudo. Tropezó, el suelo del bosque se apresuró a recibirla, el aroma de la pinaza le llenó la nariz. Se arrodilló y se sacudió el polvo. Ah, allí estaba la culpable: una pala clavada en la tierra. La sangre brotaba de la herida en su pie. Le dolía, pero no tanto como para molestarse por ello, ni siquiera le importaba.

Anna enjuagó el pincel y observó la página. Pobres dedos, pensó, no tenían ni idea. Estaban ahí como siempre, alineados con los demás, presionando y levantando, presionando y levantando, yendo a donde se les había dicho que fueran. Quizás por eso quería pintarlos, para capturar el momento antes del momento, cuando se sentían bien y libres y... Oh, qué más daba, no necesitaba una respuesta. El hecho de que hubiera elegido hacerlo era más que suficiente.

Alzó la vista. Un sonido —agudo y seco— la había sobresaltado. Provenía de la pista de tenis. A lo mejor había sido su padre, bromeando o imitando una voz. Ahora había una marca irregular en el tobillo. Entrecerró los ojos con desagrado al ver que ya se había secado.

13

A mitad de camino hacia la casa, Emerson se detuvo.

—En realidad... —dijo.

Era una postura muy antigua: uno cojea mientras el otro, con un brazo del lesionado sobre su cuello, lo estabiliza y guía. Cualquiera podría protagonizarla: bomberos, niños, personas desconocidas en la calle, incluso dos amigos que estaban jugando al tenis en una decadente pista de césped; la típica escena que podía llevar a Amos a preguntarse, con total sinceridad, si había hecho lo mismo diez veces antes o si realmente era la primera.

De aquella guisa regresaron a la casa. La hierba estaba seca, las raquetas olvidadas. Al franquear la puerta, se toparon con el alboroto de la novedad. Déjame a mí. ¿Qué ha pasado? No, no, ya me encargo yo. Emerson hizo un gesto de rechazo, dando a entender que lo único que necesitaba era sentarse, y preguntó, gritando para darle un efecto cómico:

—¿Hay algún médico en esta casa?

A Amos le resultó imposible, al menos durante largos segundos, no pensar en su padre. Al fin y al cabo, había muerto de una manera muy parecida. No exactamente, por supuesto —consideremos la alfombra desgastada bajo su camilla, la luz rancia que se filtraba a través de las persianas sucias—, pero él también había sido un hombre familiar en un espacio familiar, tumbado y con una mirada de confusión debido a la traición de su cuerpo.

Fue en verano, durante la universidad. No había dinero para la atención adecuada, nada de seguro médico. Los repartidores colocaron la cama de hospital en el salón, entre el resto de los muebles, como si fuera el escenario de un anfiteatro anatómico. «Señor», dijeron, «¿está cómodo?» Los ojos límpidos de su padre estudiaban sus movimientos buscando un significado. Estaba anocheciendo cuando se marcharon. Duró tres semanas: su pierna se deterioró, se volvió negra, se le secaron los labios. Lo encontraron una mañana, la cañita se había caído de su taza.

Poco después, Amos llamó a Emerson. No le sentó bien contárselo, pero le agradó tener a alguien a quien decírselo. Se sintió una persona normal, una persona que confía en su amigo cuando le pasa algo triste, que dice: «Oye, esto es lo que me está pasando». Lo cual no era propio de Amos. Compartir podía convertirse rápidamente en una carga, Amos sabía que era mejor guardarse las cosas para uno mismo.

Un par de semanas más tarde, volvieron a hablar por teléfono.

—Si mañana voy en coche, ¿te apetece que quedemos para comer? —le preguntó Emerson.

Amos rio. Él sonrió. No supo por qué. Estaba de pie en la cocina. El sendero de acceso a la casa brillaba a causa de la lluvia.

—No hace falta que vengas hasta aquí solo para comer.

—No es eso lo que te he preguntado —dijo Emerson.

Amos parpadeó y miró hacia el techo. Extrajo las palabras de lo más hondo de su garganta.

—De acuerdo —dijo—, sí. Almorzar juntos sería estupendo.

Al día siguiente llevaron sus bocadillos a la orilla del río y, mientras Amos quitaba con el pulgar la cinta adhesiva del envoltorio, Emerson rompió el silencio para decir:

—¿Sabes una cosa, idiota? Habría venido de todas formas. Eres consciente de que te considero parte de la familia, ¿verdad?

Amos entrecerró los ojos para mirar el papel encerado y la mancha de aceite que se expandía. Quería creerlo. Aunque sonara un poco trillado. Aunque sonara como algo propio de una persona que sabía qué era lo que había que decir. Por favor, basta ya, se dijo. Por favor, deja espacio para la amabilidad.

Se mordió el labio y se volvió para mirar a Emerson a los ojos.

—No se me da muy bien pedir ayuda.

Emerson resopló y miró hacia el agua.

—Háblame de él.

—Bueno —dijo Amos con una sonrisa triste—, hay una historia a la que vuelvo una y otra vez.

—Perfecto. Cuéntamela.

Así que Amos le contó cómo un día estaba esperando fuera del colegio a que lo recogieran cuando llegó su padre, que no solo no había conseguido arreglar el silenciador del tubo de escape, que rugía con tal fuerza que la gente que estaba cerca tenía que repetir lo que acababa de decir, sino que en aquel momento lo arrastraba como una pata rota, chirriando contra el pavimento y levantando chispas como si fuera el extremo de una mecha. Y le explicó que, al verlo, se sintió impotente, sin saber qué hacer, porque cuanto más se acercaba, más chirriaba y más chispas salían del tubo de escape, pero para que cesara aquel espectáculo tendría que montarse en el coche y permanecer dentro mientras se alejaban, imaginando a la familia que fuera detrás de ellos manteniéndose a una contrariada y prudencial distancia.

—Joder —dijo Emerson.

—Sí.

—Joder, siento que sea eso lo que te viene a la mente cuando piensas en él.

Amos se rio en voz baja.

—Sí. Sí.

—¿Y qué pasó después?

—No lo recuerdo. Es decir, me fui a casa, obviamente. Y lo odié. O me sentí avergonzado. O tal vez solo triste.

—No hay por qué elegir.

Amos sonrió.

—¿Quién dice que no se puede tener todo?

Emerson asintió con la cabeza, moviendo lentamente la mandíbula.

—Está rico el bocadillo.

—Es estupendo.

—Ha merecido la pena el viaje.

Claire estaba arrodillada. Se le había soltado el pelo que se sujetaba detrás de las orejas y le cubría la cara. Sujetaba el talón de Emerson con una mano y la planta del pie con la otra. Rayos de luz se reflejaban en las estanterías y en los lomos de los libros.

—¿Puedes girarlo?

Emerson hizo un ruido al intentarlo. Volvió la mirada hacia Amos.

—Recuérdame tal y como era.

Amos se pasó la mano por el pelo.

—Así es más o menos como siempre te he visto.

Emerson sonrió y luego volvió a hacer una mueca.

Habían arrastrado la otomana de otra butaca hasta allí y, por algún extraño motivo, eso había transformado la habitación, ahora parecía un escenario, una especie de búnker improvisado en el que se tomarían decisiones. La vestimenta de Emerson contribuía a tal efecto. Los pantalones cortos blancos y las piernas desnudas sobre el sillón de cuero oscuro, además del hecho de que todavía llevara puesta la otra zapatilla.

—No está roto —anunció Claire.

—¿Y si lo está?

—No lo está.

—Pero...

—Entonces se curará.

Ella le había puesto hielo sobre la piel. Gotas de agua se acumulaban en el borde de su anillo. Amos observaba sus manos al trabajar. Admitió que había algo satisfactorio en el tamaño del tobillo. Qué poco se parecía ya a un tobillo, ahora distendido contra la infeliz piel.

—¿Cuánto tardará?

—Tal vez unos meses. Si no te comportas como un hombre.

Él rechazó su insinuación con una mirada.

—¿Volverá a ser el mismo?

Claire estaba sentada ahora en la otomana. Se colocó el pelo en su sitio.

—Vivimos en una época extraña —comentó—. Las cosas van en ambas direcciones.

—¿Qué quieres decir?

—Los resultados son más caóticos.

Él dejó escapar un suspiro de dolor.

—Oh, basta —dijo ella. Con su brazo libre hizo un ademán por la habitación—. Se pondrá bien...

Por sí solas, las palabras podrían haber parecido desconsideradas. Pero no las recibieron así. Parecían, más bien, una forma de consuelo, el recuerdo de una vieja fe. Y con esas palabras, Amos cayó en la cuenta de lo que estaba sintiendo: sorpresa. Porque la energía en la habitación no era la que él habría podido imaginar, más bulliciosa, incluso sarcástica. En su imaginación, eso podría haber implicado que Claire dijera: «No seas tonto», o algo sobre que nunca había visto un grano tan grande.

Pero no. Imperaba el cariño. La amabilidad. Y eso, en cierto modo, le molestaba, le irritaba. Porque ¿cómo no iba a comparar el trato a Emerson con el que ella le había dispensado a su diente? ¿Quién, que hubiese estado ahí, no habría pensado mal?

Emerson bajó la mirada hacia sus piernas.

—¿Puedes... —hizo una pausa— quitarme la otra zapatilla?

Su voz era contenida, casi enternecedora, tanto que Amos pensó que podía tratarse de una broma. Pero Claire se limitó a asentir. Le desató los cordones y le retiró la zapatilla con suavidad. Emerson levantó la pierna para dejar que le quitara el calcetín. En un principio, la bajó lentamente, luego la dejó caer para revelar sus dedos delgados y juveniles.

Amos suspiró y descruzó los brazos. Aquello pareció recordarle a Claire su presencia, y ella le hizo un gesto. Uno de corto alcance, como cuando se hace callar a un niño o se busca a tientas una llave inglesa.

—¿Puedes traernos una toalla?

Emerson se volvió cuando ella habló. Los dos lo miraron.

Traernos. Esa sola palabra los unía, en una historia, en una tarea y en un conocimiento compartido. Sintió los celos no de un esposo, sino de un hijo, uno que anhelase la amabilidad que la madre parece dedicarle únicamente al padre. Ella no pensó al hablar, lo cual empeoraba las cosas: dolía porque no era su intención.

Estaban esperando. Él asintió.
—¿Algo más?
Emerson se encogió de hombros.
—¿Agua con gas? Con una rodajita de limón, tal vez.

14

Amos notaba el olor de su cuerpo. Y le gustaba, sobre todo cuando estaba a punto de darse una ducha, como en ese preciso instante. El espeso y agrio efluvio le llevaba a pensar que su cuerpo había servido para una causa. Al quitarse la camiseta, dejó escapar un ufano gemido de desagrado.

Tal vez resultase sorprendente que no albergara ninguna duda. Ni ahora ni nunca. «La cosa no va así con nosotros», le había asegurado Emerson después de su primera cita. Y Amos sabía que era cierto. Pero eso no significaba que no pasaran cosas. Pasaban: acababa de ser testigo de ello. No era exactamente ternura, aunque es posible que también lo fuera, sino cierto grado de comprensión. No habría sabido decir, sin embargo, qué tipo de comprensión. Y tal vez era ese el quid de la cuestión. Fuera lo que fuese, estaba más allá del sexo, o era algo distinto, o, si el sexo estaba involucrado, era solo un aspecto entre otros cien. Pero él no lo sabía. Y ellos sí. Lo que implicaba que su vida al completo podía quedar descartada con una mirada.

El agua caía formando gruesos chorros que golpeaban contra su espalda mientras inspeccionaba los jabones. Eran caros, por supuesto, con nombres franceses. Llenó la palma de la mano con el contenido de uno de los botes. Tal vez vertió demasiado. Había que admitir que era una cantidad innecesaria, desleal. La espuma corría por su cuerpo dibujando hilos extensos. Su piel se volvió resbaladiza, fragante y rosada. Se frotaba despacio, con un aire de distante concentración. Como si estuviera preparándose para algo, como si estuviera lavando un cadáver.

Pero ¿qué importancia tenía? ¿A quién podía afectarle que Claire hubiese sido más amable con su amigo? Intentó consolarse con el afecto que conlleva la brusquedad. ¿No es con aquellos a quienes más queremos con quienes nos sentimos capaces de ser nosotros mismos sin artificios?

Mientras se aplicaba el champú en el pelo, Amos se dio cuenta de lo que quería. Aunque tal vez sería más adecuado decir lo que quería *para sí.* Era algo pequeño, tan pequeño que le avergonzaba, pero era cierto. Aquello que sentía haber perdido era lo que Emerson había dicho cuando Amos le llamó por lo del dentista, lo de que Claire era lo peor. Aquella afinidad parecía ahora mancillada, corrompida por algún motivo. Porque, hasta donde alcanzaba su conocimiento, ¿podía decir que ella *era* lo peor? ¿O su comentario había sido más bien como el que haría uno de los miembros de un triángulo amoroso ilícito asegurando al marido cornudo que con él también ella llegaba siempre tarde?

Cerró los ojos y se inclinó hacia el vapor.

Por otro lado, tal vez no se trataba tanto de una falta de fidelidad por parte de Claire como de algo propio de Emerson: una fuerza, un núcleo hacia el que se veían atraídas las cosas de forma inevitable. El cuidado, el perdón, los actos de gracia. Después de todo, ¿no había cuidado Amos de él exactamente del mismo modo en alguna ocasión?

Son las cuatro, tal vez las cinco de la madrugada, y Amos está de pie frente a la puerta del baño. Por una rendija se filtra la luz hacia el pasillo. Ambos tienen veintitrés años y este es su primer apartamento. Algunas de las tablas del suelo están abombadas como vidrio viejo.

Horas antes, esa misma noche, habían ido a una fiesta en la que Emerson se había emborrachado bastante. De camino a casa, se había puesto a bailar sobre la mesa tambaleante de una cafetería hasta que esta acabó hecha pedazos y él tirado en el suelo.

—No pasa nada —dijo, alejándose con grandes zancadas y dejando que Amos lo siguiera.

Mucho más tarde. En el este, un destello azul. Amos vuelve a llamar a la puerta.

—¿Te estás bañando?

Silencio. Lo que ha comenzado como desconcierto da paso a un agudo temor.

—Voy a entrar —dice dispuesto a abrir la puerta.

Emerson se gira y levanta la vista. Durante un momento, abre los ojos como platos, blancos como la leche, como los de un niño al que han pillado rebuscando en los estantes. Su mirada se suaviza en señal de confesión.

Está sentado, inmóvil. Tiene las rodillas recogidas contra el pecho y con los brazos se abraza con fuerza las piernas, como si temiera que pudieran escapar. Al cabo de un momento, se da la vuelta y le muestra la espalda. Amos contiene el aliento. El corte es profundo y desigual. En el centro algo brilla como un diente.

Es obvio que necesitará puntos, pero las heridas deben limpiarse y, de momento, eso es todo lo que Amos puede hacer. Se sienta en el borde de la bañera. El agua le sube por el brazo. La toalla se vuelve pesada y caliente.

Coloca una mano en el cuello de Emerson y lo siente suave, casi delicado. Le sorprende: la calidez lo hace real. Ese cuerpo grandioso, la piel suave, ahora roja por el vapor. Emerson inclina la cabeza hacia las rodillas.

Alrededor de la herida, la sangre se ha secado formando duros grumos, como la lluvia que se congela sobre el capó de un coche. Amos la limpia suavemente hasta que se ablanda y cae trazando pequeños ríos por su espalda. Siente cómo los pulmones de Emerson se esfuerzan por disimular una respiración que resulta dolorosa.

Lo que más le sorprende es lo poco que a Emerson le preocupa que resulte confuso. Cabía suponer que necesitaría decir algo, hacer algún tipo de broma o hablar de un modo especial. Pero no. Es como si estuviera lavando a su padre, o a un extraño, a un vagabundo en un campamento. Alguien a quien conoce muy bien y al mismo tiempo no conoce en absoluto.

—Por la mañana... —empieza a decir.

—Lo sé —responde Emerson.

Algo en su voz hace que Amos tenga ganas de llorar. No resulta desafiante ni temeroso; no va a discutir ni se mostrará esperanzado. Porque se trata de una verdad muy simple: existen los límites, el mundo tiene sus propias razones. Durante ese rato, se muestra tierno y vulnerable. Pero no débil, no, se trata de otra cosa. Parece..., ¿cómo expresarlo?, parece repentinamente real.

Amos cerró el grifo de la ducha y permaneció inmóvil con el agua goteándole del cuerpo, la piel fresca y alerta. Empezó a secarse muy despacio. Pequeñas matas de vello colgaban de su pecho y sus hombros. En sus piernas, un puñado de manchas cuya presencia había llegado a disfrutar.

Cuando Claire lo envió a buscar una toalla —enviar era la palabra adecuada—, subió las escaleras y se detuvo en el lavadero. En un primer momento, maldijo la forma en que estaban dobladas, pues resultaba imposible discernir el tamaño de una sola. Pero, tras asumir ese contratiempo, se tomó un rato. Su elección debía servir para mantener sujeto el hielo al pie, por lo que no podía ser ni demasiado pequeña ni demasiado grande. E incluso después de encontrar una que le sirviera, siguió buscando, para que fuera más suave, algo que resultara agradable al atarlo.

¿Por qué no iba a hacerlo? Su amigo estaba herido y eso era lo que había que hacer.

¿Que Emerson podía ser un capullo de tomo y lomo? Por supuesto. ¿Importaba eso? Por supuesto que no. Era una característica que siempre había formado parte de él, estaba vinculada a su encanto, a los defectos infantiles que hacían que su manera de querer fuera tan sencilla y pura.

Amos se detuvo frente al espejo, sacó pecho y echó los hombros hacia atrás; el modo adecuado de estar de pie, supuestamente. Según los expertos. Según aquellos cuyo único trabajo consistía en decidir cómo tenían que ser las cosas, más allá de cualquier otro factor. Al relajar la postura, su estómago se acomodó.

Así estaba mejor. Las posturas que indicaban rigidez no iban con su persona. Prefería algo más ligero y meditado. Porque no convenía olvidar nunca la cantidad de ventajas que existían además de las propias. Y la gente te sorprendía. Si había aprendido algo, ya fuera de la vida o del trabajo, era que nunca se sabía cuándo podía cambiar la luz, cuándo alguien podía transformarse, abriendo así la posibilidad de descubrir el ángulo que lo dejaba todo al descubierto.

15

Emerson estaba sentado en la biblioteca. Tenía las piernas estiradas, cruzadas a la altura de los tobillos para mantener el hielo en su sitio. Aquella postura reflejaba su deseo de no sentir dolor: si se sentaba del modo habitual, tal vez eso ayudaría a que las cosas volvieran a la normalidad.

Sabía que las lesiones no eran lo suyo. No sabía cómo descansar, era incapaz de no poner a prueba constantemente los límites de lo que le permitía el dolor. En aquel preciso instante, por ejemplo, se estaba planteando levantar la pierna para ver si podía girar el pie sin verse obligado a hacer una mueca. Sin duda alguna era una tontería, pues hacía tan solo una hora que había dejado de hincharse. Pero, ansioso por progresar, se sintió tentado a hacerlo. Aunque, por encima de cualquier otra cosa, sentía la ardiente y reprimida rabia de una avispa. Lo cual tenía sentido. El mundo al completo parecía empeñado en burlarse de su situación, ¿qué otra cosa podía sentir?

El sol, por ejemplo. Minutos atrás, había pensado que era una lástima estar dentro de casa en un día tan bonito. A modo de respuesta, se había desplazado ligeramente y ahora los rayos del sol le daban directamente en los ojos y no tenía modo de evitarlo, excepto si pedía ayuda, otra vez. Y habida cuenta de que había estado pidiendo ayuda cada cinco minutos, no iba a hacerlo. La última ocasión había sido para pedir café. Un café que, ahora era plenamente consciente, Retsy había dejado justo fuera de su alcance.

Incluso la forma en que Amos había cargado con él lo había enfurecido. Estaba agradecido, por supuesto, pero también molesto por tener que estarlo. Lo mismo le había ocurrido con lo que le había dicho Retsy: «Oh, cariño, eso no tiene buena pinta». No solo era una estupidez, había captado en su mirada un atisbo de disfrute. En realidad, solo la ayuda de Claire le había resultado tolerable. No sabía por qué, pero no se había sentido humillado. Eso no quería decir que le gustara, solo que le había molestado un poco menos.

Emerson miró el café. Podía llegar a la taza, pero eso habría supuesto inclinar su peso hacia un lado y luego balancearse como un gran simio en la otra dirección. De repente, se sintió muy solo. Qué envidia le daban los demás y sus pensamientos sin restricciones. Si así lo deseaban, podían pensar en cualquier cosa. Él solo tenía su pierna. Y el café, que ahora le apetecía.

Tomó un poco de impulso, se ladeó hacia la mesita auxiliar. No fue suficiente. Se quedó corto. Emerson recostó la espalda. Me cago en todo.

Resultaba incluso apropiado que se encontrara en aquella situación, pues no había dejado de sentir cierta inestabilidad. Solo estoy un poco aburrida, le había dicho ella. Tenía un sentido poético, sombrío incluso, que, después de oír esas palabras, se viera confinado a una silla, obligado a observar su pierna inútil. ¿Acaso no guardaba una similitud? Era el tipo de dolencia del que siempre hablaban los tíos y los amigos de los padres. Esas que nunca acababan de curarse, o que se resentían en función del clima, o que explicaban por qué había que tener cuidado cuando la nieve estaba demasiado húmeda. Aquellas nimiedades regresaron a su mente como una profecía: describían su vida.

Tras otro intento, más indigno, fue capaz de hacerse con la taza. A pesar de su enfado, Emerson tuvo que admitir que el éxito le produjo cierta satisfacción.

—¡Joder! —gritó, tras dar un primer sorbo excesivamente confiado. Todavía estaba lo bastante caliente como para causar dolor, aunque por encima del dolor se impuso una abrasadora impotencia mientras el café le corría por la barbilla y penetraba por entre los hilos de la camisa. Lo dejó con un gesto brusco en el brazo de la silla, derramando más líquido, que se acumuló en los hoyuelos del cuero—. Mierda —siseó.

Cerró los ojos y dejó escapar un gemido lento y áspero. Cuando los abrió, Anna lo estaba mirando.

Durante un minuto, ninguno de los dos dijo nada.

—¿Has venido a presenciarlo? —preguntó él.

—Te oí y me pareció que necesitabas ayuda.

Él bajó la mirada hacia sí mismo y hacia la silla. Juntos contemplaron la taza.

—Ten paciencia.

—Voy a tenerla —dijo él con brusquedad.

Ella se detuvo, sonriendo a modo de pequeña disculpa.

—Es muy injusto. Se supone que este fin de semana es para ti.

Emerson no dijo nada. No quería darle importancia a aquella idea, ni admitir que había estado lamentándose por ese mismo motivo. Era humillante: tenía cincuenta y dos años y era incapaz de dejar de pensar: «Tenía que pasar hoy». Estar resentido por la lesión era razonable, lo que no podía perdonarse era esa necesidad suya de vivir una experiencia especial. Allí estaba, sentado en un amplio sillón de cuero, rodeado de libros serios y eruditos. Y, sin embargo, no podía evitarlo. Es mi cumpleaños, pensó. Maldita sea, es mi puto cumpleaños.

Se estremeció con desprecio. La palabra en sí misma era burda. «Cumpleaños.» Sonaba como un plato de papel encerado. Y la frase, «*mi* cumpleaños», era un delito, algo a medio camino entre la reverencia y el molesto gemido de un niño.

¿O estaba siendo demasiado duro? La propia Claire lo había dicho: era una etapa extraña de la vida. Y tenía razón. Algunos días sentía que había alcanzado la cima. Aire puro, comidas, la edad de la plenitud; las estaciones como los tapetes sobre una preciosa cómoda. Sin embargo, las caídas no tardaban en presentarse. No la muerte, sino esos años en los que la valentía no funciona, en los que lo máximo que uno puede esperar es que te respeten cuando vistes unos pantalones elegantes.

Como de costumbre, la auténtica indignidad radicaba en verse obligado a enfrentarse a un deseo que Emerson no habría tenido que admitir. Quería desear sin sentirse mal. Quería que le dieran sin tener que pedir. ¿No era eso, al fin y al cabo, lo que significaban los cumpleaños? La suspensión temporal de la obligación de fingir. Una reorientación del eje para que se ajustase únicamente a tus necesidades.

Anna regresó con dos paños, uno de ellos humedecido con agua tibia.

—Toma.

Llevaba puesto un jersey color avena con las mangas remangadas. En las muñecas lucía unas pulseras que repicaban al recogerse el pelo. Se desplazaba con una brusca eficiencia que para él era una réplica de la de su madre; incluso el jersey podría ser también de Claire. Le estaba secando la nuca y el cuello de la camisa. Pequeños toquecitos, pequeños levantamientos.

—Lo siento —dijo ella.

—No te preocupes.

Ahora que la tenía cerca, podía olerla. Desprendía un aroma suave, aunque no del todo dulce. El jabón del día anterior, el último rastro de sueño, sumado a algo más, intenso, un poco acre. Estaba debajo de todo lo demás, presionando para salir, un rastro picante y húmedo que le hacía pensar en las manchas que tenía ella bajo los brazos.

El sol veteaba la alfombra a los pies de Anna. Sus pies descalzos. Hasta aquel momento, no se había fijado en ellos. Cuando se inclinó hacia delante, aparecieron los tendones como cables para tender la ropa bajo la piel.

—Gracias —dijo él. Aunque el silencio resultaba agradable, algo le había impulsado a romperlo.

—No hay de qué —dijo ella con indiferencia—. Mi padre siempre dice que quiere vivir lo suficiente para lograr que las cosas se equilibren y comprobar quién le habrá cambiado más pañales a quién.

Emerson rio entre dientes.

—Qué desagradable.

—Pero también esperanzador —le corrigió ella.

No le gustó el matiz, ya fuese por la rapidez con la que lo dijo o por cómo parecía haber rechazado sus palabras.

—¿Dónde está Soph?

Anna se encogió de hombros.

—Es bonito —dijo él— que seáis amigas.

—¿Por qué no íbamos a serlo?

—Por muchas razones —respondió él secamente, con el fin de recordarle algo.

Ella lo asimiló sin mostrar reacción alguna. Como estaba de pie frente a él, Emerson no pudo ver su rostro. Pero era fácil imaginar el punto de ironía en la comisura de sus labios, como si él no fuera más que un niño que hubiese echado a perder su almuerzo, su mirada inexpresiva, como la de aquellas mujeres que pretenden ser inmunes e irreprochables, que tienen mucho que decir sobre lo incompetente que eres.

Anna dio un paso atrás y él pudo verla de nuevo. Se rascó el costado del cuello y apartó la mirada. Emerson cayó en la cuenta de que aquel gesto era típico de Amos, algo que solía hacer antes de lanzar una pullita sarcástica.

—Me parece gracioso —dijo ella— que hayas sobrevivido a un accidente de coche, pero te haya destrozado el revés cortado de mi padre.

Silencio. Una pausa. Luego se le escapó una risita, como cuando te das tiempo para escuchar. Asimiló las palabras, sin embargo, y vio lo que significaban.

Ella no había estado presente. No podría haber adivinado cuál había sido el golpe que le había hecho correr.

No, se lo habían contado. Los dos, su padre y ella, lo habían hablado. Emerson se puso ligeramente tenso mientras Anna seguía limpiando.

¿Se lo habría preguntado ella? ¿Se lo habría contado Amos sin más? ¿Qué opción sería la peor? Imaginó a su amigo contándoselo todo, hasta el último detalle triunfal. ¿Y qué empujaba a Anna a mostrarse tan atrevida como para pensar que podía decir algo así? Como la palabra «joder», o decir que estaba jodido. ¿Era porque estaba sentado con esas pintas o porque ella creía saber quién era él?

Chasqueó la lengua como quien deja un naipe sobre el tapete.

—Está bien —dijo—. Es suficiente.

Ella se detuvo y dobló el paño en cuatro.

Ocurrió en un instante. O bien no ocurrió. Cambió y luego volvió a cambiar. Como cuando alguien se apoya un momento en el interruptor de la luz: ¿realmente la habitación estuvo a oscuras en algún momento? Ella era diferente, nueva; luego volvió a ser la misma. Parpadeó ante él como una imagen en una película antigua. ¿Quién lo hizo? La hija de Amos. La chica de Claire. Pero también... alguien más. Una persona por derecho propio, una desconocida con la que uno podría cruzarse por la calle.

La observó con creciente intensidad, movido por la curiosidad de saber si volvería a suceder.

—Siéntate —le dijo.

¿Cuánto tiempo llevaba allí? ¿Cinco minutos? ¿Menos?

Ella obedeció sin darle importancia, tocándose una muñeca con la mano contraria.

¿Se habían reído de él? Se los imaginó en la planta de arriba, junto a la ventana, como conspiradores, como amantes. Amos diciendo: «Ya sabes cómo es». Anna sonriendo al pensar que así era.

—Antes contabas unas historias muy bonitas —murmuró Emerson—. Recuerdo una sobre una nutria...

Anna sonrió.

—Que colecciona piedras.

—Sí.

—Es cierto, ¿sabes? Tienen bolsillos, bolsas.

Él asintió.

—Es duro hacerse mayor.

Las palabras le sorprendieron. Apenas era consciente de haberlas pensado y, desde luego, en ningún momento había tenido intención de decirlas en voz alta. Fue un error, porque a ella no le correspondía escucharlas.

Anna pensó por un momento y él se preguntó, absurdamente, si diría algo que le hiriese.

—Da la impresión de que lo estáis pasando bien.

—¿De verdad?

—Todos vosotros.

—Es posible —admitió—. Quiero decir, algún día tiene que pasar.

—Espero que sí.

De repente, ya no estaba seguro de con quién estaba hablando. Había algo insulso en las palabras de Anna que no era capaz de descifrar. ¿Eran flexibles o rígidas? ¿Cómo era ella? Quería dejarlas atrás, volver a sentirla familiar.

—Cuéntame uno.

Ella suspiró pensativa y luego sonrió al recordar algo.

—Es un poco...

Hizo un gesto impreciso.

—Cuéntamelo.

—Dos amigos estaban viendo la televisión —comenzó—. Un ciempiés y una hormiga.

Emerson escuchó pacientemente, o al menos eso parecía. Pero seguía allí, en la planta de arriba, junto a la ventana, o dondequiera que hubieran estado. Tal vez Amos había demostrado su dominio, girando la muñeca mientras relataba cómo había ido el tanto.

—Pero se quedaron sin aperitivos, así que el ciempiés se ofreció a ir a comprar más a la tienda que había en la calle.

¿Y qué habría hecho ella? ¿Aplaudir con una única palmada de victoria? O tal vez habría dicho algo como: «Eso es lo que pasa cuando te metes con mi padre».

—Como hacía mucho rato que se había marchado, la hormiga empezó a impacientarse porque sabía que la tienda no estaba muy lejos y no tenía por qué tardar tanto...

Su mirada seguía acusándola, examinándola. Él seguía revolviendo entre los archivos, esparciéndolos para encontrar dónde se guardaban los secretos.

—Así que, finalmente —Anna levantó las manos—, la hormiga va a la puerta principal para comprobar si está cerca, y el ciempiés sigue sentado en el porche, atándose los zapatos.

Emerson sonrió. De haberlo querido, podría haberse echado a reír.

—Muy bueno. —Asintió—. Muy... Sigues teniendo chispa.

Ya podía irse. Él quería que se fuera. Esa niña, esa..., nada. Sentía algo parecido al afecto, tal vez incluso cierta lealtad, pero ella era... Sí, aquello parecía resumir lo que sentía ahora, al verla allí con la ropa de su madre y los trapos en el regazo. Era otra persona.

¿Y qué si era como una hija? Él ya tenía una, sabía de qué iba la cosa. Lo que nadie parecía dispuesto a entender o a admitir era que podías querer a tus hijos; de hecho, *los* querías. Te sacrificarías por ellos, prescindirías de lo que fuera por ellos. Pero eso no significaba que los amaras más que a tu propia vida. No era una cuestión de querer o no querer, simplemente no podías. Porque ni siquiera ellos llegaban al fondo de todo. Había una parte de ti —inalterable, tal vez; inaccesible, sin duda— que era el núcleo, el nudo oscuro, el lugar que nunca se preocuparía por nadie más.

Se percató de que ella entendía que tenía irse, que ya no se la requería para nada, si es que alguna vez se la había requerido.

—Eh —le dijo él cuando ya se marchaba—. Si ves a Rets, dile que me vendría bien una camisa limpia.

Anna asintió y él supo que no iba a esperar a cruzarse con su mujer, que iría a buscarla porque eso era lo que él había querido decir. Entonces pensó en Amos y se preguntó qué estaría haciendo. Comiendo algo, tal vez. Algo que se había sentido libre de tomar.

16

Cuando Retsy tenía invitados, momentos como aquel —en los que se encontraba a solas con su marido en la cocina— podían llegar a parecerle pequeños logros privados; tenía la sensación de haber conspirado para estar juntos. O al menos eso prefería imaginar. Era una forma de que ambos recordasen que formaban un equipo.

A Retsy le gustaba Amos, incluso lo quería, pero había un punto en que le resultaba difícil respetarlo. Sabía que era un detalle extraño, porque era divertido y amable, adoraba a su hija, cuidaba de su esposa y su presencia era una de las pocas fuentes de alegría duraderas en la vida de su marido. Aun así, había un punto de duda, de burla. No era capaz de señalar qué era lo que ella creía que él no tenía la voluntad de hacer, pero percibía una debilidad, algo frágil y cóncavo.

Le resultaba perceptible incluso cuando Amos se burlaba de ella, algo que hacía de vez en cuando. Meses antes había salido en la conversación cómo ella, de niña, había memorizado la longitud de la cola de todos los perros. «¡¿Qué?!», había exclamado él. Una mirada brillante de curiosidad. «¿Por qué demonios lo hiciste?» «Porque deseaba con todas mis fuerzas tener uno», respondió ella, «pero teníamos que estar seguros de que no tiraría los adornos de la casa.»

Cómo se había reído, no había intentado siquiera ocultarlo. «Increíble», dijo. Se tocó por todas partes, como si estuviera buscando un bolígrafo. «Increíble. Quiero mil detalles más como ese. Quiero un collar de perros. Quiero un cuenco gigante lleno, pero en un lugar alto, seguro, adonde las mascotas no puedan llegar.»

Retsy también se había reído, con una risa amplia y complaciente. No le importaba. Amos podía intimidarla, pero solo en medio de una conversación en la que ella hubiese perdido el hilo. E incluso algo así duraba poca cosa. A la larga, sabía que esa clase de detalles apenas importaban. Cuando el mundo se acabara, los poetas y los teóricos descubrirían que sus bonitas ideas no eran más que polvo acumulado en el sótano.

Retsy entendía que era propio de otra época venerar cierto tipo de fuerza. Y en buena medida estaba de acuerdo con ello. Pero ¿acaso no podía romperse una lanza a favor de la brutalidad? No de la crueldad, sino de la fuerza, de la mera capacidad de *hacer*. ¿Qué podía decirse de momentos como cuando su padre se desplomó en el comedor agarrándose la rodilla sin dejar de gemir? ¿Quién más necesario que su hermano en un momento así? Pensó en Philip, en su fuerza bruta. ¿De qué servían las sofisticadas muestras de ingenio cuando lo que se necesitaba era alguien que, al igual que su hermano, pudiera levantar a su padre como si se tratase de un pájaro herido y llevarlo escaleras arriba sin vacilar?

Se volvió hacia su marido. Acababa de beberse un vaso de agua. Una muñeca sinuosa sobre la encimera, una pequeña marca en su codo, como una barbilla hendida. Se le marcaban los músculos bajo la manga de la camisa, la camisa que ella había bajado para él. Era sutil, por la contención del momento.

—Me alegro de verte de pie —dijo ella.

Emerson asintió.

—Aunque no puedo soportar mucho peso.

—Tómatelo con calma.

Demasiado maternal.

Retsy se estaba secando las manos.

—Qué manía con regodearse, ¿no te parece?

Emerson emitió un sonido para indicar que lo entendía.

—Sé que odias que te duela algo —añadió ella.

Él la miró. Iba descalzo, tenía los talones un poco pálidos.

—¿Acaso soy distinto a los demás?

—Ya sabes a qué me refiero.

Emerson lo sabía, por supuesto, y le molestaba no solo que ella lo supiera, sino que supiera que él lo entendía. Lejos de disfrutar de la sensación de ser comprendido, sintió una punzada de ira recriminatoria, hacia sí mismo por haber revelado semejante información, y hacia ella por querer que lo hiciera.

—¿Qué pasó exactamente?

—La pista está blanda —dijo—. Junto a la línea.

—¿Qué?

—Está demasiado seca, es calcárea.

—¿Quieres decir que está demasiado húmeda?

Retsy sintió que las cosas empezaban a desmoronarse. Era un error hacer tantas preguntas.

—No. ¿Qué?

—Como dijiste que habías resbalado. Supuse que...

—No me estás... —empezó a decir, pero se detuvo. No me estás escuchando, era lo que había empezado a decir. Pero algo en esa frase lo detuvo. Le pareció más poderosa de lo que él pretendía.

—¿La tierra batida? —preguntó Retsy—. ¿Quieres decir que es demasiado blanda? ¿Hay algún tipo mejor? ¿Hay que llamar a alguien?

Emerson cerró los ojos y se acarició el puente de la nariz.

—Sería más fácil de explicar si te preocuparas por algo más que por mantenerte delgada.

Retsy no dijo nada. Se tocó una de sus orejas. No le había dolido y quería que él lo supiera. Sintió un movimiento y miró a su derecha.

Qué oportuno y beneficioso. Una testigo. La excusa perfecta para decir algo.

—Hola, querida —dijo con dulzura.

Emerson se giró de un modo torpe y vio a Anna en la puerta, con los brazos a ambos lados. Sintió una oleada de furiosa vergüenza y una burda y desesperada sonrisa se dibujó en su rostro, como un hombre que abriese las persianas a la fuerza.

Sin saber muy bien qué hacer, Anna se encogió de hombros, inexpresiva. Luego se marchó. Retsy también. Y él se quedó solo, con el frío suelo bajo sus pies.

¿Qué ha sido eso?, se preguntó Emerson. El pequeño y bobo encogimiento de hombros de Anna. ¿Qué diablos significaba? Que le incomodase una muchacha por resultarle inescrutable era solo una parte de lo que le hacía sentirse absurdo. ¿Acaso estaba sugiriendo que la chica le debía algo? ¿Absolución? ¿Claridad? ¿Algún tipo de garantía para asegurar que no pensaba que él era malo? Bueno, no, no del todo, pero, por otra parte, ¿cabía la posibilidad? Porque él no era del todo malo, ni siquiera era, en el sentido estricto de la palabra, malo. Solo estaba nervioso y molesto, enfadado porque se había hecho daño y le estaban ignorando. ¿Y quién era ella para juzgarlo? Ella, que no tenía ni idea de lo que era el matrimonio. O la edad adulta. O cómo, superados los cincuenta, un esguince de tobillo podía llegar a parecer una sentencia de muerte.

Dirigió ahora su furia desenfrenada hacia los padres de Anna y sus altruistas ideas sobre cómo había que dejar que los niños funcionasen a su aire. Entonces pensó en su padre explicándole por qué el perro tenía que estar encerrado en una jaula. «Si se caga, dormirá encima de su mierda», le había dicho Charles. Eso no era ni bueno ni malo, sino un simple acontecimiento causal, las consecuencias de una elección que el perro habría tomado.

—Consecuencias —resopló Emerson.

¿Qué sabía la muchacha de eso? Cuanto más se enfadaba, más seguro estaba de haber entrevisto quién era ella. Podía imaginarla dentro de unos años, había salido con mujeres así, caprichosas y bohemias. Pero debajo de esa capa, ¿qué había? Nada. Solo un llamativo desprecio por el orden natural de las cosas. Usaría los cigarrillos como si fueran accesorios decorativos, encontraría significado en las letras de las canciones e insistiría una y otra vez en que su vida era auténtica y original. Y a todo esto, iría dejando tras de sí un reguero de chicos a los que habría engañado: algunos de ellos inservibles, sin duda, pero otros serían decentes y respetables. A ella le importaría bien poco, ni los chicos ni nadie más, dando bandazos de un lado a otro con la intención de comerse el mundo.

De repente, sintió que volvía a la habitación, como si hubiera alzado la vista después de haberse rascado furiosamente una picazón. La cocina permanecía en silencio, esperando a que él hiciera lo obvio. Dejó escapar un pequeño suspiro a regañadientes.

—Rets —llamó. Consideró la posibilidad de gritar con más fuerza, pero, sin saber muy bien por qué, le pareció que las condiciones estaban ya establecidas: si ella le oía y acudía, él se disculparía; de no ser así, no pasaría nada.

Pasó otro minuto.

Bueno, pensó, volviéndose hacia el fregadero y llenando de nuevo su vaso. Las cosas pasan, las cosas se curan.

17

Mientras buscaba a Sophie, Anna intentó aclarar sus sentimientos. ¿Qué era exactamente lo que acababa de ocurrir? Había apreciado algo brutal, ilícito. Y no solo porque se tratara de un momento privado, sino porque estaban en juego cosas a las que ella todavía no tenía acceso. ¿O sí lo tenía? Esa era la pregunta. Al ser testigo, ¿había cruzado la línea? ¿Era ahora una de ellos? Había sido iniciada, con todas las de la ley, en la sabiduría del significado de las miradas. De ser así, eso explicaría su sensación de tener un nuevo propósito.

No era la primera vez que veía discutir a dos adultos: sus padres lo hacían, incluso a veces gritaban. Pero aquello era diferente. Lo que había pasado entre Retsy y Emerson fue como ver un rostro desangrado. Los fríos ángulos de sus cuerpos, el modo en que aquellas palabras estaban pensadas para hacer daño. Apuntaba a algo que iba más allá de una enfermedad o una herida. ¿Ya no se aman?, se preguntó. Pero en cuanto lo pensó, la pregunta le pareció infantil y manida.

A pesar de la descarga de adrenalina, también sintió cierta tristeza. Pensar en Retsy suponía imaginarla jugando a las cartas o atrayendo a Anna hacia ella para librarla de una pestaña pegada a la piel. Lo mismo ocurría con Emerson. Él era quien la llevaba a caballito, quien le cortaba rebanadas de pan del grosor que a ella le gustaba. Realmente eran familia: no podía recordar un momento sin ellos, porque, a decir verdad, no los había. Ella los daba por supuestos en el mejor sentido de la palabra. Llenaban las habitaciones de su vida con un brillo familiar y reconfortante.

Y, sin embargo, saber ciertas cosas entrañaba cambiar. No había sido como ver a Retsy jugando o a Emerson tirando a alguien en el sofá. Había sido como descubrir que el cuchillo de la mantequilla es en realidad un bisturí, entender la profundidad del pozo. Pero ver las cosas con nuevos ojos entraña un placer en sí mismo, aunque conllevase un coste. Una vida desligada de la verdad era la vida que podía llevar una niña, y hacía años que Anna no se sentía como tal.

A pesar de todo, quería tener presente que nada de lo que había visto era en realidad tan importante. Por supuesto, no tenía ninguna intención de contárselo a Sophie. No había mucho que decir.

Entonces, ¿qué *quería* hacer? ¿Por qué iba en busca de su amiga? Para ver cómo estaba, entendió Anna mientras bajaba las escaleras. No con una intención concreta, sino para asegurarse de que estaba bien, de que nada había cambiado. Y, sí, era posible que, además de eso, también buscase el simple placer de hablar con alguien que no sabe en qué andas metido.

Encontró a Sophie rodeada de una pila de revistas viejas que, según le explicó, había descubierto en la estantería del cuarto de baño. Fuera de casa se estaba imponiendo la oscuridad, tan solo se veían retazos de un azul grisáceo en la base de los árboles. Habían encendido un fuego. Una de las ventanas estaba entreabierta. En el alféizar había un escarabajo con las patas dobladas como cerillas rotas.

Anna se arrodilló. La alfombra era suave y acomodó sus rodillas. Los leños chisporroteaban. Había trozos de papel por todas partes.

—¿Qué estás haciendo? —preguntó.

—Recortando anuncios. Mira. —Sophie levantó una página—. Son muy raros y muy chulos.

Un hombre con un traje de tres botones flotaba en el espacio.

¿ALGUNA VEZ TE HAS SENTIDO A UN MILLÓN DE KILÓMETROS DE CUALQUIER PARTE?, decía.

—¿Por qué?

—Solo por tenerlos. —Estaba recortando un borde con gran concentración—. Como con los discos, supongo.

Anna se sentó y se puso a hojearlos. Al ir pasándolos, notó cómo las amarillentas esquinas se quebraban. A su pesar, tuvo que admitir que eran bastante interesantes. De hecho, pensó, ese era precisamente el tipo de cosas que *ella* habría podido hacer y de la que Sophie se habría burlado alegremente.

—¿Cómo son tus padres? —le preguntó mientras inspeccionaba la imagen de una mujer abrazando una máquina de escribir, con los ojos cerrados y expresión de felicidad.

—¿Qué?

—Cuando están juntos, quiero decir.

—¿De qué estás hablando?

Sophie había cerrado la revista y la miraba.

—No lo sé —respondió Anna encogiéndose de hombros—. Solo siento curiosidad. Quiero decir, hay gente a la que conoces de toda la vida. Pero ¿y si son diferentes cuando tú no estás delante?

—¿Ha pasado algo?

—No.

—Entonces, ¿de qué coño estás hablando?

—Solo es una pregunta.

—Tus preguntas nunca son solo preguntas.

—¿A qué te refieres?

—¿Que *cómo* son mis padres?

—Lo que quería decir es... —Intentó explicarse—. ¿Cómo crees que son como personas? Por ejemplo, antes de tenernos, ¿cómo dirías que eran?

Durante un momento, Sophie pareció aceptar la premisa.

—Probablemente más guays. Al menos eso es lo que dice mi madre.

Anna esbozó una sonrisa con la intención de que resultase cercana y fraternal.

—Cuéntame.

—En serio —dijo Sophie—, ¿ha pasado algo?

—¿Por qué me preguntas eso?

—Porque me estás hablando como si yo fuera una maldita idiota.

—No lo eres.

—Lo sé.

—Lo siento.

—Oye —dijo Sophie—, si sabes algo, dímelo.

Lo dijo con un tono familiar, ese tono de una sensatez serena que a Anna siempre le hacía sentir que, de las dos, ella era la niña. Fue consciente de que lo que había estado haciendo estaba mal, era mezquino y cicatero. Quiso abrazar a Sophie, abrazarla de verdad. Sin decir nada, rodearla con sus brazos y apretarla hasta que ambas se echaran a reír y acordaran ir a ver si, con un poco de suerte, su madre les dejaba tomar una copa. Sin embargo, no lo hizo. Habría sido un gesto dramático y extraño. Aunque la mera idea seguía resultándole agradable.

—No sé nada —le aseguró—. Ya está... Mira.

Señaló una página en la que aparecía una familia sacando unas maletas del maletero de un coche. Encima de ellos se leían lo siguiente: ¡DISFRUTA MÁS CON EL TELÉFONO!

Sophie rio.

—¿Por qué antes la gente era tan tonta?

18

Era interesante, pensó Retsy, que cuando se trataba de las cenas del fin de semana, solo pudiera haber un acontecimiento principal. O bien pertenecía al viernes y al brillo de su promesa, o bien a la tranquilidad y la serena placidez del sábado. En cuanto a la pregunta de dónde encajaba aquella noche, parecía evidente que el día anterior habían alcanzado su punto álgido.

Por un lado, la carne era excesiva. Una buena idea, en teoría, pero en aquel momento el asado se le antojaba barroco; toda aquella pomposidad de la sangre y el corte, y la manera en que los trozos se desparramaban en los platos. Por otro, a pesar de la curva ascendente de su boca, era evidente que su marido seguía de mal humor. Emerson estaba algo reclinado hacia atrás. Fruncía los labios y movía la mandíbula muy despacio, tragando únicamente cuando Retsy imaginaba que su boca estaba vacía. Alzó la barbilla mientras escuchaba lo que decía Amos.

—Nunca podría —declaró Amos.

Por razones que Emerson no recordaba, estaba hablando de escribir una novela en primera persona.

—Ni desde ninguna otra perspectiva, por lo que parece —respondió.

—¿Quieres escribir? —preguntó Sophie.

—No —dijo Amos—. Me refiero a que, en el caso de

hacerlo, no podría estar tan cerca de un solo personaje. Creo que no soy... —buscó la palabra— lo bastante *valiente.*

—De todos mis pacientes —dijo Claire—, los escritores son los que más caminan. Incluso más que los carteros.

Emerson volvió a doblar la servilleta y la colocó sobre su pierna. No sabía por qué le había venido a la mente justo en aquel momento, pero, a pesar de no ser propenso a tener sueños recurrentes, la noche anterior había vuelto a soñar lo mismo.

Atravesaba el parque de camino al trabajo cuando se detuvo en una zona de césped donde se habían reunido varias personas para dejar correr a sus perros. Entre todo ese jaleo había un corgi, con las patas traseras extendidas, inoperantes, sobre un pequeño carro improvisado que arrastraba patéticamente por la hierba. Al cabo de unos segundos, el perro se paró en seco y empezó a ladrar, o, más bien, abrió la boca, ladeó la cabeza y se balanceó ligeramente, como haría un perro que ladra. Pero no emitió ruido alguno. Nada, ni tan siquiera un jadeo apagado que Emerson pudiera oír desde donde estaba. Se dio la vuelta, buscando al dueño. Alguien debería hacer algo, pensó, alguien debería ayudarlo. Se adentró en el césped con grandes zancadas, sus zapatos marrones brillaban al sortear ágilmente los socavones y los montones de excrementos. Llegó junto al perro y, con algo que no era tanto un sobresalto como la aceleración del pulso debido al deseo, vio cómo se alzaba su rodilla al levantar un pie del suelo justo antes de bajarlo sobre la criatura y su carro. Sintió cómo todo se rompía bajo la suela del zapato, el animal retorciéndose, destrozado. La gente echó a correr, oía gritos a su espalda.

Le importaba bien poco. Su única pretensión a aquellas alturas era saber qué significaba el perro. Se agachó y se inclinó hacia los machacados pulmones, tan cerca que podía sentir sus débiles jadeos. Justo cuando parecía estar listo para decir algo, Emerson se despertó.

—¿Sabes a qué me refiero? —preguntó Amos—. Es muy acertada la expresión que utilizamos para decir que a alguien le «entra» un berrinche. Realmente le entra. En plan... ahí va *eso*.

Emerson asintió vagamente. A su lado, Sophie inspeccionaba un mechón de su cabello.

—Y —prosiguió Amos— también me parece correcto lo de «estar» enfadado. Es algo interno, tiene que ver con tu *interior*.

—De acuerdo —dijo Emerson, entrecerrando los ojos en la distancia, como si pretendiese juzgar si un marco estaba torcido.

—¿Cómo te encuentras? —preguntó Claire.

Él alzó la vista.

—No estoy en estado terminal.

—Bueno, todo acaba estándolo, si esperas lo suficiente.

Emerson rio sin abrir la boca.

—Mamá —dijo Anna.

Claire sonrió y se encogió de hombros.

Sophie se volvió hacia él.

—¿Eso significa que vas a estar menos amargado?

—Yo no diría eso... —empezó a responder antes de que Retsy le tocara el brazo. Levantó las manos—. Vale, vale.

Anna observó con atención. Sintió que sus ojos rastreaban en busca de un punto de calor, un significado que no resultara evidente para los demás.

—Entonces, ¿se acabaron los gruñiditos? —dijo Amos.

—¿Qué gruñiditos? —preguntó Sophie.

—Es el ruido que hace alguien cuando no quiere admitir que ha perdido un punto.

—Oh —exclamó Anna—, ¿se trataba de *eso*? Me fastidió mi pintura.

Sophie se echó a reír.

—Claro. Hasta entonces era perfecta.

—Como el libro de Amos —añadió Retsy alegremente.

—Dios mío —dijo Amos. Abrazó la cabeza de Anna contra su pecho—. ¿Qué has hecho?

Anna se reía ahora. Claire también. El ruido crecía como burbujas de champán desbordándose, exuberantes.

Retsy negó ligeramente con la cabeza.

—La gente nunca me cree cuando digo que soy la más dura de aquí.

Sophie se inclinó hacia delante con una sonrisa impaciente.

—A lo mejor el regalo que papá se ha hecho a sí mismo ha sido asegurarse de que todos los demás también nos sintamos desgraciados.

Sin dejar de reír, los ojos de Claire se posaron en Emerson. Él bebía de su vaso, con el rostro suavizado por una forzada paciencia. Pudo verlo como al chico que había sido en su juventud: alto, guapo, con piel de roble y dientes brillantes, corriendo por el muelle para empujar a alguien al agua. ¿Aplicaron sus manos una fuerza excesiva? ¿Fue más que un empujón? No, ¿verdad? Solo fue un empujón, solo eran chicos peleándose. Pero ¿por qué, al verlo desde la orilla, había sentido que era algo más?

Claire comenzó a retroceder. Seguía riendo, pero era una risa bajo control, sofocada. Por razones que no podía expresar, quería distanciarse de lo que estaba sucediendo. Apoyó su mano en el muslo de Amos. Él no se dio cuenta.

—Está bien —dijo Emerson, como un maestro que pretendiese calmar a sus alumnos—. Os aseguro que duele.

—Créeme, lo sabemos —dijo Amos—. Nos lo has dejado bien claro.

—No me estás... —comenzó Emerson, pero se detuvo,

sintiendo que su voz se quebraba. «No me estás escuchando», eso era lo que había querido decir.

Retsy se puso en pie.

—¿Café? —Alisó el mantel junto a su sitio.

—A mí me apetece —dijo Anna.

—¿En serio? —respondió Claire.

—A mí también —dijo Sophie.

Anna se volvió hacia Emerson, un tanto mareada, las burlas de todos la impulsaron a ello. Alzó la barbilla, como si le dirigiera el comentario exclusivamente a él. Compuso en su rostro la afable sonrisa de un tío.

—A lo mejor en esta ocasión podrías intentar dar sorbos más pequeños.

Retsy rio, con ese murmullo tranquilo y aprobador que reservaba para los comentarios tal vez demasiado atrevidos. Al cabo de un momento, Amos también lo hizo, con una pequeña sonrisa de complicidad que venía a decir: «Sí, sí, *esa es* la broma».

Otra vez, pensó Emerson. Lo habían vuelto a hacer. ¿Por qué, de no ser así, iba su padre a entender lo que ella quería decir? ¿Acaso no había nada demasiado insignificante? Todo merecía una risita. ¿Y cómo lo había descrito ella? ¿Él, el inválido sucio, ella, la enfermera cumplidora a regañadientes?

Dejó el cuchillo junto al tenedor, el plato blanco manchado como la ropa en la escena de un crimen. No quería enfadarse, pero, por el amor de Dios, tendrían que saber cuándo dejarlo correr. Al fin y al cabo, se había mostrado comprensivo. Había aguantado sus cuidados, sus miradas y sus burlas. Pero, maldita sea, ya era suficiente; ya era suficiente, joder.

Su sonrisa cambió, sintió que se le agriaba en la cara. Sus dientes brillaban y seguía riendo, pero ya no estaba allí, ahora su enfoque era otro. Era consciente de la habitación, de las paredes y del techo. Sus paredes. Su techo. Solo había que fijarse en el vino que rodeaba a aquellas personas. Amos estaba sirviendo un poco en ese momento, acallando la risa para estabilizar su mano. Menudos aprovechados. Todo lo que había sobre la mesa —la comida, los platos, el mantel— era como las pruebas de un caso judicial. ¿En qué consistía dicho caso? En favores. Tantos y durante tantos años. Fue capaz de rememorarlos todos en un instante. Su visión se llenó de las cosas que les había dado, momentos de paciencia. No había olvidado nada. Aquella cena, aquel espectáculo. Se derrumbaban como cajas en el fondo de un armario que resultaban abrumadoras por su desorden y por la necesidad de enfrentarse a ellas. Intentó hablar, pero la maquinaria de su ira seguía a pleno rendimiento. Cada ruido suponía una ofensa, un tintineo indeseado de la campana.

—¿Estás segura? —preguntó alguien.

Sus voces volvieron a él. Muy despacio, desde la lejanía. Sophie asintió.

—Hemos tomado un poco en el almuerzo —dijo Anna.

—Oh. Juventud, divino tesoro. —Fue Claire la que habló—. ¿Backgammon? —añadió. Le estaba hablando a él.

Emerson lo pensó durante unos segundos.

—No —dijo vagamente—. No me apetece.

19

Atardecer. Frío en las ventanas. Más allá de las pistas, el granero se alzaba como un barco. La mesa estaba despejada. Solo quedaban servilletas y velas, ahora cortas, con vetas de cera, como las ruinas de antiguas columnas.

Estaban esparcidos por toda la casa, tirados como la ropa de los amantes que se dirigen a la cama. Amos y Retsy se hallaban de pie en la cocina, con medio pastel sobre la encimera, entre ellos. Sophie había vuelto al salón y a sus revistas. Claire, tumbada en el sofá de la biblioteca, abrió un libro. El aire olía a la madera del suelo y a abeto y, muy ligeramente, a pelo de mujer.

Más tarde, Anna se preguntaría por qué, precisamente en aquel momento, había sentido la necesidad de lavar la ropa. Una mancha, sí, aunque apenas perceptible. Más bien una marca, un arañazo oxidado en el borde de una manga. De mermelada, tal vez, o de café, o un rastro de vino junto al fregadero. En cualquier caso, no era urgente, ni necesario, ni siquiera era el tipo de cosa que solía importarle.

¿Había sido entonces por otro motivo? Un impulso algo menos inocente. Tal vez, tras haber vislumbrado la vida interior de los adultos, esperaba poder echar otro vistazo. Y si se trataba de eso, ¿no sería justo llamarlo un pequeño pecado de gula? Nada grave, pero sí con un determinado peso cósmico. ¿O no era nada? Absolutamente nada. Tan solo una chica lavando unas camisetas. Una chica que no podía evitar hacer lo mismo que todas las chicas: albergar el temor de que, siquiera en parte, fuera culpa suya.

Había un modo correcto de moverse en un cuarto de la colada. Sin pensar, sin preocuparse. Alza el brazo, agarra la caja. Ahora ese cacito grande... De acuerdo, un poco menos. Cierra la puerta, gira la ruedecilla de la lavadora —demasiado, uno menos— y ya está. El agua gotea en el interior. La máquina ruge al ponerse en marcha.

Pero cuando no sabes dónde está cada cosa o cuál es el programa adecuado, tienes la sensación de estar entrometiéndote, de estar en un lugar al que no perteneces. Así se sentía Anna en aquel momento, buscando el detergente a tientas detrás de pilas de sábanas y toallas.

No habría sabido decir por qué, pero estaba convencida de que pedir ayuda no era una opción. Si lo hacía, no podrían evitar hacerle preguntas. ¿Qué? ¿Por qué? Cariño, mañana estaremos en casa. El mero hecho de pensarlo la avergonzaba. Si, antes de nada, hubiera preguntado —por ejemplo: «Retsy, ¿te importa si lavo unas camisas?»—, todo habría ido bien. Tal vez habría resultado un poco chocante, pero nada más. El problema era que se sentía demasiado como en casa: si se enteraban de lo que estaba haciendo, la imaginarían como una huérfana, rebuscando en los armarios por la noche. Percibirían algo extraño y esencial en ella, aunque no tuviera la más remota idea de qué.

No, decidió. Debía hacerlo por su cuenta.

A veces le pasaban esas cosas. No dejaba de pensar, tenía una imaginación febril. Eran los momentos en los que más necesitaba a su padre, cuando cada nueva idea se ramificaba y se dividía, perdiéndose en una maraña teñida de confusión y ansiedad. Era como un juguete al que hubiesen dado demasiada cuerda, con un brazo que tiembla como si fuera a romperse. Lo que necesitaba era que su padre la abrazase y calmara las cosas. Él sabía cómo hacerlo, conocía las palabras adecuadas.

Anna suspiró. La pequeña habitación olía a jabón. Con las manos en las rodillas, se quedó mirando las camisas arrugadas. Oyó un ruido en el pasillo. Se dio la vuelta, tratando de no parecer sorprendida.

Emerson estaba de buen humor cuando entró en el estudio. Se sentía expansivo, generoso; deseaba que alguien le pidiera algo para poder dárselo. Notó un agradable apetito y pensó que unas tostadas podrían ser un buen tentempié. Aunque todavía lo tenía hinchado, incluso su tobillo parecía estar mejor. La torpeza de sus andares, a esas alturas, era más bien para aparentar.

—Limosna para los pobres —dijo Amos, viéndolo cojear hacia el profundo sillón de cuero. Emerson rio, realmente le pareció divertido, y se alegró de anunciar su regreso con aquel ruido amistoso.

Estaban todos allí, excepto Claire, que se había quedado dormida leyendo. Y Anna, que tal vez todavía estuviera arriba. Tal vez era lo que cabía esperar, una señal, en todo caso, de la tranquilidad general. Solo los desconocidos se sentían obligados a permanecer en la misma habitación que el anfitrión.

Sophie estaba sentada junto al fuego, ajetreada con las tijeras y una revista. Le daba la espalda. Estaba colocando las fotos en pequeños montones siguiendo un patrón que él no podía adivinar. Pensó en preguntarle en qué consistía lo que estaba haciendo, y si necesitaba ayuda, si tenía que llamar a

Anna o ver dónde estaba. Pero no lo hizo. Por extraño que parezca, pensó que habría sido de una absurda crueldad. En cualquier caso, tenía otras cosas en la cabeza.

Le había pasado con anterioridad, pero ahora, allí sentado, era casi como si pudiera limitarse a observar y describir la escena. Ya estaba hecho, pero todavía se preguntaba si lo haría. Se sumergió en sus pensamientos y volvió a reproducir la película.

Ahí está, subiendo las escaleras. Pasos lentos y vacilantes. Ya no le resulta doloroso, apenas nota una ligera molestia. Lo que hay que dejar claro es que no tiene ningún plan, ninguna intención, aparte de los ojos secos y la necesidad de ponerse las gafas que lo han llevado hasta lo alto de las escaleras. Llega. Se estabiliza, ve una luz al final del pasillo y se dirige hacia ella.

Entonces la ve. Ligeramente inclinada estudia las ruedecitas. El aire es fresco y oscuro, siente que sus manos encajan bien dentro de su piel. Por encima de ella, hay toallas dobladas. Todo está en calma, en parte gracias a las ordenadas hileras de tela. Ella se ha sujetado el pelo detrás de una oreja lo que, en ese momento, parece un gesto de confianza impensable, de una tranquilidad inmerecida. Algo le corre por dentro. Es emoción, rabia; es tensión y nerviosismo. Está casi horrorizado. ¿Está haciendo la colada? ¿Quién le ha dado permiso?

Ahora lo entiende. Para ella, todo en la vida es como el papel de seda que rodea un regalo: le alegra, pero no le da valor alguno. Añade encanto, hace un pequeño ruido cuando se desenvuelve, pero, por supuesto, se olvida al instante. Ese es su poder. Es lo que atraerá a los hombres. También es la razón por la que se sentirá irremediablemente sola. Quiere decírselo, porque es importante que lo sepa. Y, sin embargo, por razones que no puede discernir, se siente incapaz, casi le da miedo hacerlo.

La puerta se cierra detrás de ellos. Anna se da la vuelta. Su mirada asciende por su pecho. El blanco de los ojos de ambos brilla como la porcelana, cada iris perfecto como un agujero. Aquello lo embriaga. Le corre por las venas. La adrenalina de los besos y los bailes. Lo que uno imagina que se siente antes de apretar el gatillo o saltar delante de un tren. ¿Lo haré? ¿Voy a hacerlo?

Sin embargo, aquello no entraña el peso de una decisión. Es como una prueba, una aventura. ¿Puede hacerlo? Esa es la pregunta. ¿Está en su naturaleza hacerlo? No lo sabe a ciencia cierta. Lo piensa, pero no puede expresarlo con rotundidad. Lo que está a punto de suceder es un descubrimiento, pero lo que aprenderán de ello está en sus manos. Solo él tiene el poder de darle forma.

Durante un instante, la habitación brilla con el calor. Un miedo eléctrico golpea cada centímetro de su piel como si fuesen gotas de lluvia.

No está planeado. No, vuelve a pensar, en absoluto. Solo ahora se ha dado cuenta de lo que está haciendo. Este detalle es muy significativo. Está seguro. La idea de haberlo planeado de ese modo le horroriza. Haberlo tramado sería sin duda un error. Pero esto, esto es diferente. No puede decir muy bien por qué, pero es así. Esto le parece... —si tiene que confesarlo, entonces adelante—, le parece bien.

De repente, una extraña furia. Su brazo, su cuello. Los agarra como mangueras que se agitasen en el patio. Ella hace un pequeño ruido. El miedo ha llegado. Ahora todo es miedo, miedo y confusión. Ella lo mira.

—Shh —dice él.

Se oye decirlo. El sonido de su voz lo devuelve a la realidad. Se da cuenta de que no tiene ningún plan, no sabe cuál es el siguiente paso. Lo cual le emociona. Porque en ese diminuto armario no hay límites: no tener ningún plan es lo mismo que disponer de todos los planes. Siente una emoción infantil, casi vertiginosa. Pero también está la furia. Se debate entre ambas, su mente se agita como una bandera al viento. Otro ruido desde lo profundo de su garganta. Este, por alguna razón, mutilado, a medio abortar. Es el sonido de la confusión que se convierte en conocimiento antes de verse expresado por completo. Él niega con la cabeza, como si se dirigiera a alguien cercano. Para descartar sus preguntas, para calmar sus preocupaciones.

Ella no va a pedir ayuda. No hay necesidad de taparle la boca. Las manos sobre ella, le levanta la camisa de un tirón. Hablaron. Hablaron de él. Las palabras vuelan por su mente. Y qué. Años y años. Caen como una lluvia débil, tenue, luego se secan y desaparecen. El corgi también pasa a toda velocidad. Su pie, el encogimiento de hombros de Anna. De nuevo Anna encogiéndose de hombros. Como un pequeño bucle, como un disco que salta, encogimiento de hombros, encogimiento de hombros, encogimiento de hombros, hasta que el ruido se difumina en un rugido. ¿Cómo pudiste? ¿Quién, yo? No. Tal vez. Sí, pero ella también. Y él, el otro él. Pero no solo eso. Algo más. Algo más grande y total. Necesita la palabra, solo una palabra que lo nombre todo. La siente próxima, pero se le escapa. Sus manos se mueven, la agarran, la persiguen como una carta que el viento arrastrara por la calle. Finalmente, lo primero que ocurre entre ellos. Más un sollozo que un sonido.

—Para —le suplica ella.

Y él lo hace. Así, sin más. Como si nunca en su vida hubiera estado más sereno. Su mano se desliza fuera de los *shorts* de ella, la cinturilla se adhiere de nuevo sobre su piel.

Fuera de la casa, la oscuridad empapa el césped. Todo está en silencio. La hierba, el frío aire nocturno.

—Vale —dice él.

Es como si ella le hubiera pedido que le pasase el pan, o que le dijera a Sophie que la llamara. Él la mira. Ella no dice nada. Entonces se le ocurre una idea.

—Espera un segundo.

Se inclina sobre el hombro de Anna y gira la ruedecilla de la lavadora con un solo clic ensordecedor. Ella se estremece al oírlo. O tal vez él imagina ese estremecimiento. Es difícil saberlo. El agua comienza a salir.

—Es una carga pequeña, ¿verdad? No hace falta aclarado.

Un tronco crepitó en la chimenea. El susurro de las páginas, de los calcetines sobre la alfombra. Emerson sintió que sus ojos se desplazaban de una cosa a otra. Libros, marcos, el fuelle colgado del gancho. Qué extraordinario que algo así pudiera haber sucedido y que la vida no tuviera más remedio que seguir adelante. Todo estaba allí, todo estaba perfectamente bien.

¿Resultaba extraño pensar que él solo había intentado decirle algo a ella? Era raro, y más que una simple exageración. Pero aun así, no podía quitarse de la cabeza la sensación de que solo había querido advertirle, que las cosas simplemente se habían mezclado, se habían enredado al hacer lo que había hecho. Bueno, se recordó a sí mismo, ¿no era así como funcionaban las cosas? El mundo era complicado y todo se malinterpretaba constantemente. Sin duda resultaba frustrante, pero no había nada que hacer salvo seguir adelante.

Amos se puso de pie y suspiró. Estiró los brazos por encima de la cabeza.

—Estoy agotado. —Se inclinó para darle un beso en la mejilla a Retsy—. Gracias por la cena.

—De nada —sonrió ella.

De camino a la puerta, se detuvo y apoyó una mano en la cabeza de Sophie.

—Buenas noches, pequeña —le dijo. Ella le dedicó una agradable sonrisa.

—Y tú —le dijo Amos volviéndose—, ¿quieres venir mañana a comer *bagels* de cumpleaños conmigo?

Emerson se sujetó la barbilla con una mano y se dio unos golpecitos en la mejilla con los dedos. Al observarlo, Amos no le pareció una única persona, sino que se convirtió en cien, en mil, refractado en todos sus yoes, en todas las versiones que había sido en cada momento que habían pasado juntos. Había una energía frenética y arrolladora en la mente de Emerson, como un perro que esquiva a alguien que se lanza a atraparlo. Sus pensamientos se acercaban y luego se alejaban. Hacia un centro ardiente que no podía ver del todo y que no quería tocar. ¿Cómo surge el arrepentimiento y a instancias de quién? ¿Era arrepentimiento lo que sentía? Sí, había hecho lo que había hecho. Pero ahí estaban ahora, sentados junto al fuego. ¿Quién podría desear algo más que esa habitación, que esa vida?

—Suena genial —dijo, poniéndose de pie. Se le escapó un bostezo de los labios—. Yo también debería irme a dormir.

Subieron juntos las escaleras, con cuidado. Emerson iba delante. Amos lo siguió sin decir nada, permitiendo que se tomase su tiempo.

20

Claire había salido a correr, dejando a Amos tumbado solo en la cama. La luz era tenue, su piel tenía una tonalidad blanquecina suave e insulsa. Se imaginó cómo iba a transcurrir el día: desayuno, café, maletas en el coche. Casa: la ciudad los recibe, las hojas han caído en el porche desde que se marcharon. Una cena ligera. Pan, aceitunas, carne fría, los restos de un blanco de Alsacia en la nevera.

Había sido un error sacarlo a colación, sobre todo de la forma en que lo había hecho. Las cosas deben seguir su curso; ¿cuántas veces les había dicho algo parecido a sus pacientes?

—No tiene mucha importancia —había dicho—, pero me entristeció un poco.

Claire se había dado la vuelta y le había lanzado una mirada confusa y distante.

—Por lo diferente que fue —hizo una pausa—, respecto a cómo te comportaste con lo de mi diente.

—Dios mío —suspiró ella.

Fue entonces cuando Amos mencionó la tarta de Anna. Esperaba ofrecerle un atisbo de lo que sentía: la sensación de distanciamiento, o de aislamiento, o de lejanía, o algo así. Pero, por supuesto, para ella, aquello tan solo dejaba en evidencia su verdadera motivación. Porque, como ella le había dicho, lo que pretendía era igualar el marcador.

—¿Igualar el marcador? —dijo él.

—Sí. —Ella se mantuvo firme en ese punto. Se vistió a toda prisa, sin pensarlo—. Además —añadió—, él sí se ha hecho daño. Tú solo lo deseabas.

Amos la imaginó corriendo a través de los últimos restos de niebla húmeda. Pensar en su camiseta mojada y en el ritmo de su cadenciosa respiración le dejó la impresión de que tal vez no la conocía en absoluto. Le pasaba de vez en cuando, a menudo después de momentos en los que se habían enfrentado, y, curiosamente, era justo entonces cuando Amos experimentaba las más intensas oleadas de gratitud por lo que componía su matrimonio. Era como alguien que ha estado de mal humor y, en última instancia, se da cuenta de lo tonto que ha sido, conmovido por una palabra amable de un desconocido o el olor de los cruasanes.

Lo que él y Claire tenían ya no era delicado, era duradero, los años lo habían convertido en eso. La base de los días, de las comidas, de los paseos por el parque, la nieve crujiendo bajo los pies. Todos aquellos detalles habían creado un sedimento que formaba una suerte de estrecho; no había modo de que pudiera llevárselo la corriente. Y, sin embargo, no era tan difícil recordar cuando lo suyo todavía *era* frágil y nuevo, cuando se sentía como un niño en posesión, inexplicablemente, de algo precioso, algo que no se atrevía a llevar consigo a casa. Y no sin razón. ¿Acaso no había estado a punto de dejarlo caer? ¿No había estado a punto de echarlo todo a perder antes de que los dos tuvieran una oportunidad real?

Llevaban un año juntos, pero él ya sabía lo lúcida y tranquila que era ella. Desestimaba los asuntos como una dependienta, su razón separaba las cosas. ¿Y no habría hecho lo mismo con él? Cuando todavía era todo reciente, ¿no habría pensado ella, tal vez con razón, que con toda probabilidad tenía que haber otros tan buenos como él, sin tantos defectos además? No habría sido un gesto cruel, no habría habido apenas nada que decir. Ni siquiera habría intentado rebatirla.

Pero no, no había sucedido. Y no había duda alguna de por qué, ni de a quién tenía que agradecérselo.

Ahora están en la calle. Es junio. Por la Sexta Avenida circulan multitud de coches. Emerson se encuentra de pie a su lado. Se ha alejado y luego se ha vuelto para mirarlo a la cara. El sol calienta, el aire es suave. Sin embargo, todo le parece fuera de lugar, como alguien que sugiere un plan sin saber lo que ha pasado o cómo han cambiado las cosas.

—No lo entiendo.

—Yo tampoco —dice Amos con un hilo de voz.

—No es nada importante, solo es raro. Quiero decir —hace una pausa—. ¿O sí es importante?

—No —responde Amos—. No lo sé.

«Lo que quiero decir», repitió el guardia de seguridad, «es que no vas a irte hasta que alguien que conozcas venga a buscarte.» «¿Por qué?», preguntó Amos, aunque sabía que no tenía derecho a hablar. El guardia lo miró. «Para que estemos seguros de que no vas a volver.»

Mientras marcaba el número, sintió el cuerpo vacío y ligero. Se preguntó si eso era lo que se sentía al decirle a la gente que te estabas muriendo, la forma en que vivías sin la compañía de nadie el instante previo a que todos lo supieran. Por teléfono solo había explicado que Emerson necesitaba reunirse con él. Luego tapó el auricular y miró al guardia, que le dijo en voz baja: «Dile que venga por detrás».

—¿Estás enfadado conmigo?

—¿Qué? —dice Emerson, y luego se detiene a pensar en la pregunta—. Supongo. —Se rasca la mejilla—. Es que no tiene sentido. ¿Pasta de dientes?

¿Sabía Amos lo unidos que estaban hasta ese momento? Se pregunta si es un hermano. ¿Un padre? ¿Es así como se siente?

—Lo sé.

—¿Podrías, por lo menos, intentar explicarte?

Amos suspira. Ya lo ha hecho. Cientos de veces. Para sí mismo, mientras salía por la puerta y se adentraba en la calle. «¿Qué estás haciendo?», se decía a sí mismo. «Tienes veintisiete años. ¿Qué coño estás haciendo?»

Se maravilló de lo estúpido que era. Reunir a todos sus amigos en una habitación y pedirles que lo describieran con una sola palabra. ¿Qué dirían? Racional, tal vez. O práctico. Algo como sensato y tranquilo. Pero ahí estaba él, el sensible, dedicándose a robar chorradas en pequeñas tiendas. ¿Por qué? ¿Por qué demonios lo hacía? No podía ser por el dinero. Sin embargo, lo era. En realidad, no, pero en cierto modo, sí. Se trataba de la sensación que le producía gastar, aunque fuera un poco. Porque ahorrar, o, más bien, no haber gastado, significaría que estaba —¿cómo decirlo?— protegido.

Si pudiera embotellarlo, entregárselo y decir: «Toma, prueba esto», tal vez Emerson lo entendería. Tal vez cualquiera podría entenderlo. Todos aquellos años. La voz de su madre. La forma en que se sentaba a la mesa. «Estas facturas», gritaba. «¿Cuándo dejarán de llegar?» O la extraña noche en que fueron a comer pizza y él se arriesgó a pedir algo de beber. Dijo que sí, pero lo hizo con un deje de preocupación. ¿He hecho bien? Si no se dedicara a meter las narices donde no le corresponde. Pero en su debilidad, en su deseo, lo había hecho. Así que le sirvieron y bebió muy despacio, diciéndose a sí mismo que era dulce y emocionante y bueno. Aquel absurdo refresco. Pero, por supuesto, perdió toda la gracia. ¿Qué había hecho? ¿Cómo estaban realmente las cosas y qué supondría aquello con respecto al día siguiente? Se encontraba a muchos kilómetros de distancia del sabor que sentía en su boca. Todo estaba contaminado; nada era simplemente lo que era.

Ahora entendía lo innecesario que había sido. Todas aquellas preocupaciones, el temor incesante. Es cierto que no teníian mucho. Pero tampoco tan poco como para que todos los días estuvieran marcados por el miedo. Además, ciertas cosas no había modo de justificarlas. Como gritarle por haberse acabado la mantequilla demasiado rápido o dar un golpe en la mesa cuando le preguntó si había rellenado los formularios para la beca. Pero esa clase de conocimiento le llegó demasiado tarde. Ser un niño era ser permeable, las paredes que te rodeaban podía echarlas abajo una ráfaga de aire.

Y eso por lo que respectaba a su madre. Su padre iba arrastrando el tubo de escape de vuelta a su sucia y triste casa. Era un cuadro perfecto, brillantemente estructurado. Por un lado, su madre y ese miedo suyo sin nombre que la hacía temblar. Por otro, no tanto un padre como un amigo digno de lástima. Afectuoso pero irresponsable, con los dientes podridos y los pantalones sucios y desgastados. Más allá de eso, por otra parte, él era la respuesta a la pregunta tácita. ¿Quieres saber qué pasa si pides demasiado o si las cosas se ponen demasiado difíciles? Ahí lo tienes, él. Ahí es a donde vas a parar. En eso te conviertes cuando no puedes controlarlo todo.

Así pues, no era de extrañar que en el mundo exterior, en una ciudad en expansión cuyas exigencias eran incesantes, cuyos placeres, incluso los más pequeños, no dejaban de aumentar, se encontrara incapacitado, obligado a arrodillarse por culpa de algo que todo el mundo parecía tener. De ese modo seguía adelante, no siempre, pero sí con la frecuencia necesaria para sentir que pertenecía a aquel mundo. Salía de cena, iba a espectáculos, a tomar una copa después de la inauguración de tal o cual galería. Sin excederse. Si él hubiera tenido el valor de contratar a un contable, les habría dicho: «Oh, todo está bien». Pero esa no era la cuestión. Al hacerse mayor, nadie le explicó cómo funcionaba el mundo. Nadie le dijo: «Verás, esto es lo que podemos hacer». Simplemente acechaba, jadeaba en la oscuridad. No es suficiente, decía la voz ronca. Nunca es suficiente.

Así que se apropiaba de algunas cosas, las robaba. Las llevaba a casa con el rostro contraído para parecer tranquilo. Aquello lo calmaba. Lo cargaba de energía. Le ofrecía un lugar privado al que recurrir. Si se encontraba en una comida en la que habían pedido mucho vino, podía aflojar la soga recordándose que había formas de manejarlo. Contaba cosas que, poco a poco, le ayudarían a recuperar el equilibrio. Bombillas, aceite de oliva, detergente para la ropa. Era una estrategia basada en la lentitud y la paciencia. Pero la suya era una vida de resistencia. Creía en los pequeños actos, entendía la verdad que encerraba el hecho de sumarlos.

¿Se avergonzaba? Por supuesto, todo el tiempo. Pero su padre había muerto y su madre, como un hilo suelto en un jersey, había sido cortada de su vida. Lo que significaba que estaba solo: tan solo podía decepcionarse a sí mismo y eso, no sabía por qué, parecía lo más sencillo.

Emerson se ha acuclillado. Coge una piedrecita y la lanza al desagüe. Ahora lo mira, como si quisiera algo. Entender, Amos se da cuenta de que lo que quiere es eso. No sentirse tan confundido por su amigo.

—Estoy realmente solo —dice Amos. Cada palabra es crucial y frágil.

Emerson reflexiona durante unos segundos. Entrelaza los dedos y se lleva las manos a la cabeza.

—¿Tienes idea de lo fuerte que todos creemos que eres?

Le propina una patada al bordillo, como si hablara consigo mismo al tiempo que lo hace con Amos, como si fuera la primera vez que se le ocurre esa idea.

—No nos paramos a pensarlo. Ni siquiera nos preguntamos si estás bien.

Amos alza la vista y rápidamente mira a otro lado. Años después, se preguntará si aquel fue su mejor momento, lo más sincero y acertado que Emerson le había dicho en su vida.

—No sé si estoy bien.

Va a abrazarlo, piensa. Con desesperación, como un niño que se aferra a la pierna de alguien de quien teme que desaparezca. No, no importa. Eso no tendría sentido, no transmitiría lo que quiere decir. Nada podría hacerlo. Un sollozo quiere escapar por su garganta. Lo contiene. Ahora su cuerpo es todo gratitud, o alivio, o llegada. No sabe muy bien cómo describir lo que siente. Pero es limpio. No nuevo, sino lavado. Como una lluvia que rompe el calor y a cuyo paso huye la humedad.

Solo queda una pregunta. Y aunque se siente avergonzado, Amos está seguro de que necesita saberlo.

—¿Se lo dirás a Claire?

Emerson suspira y se frota el puente de la nariz.

—¿La quieres?

—Sí.

—Entonces, no.

Amos apenas oye la respuesta, como estuviera muy lejos.

—Rompería conmigo —dice, observando cómo cambia el semáforo y el tráfico empieza a circular a mayor velocidad.

—Es posible. Tal vez.

—¿Me quiere?

Emerson asiente.

—Sí. —Su mentón duro y atractivo—. Sí, creo que sí.

Allí de pie, Amos siente que han llegado a un acuerdo.

¿Es ese el momento en el que ha decidido casarse con ella? Se compromete con un tipo de vida determinado, acepta sus promesas. Las quiere. Solo un poco de comodidad, un poco de tranquilidad. Puede cambiar, está seguro. Realmente puede cambiar. Solo necesita algo de espacio para estirar los brazos y respirar. La vida con ella puede ofrecerle eso. No habrá preocupaciones, al menos no sobre esa cuestión. Un detalle para tener en cuenta, tal vez más que suficiente. Solo hay que pensar en lo que podría hacer con todo ese espacio. Habrá mucho más sitio: para el amor, para la atención, para cualquier otra cosa.

Apoya una mano en el hombro de Emerson, él se la aparta para darle un abrazo.

—¿Estarás bien? —pregunta—. ¿Seguro?

—Seguro —dice Amos—. Puedo hacerlo.

Alguien llamó a la puerta varias veces antes de que se abriera de golpe. Emerson estaba allí de pie, aferrándose con los dedos a la parte superior del marco de la puerta y arqueando el cuerpo.

—*Bagels.*

Amos se cubrió la cara con una almohada.

—He cambiado de opinión.

—Demasiado tarde.

—Jamás.

—Vamos —dijo Emerson.

—No.

—Venga.

Amos se incorporó apoyándose en los codos, entrecerró los ojos y suspiró.

—No.

—Venga —repitió Emerson.

Amos lo miró impasible.

Tras un momento, Emerson se encogió de hombros, sonrió ampliamente y saltó hacia la cama, rebotando sobre sus rodillas como un niño. La estructura se estremeció y crujió.

—Venga —dijo—. Es mi día, cabrón. No seas gilipollas.

Amos se vio zarandeado por pequeñas sacudidas. Sonrió. Había perdido, pero se alegraba de haber sido derrotado. Se sentía viejo, se sentía bien, como si bebiese de un arroyo. Ese hombre, de cincuenta y dos años, todavía poseía una alegría imposible de rechazar.

—Para —logró decir con una risa.

Emerson se detuvo, con una mirada amenazante.

—¿Y bien?

—Ve a buscar las putas llaves.

Emerson se alejó con un movimiento casual y difuso. Sus largas piernas se desplegaron, alzándolo. Así era como se movía siempre. Con suavidad, con la naturalidad del agua. Ni cariñoso ni cruel, tal vez ambas cosas a partes iguales.

Amos bostezó.

—Supongo que tu tobillo está mejor...

—En realidad —dijo Emerson—, creo que los saltitos han sido un error.

Los dos se echaron a reír. A carcajadas, con cariño. Contentos consigo mismos. El sonido atravesaba las paredes de la casa. Era algo que todo el mundo podía oír.

Segunda parte

Mediados de mayo. Hacía calor en la ciudad, que se redescubrió a sí misma. Los restaurantes abrieron sus ventanas, las ramas de los árboles desaparecieron bajo las hojas que bebían la luz del sol como si fueran alfombras. Por las tardes, se oían conversaciones. De camino a casa, los hombres acarreaban sus abrigos.

Tras dejar todo aquello, Anna siguió adelante. Ahora por el extremo occidental. A su derecha, el río brillaba como un puñado de monedas. Había encontrado un ritmo y una forma de respirar que la llevaban a creer que no se detendría jamás. Seis meses eran suficientes para crear hábitos, para sentir que dejaba huella en su propia vida. Sus pulmones se vaciaban y se llenaban. No era consciente de cada paso, sus piernas giraban como los radios en las ruedas de un tren.

Delante de ella, un hombre se acuclilló para atarse los cordones de los zapatos. Durante un momento, se imaginó a sí misma como esos cordones, doblándose en las manos de aquel hombre, entrelazándose en la seguridad de un nudo reconfortante. Luego lo dejó atrás. Él no era nadie. Anna siguió corriendo, aniquilándose a sí misma. Mechones de pelo se le pegaban al cuello.

Anna conocía bien ese estado de abrumadora apatía y lo ansiaba como un alcohólico que piensa en la petaca que lleva en el abrigo. La mera idea la reconfortaba. Que podía volver. Que la esperaría.

Su método era sencillo: se marchaba y empezaba a vagar de una calle a otra, cruzando un puente si le apetecía, dirigiéndose al siguiente. Podía entrar en el parque o pasar por los muelles, atravesar barrios dejados de la mano de Dios, y otros, como el suyo, plagados de casas adosadas con su promesa de paz y comodidad. Desde cierta distancia, todo podía parecer aleatorio e improvisado, pero cada elección era un fruto de la más pura voluntad.

Así seguía, hasta terminar. No era el cansancio lo que la llevaba a detenerse, sino el vacío entumecido, sedante, que sentía dentro de su cabeza. Anna aminoraba el paso, boqueando, dando saltitos, agitando los brazos como cuerdas mojadas, hasta que, finalmente, alzaba la vista para comprobar dónde estaba. En qué barrio. En qué calles. Quién estaba cerca. A partir de ese momento, solo era cuestión de encontrar una parada de metro. Cualquiera le valía. Una línea u otra siempre la llevaba de vuelta al principio.

En el metro, se hundía en su interior. Su cuerpo temblaba levemente con las sacudidas de los vagones, sus ojos nadaban con un brillo opiáceo. Durante gran parte del día le daba la impresión de que los pensamientos eran cosas que se esforzaba por mantener bajo el agua, amenazando constantemente con escaparse y salir a la superficie. Pero durante esos escasos momentos alcanzaba, si no el derecho a dejar de pensar, al menos la indiferencia suficiente para lograrlo. Su vida se había reducido a esa clase de necesidades limpias y simples: tenía que llegar a casa y tenía que comer.

El tiempo se había vuelto extraño. Las horas quedaban grabadas con dolorosa claridad, pero los meses quedaban atrás con anónima calma. Llegó octubre, luego el invierno, y ahora ya había pasado. Todo el mundo parecía estar de acuerdo.

Tal vez como resultado de dicha confusión, Anna empezó a recuperar escenas de cuando era más joven. Por ejemplo, el día en que al regresar del colegio preguntó si Papá Noel existía de verdad. Tenía cinco años y ahora le parecía obvio que tan solo deseaba que la tranquilizasen. Pero, debido a su tono de voz, sumamente franco y adulto, Claire la tomó al pie de la letra y se limitó a responder: «No, no existe».

Anna lloró de lo lindo. Su madre se disculpó, trató de consolarla, pero intentarlo, curiosamente, empeoró las cosas. A menudo lloraba por la frustración que le provocaba el hecho de que sus padres no le permitieran hacer algo. Ahora que estaban de acuerdo con ella, sin embargo, eso importaba bien poco. Había sucedido. Jamás dejaría de oírlo, no lo olvidaría. No había vuelta atrás.

Anna podía llorar en momentos como aquel. Lo había hecho, en más de una ocasión, durante los meses transcurridos desde el fin de semana que pasaron en el norte del estado. Por la niña de cinco años sentía cariño, la comprendía; podía tomar distancia, elevarse por encima de ella. Pero en lo referente a cuestiones actuales, de sí misma en el presente, todo era silencioso y confuso. Sus pensamientos se bloqueaban, nada parecía encajar.

Un poco más adelante, una grúa se inclinó hacia el muelle y elevó un contenedor del suelo. Durante unos segundos, se planteó la posibilidad de darse la vuelta para ver cómo ascendía, balanceándose ligeramente, hacia el cielo. Pero no.

Era mejor imaginarlo, seguir corriendo y ofrecerles a sus pensamientos un lugar adonde ir.

Su mente evocaba diferentes escenas del día. Huevos fríos en su plato, el colegio, siempre el colegio, el ojo tonto e irreflexivo de una paloma. Al llegar a casa, el sonido de Claire en algún lugar de la casa, el olor a pintura, moqueta y madera. Y también a las hojas de los árboles. Había una ventana abierta. En la cocina, tal vez. El aire primaveral había entrado a raudales. Y con él, brotó en su mente un pensamiento con respecto al verano, una pregunta que tenía intención de formular.

Era eso lo que la había empujado a salir corriendo. Porque Anna sabía que no podría decirlo con seriedad, temía que sus rasgos revelasen por qué necesitaba saberlo. Aunque tal vez no fuera así. Al fin y al cabo, era algo sencillo. Lo que quería decir era lo siguiente: «¿Tenemos planes para agosto? ¿Seguimos con la idea de visitar a los Ford?».

Le faltaba todavía una parte para completar el ritual. Lo que hizo antes de descender las escaleras de la estación del metro. No le gustaba expresarlo de ese modo, le avergonzaba denominarlo ritual. Pero ¿qué otra palabra servía para referirse a algo que se hace todos los días?

Primero, buscaba un periódico. Siempre encontraba alguno tirado. Luego elegía adónde ir. Librerías, supermercados o tiendas de regalos de museos, el tipo de lugares donde se venden tostadoras y teléfonos. Una vez dentro, recorría los pasillos intentando dar en las estanterías con el objeto adecuado. Tal vez lo necesitaba o podía imaginarle algún uso. Pero eso no era necesario. Lo único que importaba era el momento en que un objeto la llamaba suavemente, diciéndole: «Sí, has venido a por mí».

A continuación, buscaba algo barato que comprar. Una manzana, una postal, un imán del puente. En una mano llevaba el periódico, doblado sobre lo que quería ocultar, en la otra, lo que iba a comprar. Se mostraba encantadora, alegre y desenfadada. «Pensaré en ti durante el desayuno», le había dicho ayer a un dependiente después de llegar ambos a la conclusión de que los huevos escalfados eran lo mejor.

Una vez fuera, echaba a andar, como si algo tirase de su cara. Un hilo tenso, la piel tirante. Una chica guapa y nerviosa, que se detenía allí después de haber estado corriendo. Charlaba alegremente, reía, nunca aceptaba el cambio. ¿Quién sospecharía que había ido allí a robar?

A veces se quedaba con lo que robaba, pero no siempre. Con la misma frecuencia, dejaba los objetos sustraídos en la acera frente a su casa y luego se sentaba junto a la ventana, esperando a que alguien se los llevase. Lo que le interesaba era el tipo de persona que se detenía. Esa clase de detalles la ayudaban a liberarse de su mente y entrar en las ideas de los demás. Si hubiese seguido pintando, esa podría haber sido la base de su trabajo, pero, obviamente, ya no pintaba. Lo último que podía verse en su bloc eran unos dedos de los pies en la hierba. Los pinceles estaban secos en la estantería.

Una mujer con un sombrero ancho que le cubría los ojos y un perro pequeño e imperioso a su lado fue quien se llevó el jarrón. Al instante, Anna trazó las líneas esenciales de su vida: la menos favorecida de dos hermanas, con una querencia por la porcelana que su marido no podía permitirse. Qué triste, pensó, estar marcada por unos gustos que no puedes permitirte disfrutar. Era como afilar un cuchillo antes de clavártelo. Y, sin embargo, la mujer no daba crédito a su suerte: ahí la tenía, una pieza que había anhelado, abandonada en la calle. Qué bonito era pensar en cómo iba a colocar el jarrón en una de las estanterías de su casa; imaginar que, durante un par de días, tal vez el resentimiento que sentía por su marido remitiría.

Pero entonces desaparecieron: la mujer, el jarrón y el perro. Y la acera quedó vacía. Y el mundo reanudó su lenta labor de convertir a Anna en polvo.

La deprimía pensar en lo transparente que era aquello —lo de correr y lo de robar—, lo fácil que resultaba explicarlo. Afán de control, etcétera. A veces incluso se lo decía a sí misma, le daba vueltas en su cabeza como un mantra, observando cómo las palabras se descomponían. Poco importaba que, al repetir una palabra lo suficiente, su significado acabase disolviéndose en tu boca. Al fin y al cabo, lo había intentado. Incluso con la frase que más odiaba, aquella cuyo frío peso acarreaba como si fuera un arma.

Lo que él hizo. Una afirmación y una pregunta al mismo tiempo, o la respuesta a una pregunta, el final de las ramificaciones lógicas. ¿Había hecho algo? Sí. Bueno, entonces, ¿qué hizo? Esto..., esto es lo que él hizo.

Así que, con la esperanza de diluir aquella frase, la enjuagó, la escurrió y la enjuagó de nuevo. Lo que él hizo. Lo que él hizo. Lo que él hizo. Lo que él hizo. Una y otra vez, hasta que las palabras se desintegraron y, durante un instante de felicidad, se liberaron de sus ataduras para chapotear sin objetivo como sonidos incipientes. ¿Podía ser que él no hubiera hecho nada? Después de todo, ¿quién era «él»?

Pero nunca le funcionaba durante mucho tiempo. Porque las palabras eran solo palabras. Y no se trataba de una idea que sus pensamientos intentaran acallar; era un hecho inmutable. Lo que él hizo. Lo que había hecho. Lo que siempre sería cierto.

Anna redujo el paso hasta caminar con cierto ritmo. Las calles habían empezado a estrecharse y retorcerse. Aquí, el peso de la edad las superaba. La isla al completo se inclinaba hacia un lado, por eso ella sentía que se deslizaba hacia abajo.

La gente se reunía fuera de los restaurantes. Se abrazaban, miraban sus relojes y entraban. Una mujer se agachó para pasar por debajo del brazo de alguien que sostenía la puerta. La luz se estaba disipando. Las aceras ya estaban bañadas por una suave y aterciopelada oscuridad.

En un parque en la esquina, un hombre se inclinaba sobre un saxofón, con las uñas rotas y la ropa raída y sucia. Detrás de él, una mujer cruzaba una cancha de baloncesto montada en unos patines. Se movía al ritmo de la música, como un pájaro, como una sábana al viento. No era elegante, mostraba seguridad: surgía la música y ella la seguía. Este cuerpo es mío, decían sus gestos. Lo amo y, por eso, voy a usarlo.

Anna observaba. Sabía lo que quería pensar: que la ciudad era hermosa, perdurable y sombría. Pero eso no era lo que ocupaba su mente. La invadía una rabia celosa y devoradora, una mancha de tinta de ira. Le habría gustado sacudir a aquella mujer como si fuera un frasco lleno de monedas. «Dámelo», le diría. «Devuélvemelo. Yo lo tenía y quiero volver a tenerlo.»

Su cuerpo, de eso se trataba. Su propio cuerpo. Antaño le había pertenecido en exclusividad, para usarlo como le viniera en gana. Eructaba y luego se echaba a reír, se limpiaba el sudor y los mocos de los labios. Intentaba hacerse una trenza francesa, fracasaba y después ponía mala cara. Se golpeaba el dedo del pie y soltaba un grito. Corría a toda velocidad por la hierba mojada, saltaba al océano y se revolcaba en la arena solo para ver cuánta se le pegaba a la piel. Y pensaba en los chicos, en sus bocas, en sus manos ásperas. Cerraba los ojos y los dejaba explorar. No de verdad, todavía no. Pero en la cama, en la oscuridad privada de su mente, después de apagar las luces mientras intentaba ver qué podía sentir, si podía olvidar que aquellos dedos eran suyos.

Pero ahora vivía en algo ajeno. En un caparazón extraño, en una caja toscamente construida, oxidada y con astillas. ¿Cuándo había bailado por última vez? ¿O levantado los brazos por encima de la cabeza y dejado que cayeran para sentir el placer de su propio peso? No tenía ni idea. Podía correr, sí, pero no era lo mismo. El ejercicio no lograba que nadie fuera libre.

Anna bajó la mirada. Ya tenía un periódico en las manos. Ni siquiera se había dado cuenta de que lo había recogido del suelo. Estaba sucio y un tanto roto. Los titulares estaban en ruso, pero serviría.

Más arriba, en esa misma calle, había una tienda pequeña y con una cálida iluminación. Las letras de la ventana se estaban desvaneciendo, la «g» de Antigüedades apenas se veía. Dentro tenían espejos, lámparas, mesas de hierro forjado sobre las que había aldabas junto a piezas de ajedrez, ceniceros y cucharas. Al cruzar, Anna se detuvo un momento. Luego esbozó una sonrisa y entró.

La campanilla sonó débilmente. La mujer de la caja registradora levantó la vista y la miró por un momento.

—Eh, que estamos abiertos hasta las diez —dijo.

—¿Qué? —preguntó Anna.

—No tenías por qué correr.

Anna sonrió.

—Oye —dijo con un gesto—, ¿no te parece que por todo esto vale la pena apresurarse un poco?

La mujer soltó una risotada agradable y seca.

—Si necesitas ayuda, grita.

La mañana siguiente. Menuda frase. Pesada, densa como un nombre propio. Anna odiaba pensar en ello de ese modo, darle tanta importancia. Pero tenía que haber una. Tanto si creía que debía ser así como si no, la noche había pasado y había empezado el día siguiente.

Anna había desayunado. O eso creía. El plato que tenía delante estaba vacío, así pues, ¿qué otra explicación podía haber? Pero entonces su padre se acercó para sacar los huevos de la sartén y poner un *bagel* junto a ellos.

—Recién hechos —dijo con una sonrisa de orgullo.

Ella asintió. Se le revolvió el estómago al sentir el calor que desprendían.

Las cosas seguían sucediendo a su alrededor. Las palabras retumbaban como si arrastrasen equipaje por encima de su cabeza. Estaba sentada a la mesa, ahora en el coche. ¿Se había despedido de Sophie? ¿De alguien? Se sentía como una viajera a la que le preguntaban cómo había llegado. Una pregunta tan obvia y, sin embargo, no tenía ni idea.

Unos pocos años antes, se había resbalado mientras trepaba a un árbol. Su amiga acudió corriendo. «Dios mío», dijo, «¿estás bien?» «No es nada», respondió Anna. Sacudió los brazos y saltó para demostrar que estaba bien. «Pero tu pierna», dijo la amiga. Solo entonces vio Anna el trozo de piel desgarrado que iba desde la rodilla hasta la cadera, con la sangre saliendo a borbotones. Se estaba tambaleando, pero no sintió nada. Su pierna le parecía algo lejano y vago. El corte no era real, tal vez ni siquiera fuera suyo.

Así es como se sentía mientras iban en el coche de vuelta a casa: como si estuviera cubierta de gasas, nada la tocaba del todo. Pasara lo que pasase era agradable, casi tranquilo. Observó las manos de su padre en el volante. Las dos, luego una, luego las dos de nuevo. Su madre rio. Por algo que él había dicho. Se acercó para acariciarle la nuca. Apareció la ciudad. Bloques altos y somnolientos. Las luces rojas se volvieron verdes. El coche flotaba por debajo de ellas. De repente, estaba en casa, en su habitación, por fin en la ducha.

Fue entonces cuando le vino todo. Cuando recordó, o tal vez entendió. En un principio, se dio cuenta, con una especie de confusión desconcertada, de que se estaba frotando de un modo febril. Eh, vosotras, habría querido decirles a sus manos, ¿qué os pasa? Es posible incluso que se hiciese esa misma pregunta. Porque, con el agua cayendo sobre sus hombros y el vapor saliendo de sus pies, Anna lo comprendió: sabía que lo sabía.

Se le presentó en fragmentos, en destellos. El cuerpo de él, su olor a protector solar y sudor. Cómo él le ponía una mano en la garganta. La forma en que la lavadora le aplastaba a ella la columna vertebral. Anna se tocó en ese punto. Estaba sensible, sus dedos describieron la mancha negra de un moretón. Luego, la otra mano, la peor, la malvada, se deslizó hasta sus pantalones cortos y la abrió como si fuera una puerta. El hambre colonizadora con que la agarró, sus ojos mirándola, indiferentes. Allí estaban, declamando lo que ella sabía, lo que había temido todo el tiempo: en realidad no existes, no eres más que una cosa. Era cierto, ella lo sabía. No dudaba de que él la despreciaba. Anna sintió horror, sintió alivio.

Estaba llorando. No se había dado cuenta hasta ese momento. Notar los mocos en los labios se lo hizo saber. Sus manos seguían frotando. No cambiaba nada. Lo que deseaba quemar estaba dentro, en otro lugar.

Anna tocó la pantalla de una lámpara y sacudió la cabeza vagamente, como si tomara nota de un pensamiento. Observó el reflejo de la mujer en uno de los grandes espejos de la pared. Su rostro era hermoso, pero evidenciaba cansancio, con los dientes manchados por el té. Anna la imaginó inclinada sobre el escritorio, con un bolígrafo en la mano, esforzándose por calcular si la tienda saldría adelante. Qué extraño era imaginar algo así al mismo tiempo que buscaba, fingiendo indiferencia, algo que robar. Anna no pretendía conciliar aquellas ideas, no parecían tener relación alguna. No sentía nada. A pesar de su sonrisa, apenas estaba allí.

Tomó un pequeño caballo de bronce de una estantería, le dio la vuelta y notó su peso. Le recordó a un cisne de cristal que se había llevado de una tienda junto al parque. Eran de un tamaño similar, su densidad resultaba tranquilizadora al tocarlos. En aquella ocasión había seducido a un hombre con la cara marcada de viruela y bigote, y se había marchado justo cuando él se reía de lo que ella había dicho. Una vez fuera, se apresuró hasta un callejón, sintiendo el fuerte impulso de lanzar el cisne contra una pared de ladrillos. Es como yo, pensó Anna, mirando al pájaro acurrucado en su mano. Hermoso, cruel. Sintió cómo su brazo tomaba impulso cuando algo la detuvo: se imaginó a un perro, marrón, tal vez con una mancha blanca en los extremos de cada oreja, que pasaba por encima de todos los añicos y se clavaba uno en la inocente carne de su pata. Empezó a llorar. Eran lágrimas calientes, de pura frustración. Ella era una buena persona, no quería ser mala ni sentirse tan lejos del mundo. Así que caminó hasta el río y echó a navegar el cisne sobre el agua gris, agrietada y escamosa.

No, el caballo no estaba bien. Volvió a dejarlo en su sitio.

—No tiene pantallas de lámpara con borlas, ¿verdad? —preguntó Anna sin volverse.

La mujer chasqueó la lengua y entrecerró los ojos mirando hacia el techo.

—Creo que no. Pero —añadió— a lo mejor esas te gustan.

Señaló al otro lado de la tienda hacia unas con ribetes de encaje.

Anna conocía bien ese momento.

—Son muy bonitas —dijo—, pero mi padre...

El tono de su voz era familiar, cómplice. La mujer sonrió y asintió con la cabeza.

Anna se detuvo, lo había encontrado. Lo supo como lo sabía siempre: de sopetón. Se trataba de un encendedor de peltre desgastado. En un lado se veía el contorno difuso de unas iniciales, casi borradas por las décadas pasadas en bolsillos y manos. Se vio en su habitación, sintiendo cómo la uña del pulgar cerraba la tapa, encendido, apagado, encendido, apagado, cuando quisiera, cuando le apeteciera. Se relajó al sentir cómo se calentaba en su mano. No era cuestión de si estaría bien, ya lo estaba.

—¿Cuánto tiempo hace que tiene esta tienda? —preguntó, ahora con curiosidad. Levantó un sujetalibros y fingió inspeccionar el fieltro de su base.

—Oh, no soy la dueña.

—Ah —dijo Anna, sintiendo una extraña punzada de decepción—. Bueno. Por favor, dígale a quien corresponda que tiene un gusto maravilloso.

La mujer sonrió.

—Lo haré. Muy amable de tu parte.

Se produjo un silencio cómodo entre ellas. Anna se desplazaba en silencio mientras la mujer tachaba cosas con su bolígrafo. Le gustaban esos momentos de estar junto a la gente, incluso con esa persona a la que nunca llegaría a conocer. Simplemente estaban viviendo. Ambas estaban pasando el día.

—Bueno —dijo Anna—, que pase una buena tarde.

—Igualmente.

Dejó el sujetalibros y se dirigió hacia la puerta, deteniéndose para mirar una urna china achaparrada. Luego subió los escalones y alcanzó el picaporte con la pequeña campana que colgaba de una cuerda amarilla deshilachada.

—Eh —dijo una voz masculina a su espalda.

Un día, Anna salió a pasear. Era enero y habían transcurrido casi tres meses. La tarde era fría, la nieve susurraba bajo sus pies. Llegó a un pequeño parque donde jugaban unos niños, con el cuerpo cubierto con gruesas capas de ropa. Cerca de allí, varias mujeres estaban sentadas charlando. Levantaron las tapas de sus tazas para soplar el vapor.

—Pero *¿por qué?* —se quejó la voz insistente de una niña.

Anna se dio cuenta enseguida de que había estado preguntando lo mismo una y otra vez, negándose a aceptar la respuesta. A saber qué había provocado aquello, algo sobre la luna o un pájaro, o la razón por la que no se le permitían ciertas cosas.

—Ya basta —dijo una de las mujeres en voz baja.

La niña frunció el ceño antes de romper a llorar. Anna se detuvo a observar desde detrás de la verja de hierro forjado.

—Ya basta —dijo la mujer mientras se ocupaba de su bolso.

—Pero —suplicó la niña— solo quería saberlo.

Era extraño, pensaría Anna más tarde, que no recordara haber entrado en el parque infantil. Pero allí estaba, sin más, de pie junto a ellas, sintiendo su peso en las puntas de los pies.

—¿Por qué no la dejas en paz? —dijo Anna. La fuerza de su propia voz la sorprendió. Sintió la necesidad de defender a alguien.

La mujer alzó la vista.

—¿Dejarla en paz? —se rio incrédula—. ¿De qué estás hablando? Soy su madre.

Durante un momento, nadie habló. Luego, la mujer volvió a reírse de forma privada e incrédula. La niña miró a Anna con una mezcla de cautela y confusión antes de volverse para darle a su madre un cariñoso abrazo.

Anna se marchó a toda prisa, con la mirada gacha, arrastrando los pies sobre la nieve. Se sentía avergonzada y alterada en exceso. No conseguía entenderse a sí misma. ¿En qué había estado pensando? ¿Qué estaba tratando de hacer?

Tardó varios días en entenderlo. Se hallaba tumbada en la cama, dándole vueltas a las mismas y agotadoras preguntas. ¿Qué andaba buscando? ¿Qué quería? ¿Qué podía pedirle al futuro? Acurrucada sobre las sábanas, lo vio con claridad, tan claro como la letra de una canción. Saber por qué. De eso se trataba, eso era todo. Debía obtener una respuesta.

¿Por qué él había hecho eso? ¿Por qué se lo había hecho a ella? Era la única llave de la puerta, lo único que podía salvarla. Por qué, simplemente por qué. ¿Por qué yo? ¿Por qué en ese momento y por qué eso? ¿Lo había enfadado? ¿Había hecho algo mal? ¿O era... vete a saber qué? ¿Quién sabía lo que ella intentaba adivinar? Su imaginación titubeaba, balbucía. Era incapaz de concebir de qué podía tratarse.

No era de extrañar que su corazón se hubiera decantado por aquella niña. Su pregunta era la única real, la que tenemos derecho a hacer y por la que tenemos derecho a obtener respuestas.

Anna se detuvo, consciente del modo en que se habían unido sus ríos. Sí, nosotras. Ella y yo también. Todas nosotras, cualquiera que tenga un motivo para necesitar saber el porqué.

Anna bajó la mirada hacia sus manos. Su piel tenía un color enfermizo bajo la luz blanquecina de los halógenos. Sus venas eran como carreteras en un mapa antiguo.

La habitación era funcional y austera. Una pared estaba cubierta de estantes, sobre los que había jarrones y cuencos que necesitaban reparación. No había ventanas y, sin venir a cuento, Anna sintió que estaba en algún lugar muy profundo de la ciudad. La mera idea de la calle, de la acera, le parecía muy lejana. ¿Por qué no había huido?, pensó. Él no se habría acercado.

—¿Cuántos años tienes?

Fue el hombre quien habló, el que, cuando ella se dio la vuelta, ya se estaba aproximando a ella con paso firme, su gesto de enfado denotaba que sabía algo.

—Creo que tienes algo que nos pertenece —dijo cuando se detuvo a su lado.

Mantuvo la puerta cerrada mientras ella se pasaba el papel de una mano a otra y le ofrecía la pequeña caja de plata.

—Sígueme —dijo señalando hacia la parte de atrás.

La mujer de la caja registradora dejó escapar un suspiro triste cuando pasaron.

—Oh, cariño —dijo.

—Dieciséis.

El hombre gruñó.

—¿Crees que nuestro trabajo no tiene importancia?

—No —dijo ella en voz baja.

—¿Crees que eres la única persona en el mundo?

—No.

—No tiene sentido —dijo la mujer. Había entrado y se había quedado de pie junto al mostrador con los brazos cruzados.

El hombre la hizo callar con un gesto.

—¿Crees que los demás no importan?

Anna lo miró. Tenía los ojos húmedos. Negó con la cabeza.

Con un suspiro, el hombre se puso de pie. Abrió la boca

con la intención de hablar, pero cambió de opinión y la miró con una ira absoluta e impersonal. Al cabo de unos segundos, agarró el teléfono. Al hacerlo, su brazo rozó el hombro de Anna, que se estremeció. Él descartó la llamada con una mirada de aburrida irritación.

—Ahórranoslo —dijo, colocándolo delante de ella.

Ella proyectó cómo iban a ir las cosas: no habría necesidad de sirenas ni de luces, tan solo dos agentes cansados riéndose mientras la llevaban a la comisaría. Tal vez uno de ellos le daría algún consejo. Cuando llegaran, los demás reirían. ¿Ella? ¿Es a ella a la que hay que fichar?

—Muy bien —dijo él, alzando el auricular—. Vas a llamar a tu padre.

No se lo había contado a nadie. ¿Tenía la intención de hacerlo? Por supuesto. Y por supuesto que no. ¿Cómo podía ser de otro modo? No podía imaginar vivir así por siempre, pero era mucho peor pensar en lo que significaría confesarlo.

En sueños, a veces estaba a punto de hacerlo, pero ni siquiera entonces lo hacía. Estaba dispuesta a hablar, siempre con alguien a quien no lograba identificar, cuando de repente se oía el ruido de un tren y Anna se daba cuenta de que se encontraban a escasos metros de las vías. No era peligroso, pero estaban lo bastante cerca como para que, cuando ella hablara, los vagones pasaran rugiendo, engullendo su voz igual que una trilladora. Luego proseguía su camino y tanto ella como la otra persona se saludaban con la cabeza, con amabilidad, casi con esperanza. Quedaba claro que no la habían oído, y Anna estaba segura de que no volvería a verbalizarlo. Era entonces cuando se despertaba.

¿Cuál era su temor? Todo le daba miedo, al mismo tiempo. Temía que el hecho de contarlo lo hiciese real, que ya no le perteneciese solo a ella. Temía tanto que sus padres se enfadaran como que no lo hicieran, que se entristecieran en exceso o no lo suficiente. Tal vez la gente hablara de ello, o tal vez a nadie le importara. ¿Qué pensarían? ¿Qué se preguntarían? ¿La creerían? ¿Sería peor si lo hicieran? A quienquiera que se lo contara la escucharía y reaccionaría, pensaría cosas y las haría; ella ya no tendría nada que decir. A ojos de los demás cambiaría. Aunque ya era diferente, en el momento en que alguien la viera de ese modo sería cuando el hechizo se completaría para siempre. Y quienquiera que fuese también se lo contaría a los demás; al final, todo el mundo lo hace. La historia se le escaparía de las manos como algo que se cuela por una alcantarilla en la calle. ¿Y adónde iría a parar? ¿Qué significaría? ¿Cómo cambiarán las cosas?

Tal vez, pensó Anna, si lograse apañárselas, si se diera un poco de tiempo y se controlase, entonces, como sucede con una comida en mal estado, acabaría digiriéndolo: desagradable al principio, pero acabaría desapareciendo hasta olvidarlo. Qué idea tan estupenda. Casi podía creérsela.

Además, si quisiese contárselo a alguien, ¿qué le diría exactamente? Las manos no eran armas, la gente se toca sin cesar. ¿Qué pasaría si las palabras que eligiera no fuesen las adecuadas o no fueran ciertas? ¿Y si no transmitían lo que había sido para ella? A veces, casi deseaba que él hubiera ido más allá, que hubiera sido peor. Como mínimo, sería más obvio lo que tuviese que confesar. Ojalá pudiera decir simplemente: «Me violó». Todo el mundo sabía lo que eso significaba. Pero, por otra parte, no; no, por supuesto que no. Qué indulgente pensar así. Menuda afrenta para todas aquellas para las que eso era cierto.

Y luego estaba la última de las preguntas, la más retorcida y odiosa de todas. ¿Acaso alguien quería saberlo? No se le había ocurrido preguntárselo, al menos en un principio.

Pero cuando surgió esa pregunta, la respuesta le pareció contundente y obvia como una pared.

Era diciembre y hacía calor. La semana antes de Navidad. Los escaparates brillaban con esperanza, pero las calles estaban resbaladizas debido a la oscura y sucia lluvia. Llegó el viernes. Ella sabía lo que eso significaba, ocurría todos los años: esa noche había cena en casa de los Ford. Anna esperó hasta primera hora de la tarde, para no correr el riesgo de que hubiese tiempo de retrasarla. Bajó las escaleras, con el pelo revuelto y enredado, y emitió un gemido seco y forzado.

—No me encuentro bien —dijo, sentándose con cara de pena en el último escalón.

—Oh, cariño —dijo Claire. Cruzó la habitación y le puso una mano en la cabeza.

—Es el estómago.

Su madre frunció el ceño y suspiró, acariciándole la mejilla. Amos entró.

—Menuda pinta —comentó, refiriéndose a su aspecto.

—No se encuentra bien.

—Vaya. —Su padre miró su reloj—. ¿Estás segura?

Anna asintió, curvando los dedos de los pies sobre la alfombra.

—Maldita sea —dijo él con desagrado—. Maldita sea. Me hacía ilusión.

Ella sabía que era cierto. Había estado animado toda la semana, había mostrado su entusiasmo con su habitual sinceridad. Le encantaba la Navidad en el más amplio sentido de la palabra, pero también esa cena. Y en su decepción, Anna apreció lo que antes no se había detenido a observar: que nadie quería que ella lo contara. Al principio no lo había tenido en cuenta, pero era muy lógico, porque amaban sus propias vidas, todos estaban obsesionados. Cada día, cada comida. Lo que ellos consideraban valioso no tenía fin.

—¿Estás segura? —sonrió con gesto tímido y suplicante.

—Sí, papá —dijo ella—. Te lo aseguro, todos seréis más felices si yo no estoy allí.

—No todos.

Ella sonrió, pensó que tal vez lloraría. Quería que él se fuera.

—De acuerdo, todos menos tú.

Él le hizo un gesto seco con la cabeza, como si fuera un mayordomo, y luego desapareció por el pasillo, dejándola sumida en sus pensamientos, la cocina en silencio y las motas de lluvia en el cristal.

Anna sabía que su padre estaba triste porque quería mucho a su familia. Su madre también, pero no de la misma manera. La de su padre era la alegría infantil propia de un niño al que le hubiesen dado lo que tanto deseaba, pero nunca se habría atrevido a pedir. Anna no se había detenido a pensar que quería a su padre precisamente por eso, pero así era: le encantaba la idea de que él fuera feliz. Crecer a menudo resultaba doloroso y difícil, pero verlo a él le daba la esperanza de que también podía ser divertido. Y Emerson formaba parte de eso. Se conocían desde siempre, la amistad que compartían era anterior a ella.

Al pensarlo, Anna sintió un repentino escalofrío generado por nuevos sentimientos: ira y también algo más. Rabia, llegada como un ladrillo que hubiese roto el cristal de una ventana. ¿Cómo se atrevía? ¿Cómo se atrevía su padre a hacerla sentirse mal? ¿Cómo se atrevía a obligarla a preguntarse qué debía hacer? Al fin y al cabo, era su amigo; era *su* puto amigo. ¿Acaso no sabía quién era Emerson? ¿Cómo era posible que no tuviera ni idea?

—¿Cómo es posible que *no lo sepas?* —masculló Anna.

Lo había dicho en voz alta. Se quedó atónita al oír su propia voz. Era una pregunta tan obvia. ¿De verdad no se lo había preguntado hasta ese preciso instante? ¿O había estado ahí todo el tiempo, cambiando, pudriéndose, como la grieta de un diente que se ha partido? Pero tan rápido como apareció se fue, y Anna se sintió abrumada por una oleada de arrepentimiento. Su padre no había hecho nada; nunca lo haría. Era la mera idea de su felicidad lo que ella odiaba, porque el hecho de que existiera significaba que tenía que romperla. Por otra parte, odiaba odiarlo. ¿Qué podía ser peor que sentirse molesta por la alegría de su padre? No podía pensar. Todo estaba envenenado. El suelo de su mente estaba cubierto de esquirlas. No tenía ni idea de cómo salir de allí.

Anna observó el teléfono en la mano del hombre. Recorrió con la mirada su brazo, llegó a su hombro y después cruzó la mirada con sus ojos impacientes. La luz zumbaba sobre su cabeza. Su camisa estaba rígida por el sudor seco.

—¿Me das un minuto?

—¿Para poder elegir la mentira que más te conviene?

—Porque me duele la cabeza —dijo ella.

Desengañado, colgó el aparato y cruzó los brazos de nuevo. La mujer se apartó del lugar donde estaba apoyada. Antes de marcharse, apoyó una mano sobre el hombro de Anna.

—No está bien lo que has hecho, pero tampoco es para tanto.

Anna asintió. No para mostrar su acuerdo, sino para demostrar que había escuchado. Lo que nunca habría podido explicar, ni a ellos ni a sí misma, era que su mente solo estaba ocupada por una cosa. Su cuello, la nuca. El cuello de Emerson era lo único que veía.

Aquella mañana, la mañana después de la noche, Anna

tomó una decisión: no se quedaría encerrada en su habitación, no se acobardaría en el piso de arriba. Así que tragó saliva, se cepilló el pelo y bajó a la cocina. Él le daba la espalda, tenía un cuchillo en la mano con el que se afanaba sobre la fría mantequilla. Y allí, en el borde de su cabello, una media luna de piel pálida. Una astilla, una pestaña blanca. Dejaba en evidencia su corte de pelo y el verano de sol.

En ese detalle volcó toda su furia. Que él pudiera cortarse el pelo, que pensara que tenía que hacerlo. Era un pensamiento que a ella le venía a veces, algo en lo que pensaba todo el mundo. Y si compartían eso, ¿qué más le pertenecía a él? Todo. Todo. El alivio de encontrar las llaves en un abrigo, el suspiro que se deja escapar al agacharse para recoger un bolígrafo. Además de la sed, el miedo, incluso el aburrimiento. Él debía tener esperanzas. Sin duda amaba ciertas canciones. Como ella, como ella. Todas esas cosas los hacían iguales.

Su ira estaba empapada de tristeza, no podía desprenderse de ella. Pensar en su nuca le partía el corazón, por ella misma, pero quizás también por él. Quería replicar, dar fe del espacio que separaba la piel bronceada de la que no lo estaba, declarar que eran iguales, preguntarle por qué lo había hecho cuando eran exactamente iguales. El tenue borde de piel era lo único verdadero en él. Nadie podía verlo excepto ella.

—De acuerdo —dijo el hombre. Golpeó el teléfono con un dedo, grueso como un perno—. Vamos.

Su nombre se había convertido en una mina explosiva. Escondida bajo las escaleras o en el jardín, conectada para explotar cuando sonase el piano. Aparecía de repente —Amos, al hablar de un nuevo restaurante: «Oh, Emerson fue y no le gustó»— para hacer detonar sus tres golpes demoledores. En cada ocasión era como si se tratase de la primera. Ella se sentía destrozada de nuevo, con las entrañas despedazadas y en carne viva.

Aunque le repugnaba pensarlo, era la misma descarga eléctrica que se siente cuando un profesor dice en voz alta el nombre de alguien que te gusta. Creaba una intimidad que nadie más podía captar. Para quien hablaba y no sabía nada, eran tan solo sonidos, una línea en una página. Pero ella conocía su historia, los sentimientos y los actos ocultos en la curva de cada letra.

¿Lo odiaba? Quería odiarlo. Sabía que tenía que hacerlo y que tenía todo el derecho. Y, en un principio sintió destellos, como cuando imaginaba que él le decía a Sophie: «¿Cómo está Anna? ¿Has hablado con ella últimamente?». Sentía el fuerte impulso de abrirle la boca a la fuerza, meterse dentro y borrar su nombre de la lengua. «No es tuyo», le diría. «No toques lo que no es tuyo, joder.»

Pero eso era ira, no odio. El merecido odio no era más que una idea, una teoría de causa y efecto. Y cuando Anna quiso sentirlo, en ningún momento le pareció auténtico, nunca la llevó a ninguna parte más que a sí misma. No, no lo odiaba. Aspirar a hacerlo era como caer en la trampa de un laberinto cuyos diseñadores saben que la clave de la desesperación reside en los caminos largos y rectos. Al seguirlos, uno no puede evitar pensar que lo ha resuelto, que tras la siguiente curva será libre.

El odio que Anna ansiaba sentir era como una incisión limpia y sin sangre, una carta sin leer arrojada al fuego. Pero por más que lo intentara, se negaba a presentarse. Incluso cuando había borrado su rostro, dejando tan solo los brazos y las manos, seguía sin aparecer. Él era el hombre que ella conocía, el mismo hombre que durante tanto tiempo había sido bueno. Todos aquellos años, toda su vida. Las mejores partes no se podían borrar.

Como el juego que había inventado para cuando preparaban el almuerzo. La Panini Bohème, lo llamó Sophie.

—La cocina es vuestra —proclamó él—, al completo —mientras ella y Sophie se preparaban sus sándwiches.

Él también se preparó uno, mirando por encima de sus hombros y luego ocultando su pan de la vista.

—Eh, no os riais —les dijo cuando lo hicieron—. Esto es un asunto serio.

Finalmente, los presentaron para que los evaluaran. Él aceptó sus platos con un gesto de asentimiento, con la mirada seria, severa como la de un juez. Los dividió en cuatro cuadrados. Se sentaron en taburetes altos. Masticaban lentamente, ordenando sus pensamientos. A su alrededor, había frascos y cuchillos esparcidos, trozos de queso deformados por cortes toscos y codiciosos.

—De acuerdo —declaró—. ¿Opiniones? ¿Qué hemos aprendido? ¿Por qué este tiene tres mostazas diferentes?

En una ocasión, Anna se planteó probar el brie con manzanas e higos. ¿Lo había visto en algún menú o en algún escaparate? Era posible. Pero le pareció atrevido, original.

—Exquisito —dijo él con entusiasmo. Luego sonrió, con una expresión sincera y cordial—. Por primera vez, creo que uno de estos podría estar realmente bueno.

Así era él. Una sola palabra, incluso una mirada. Y ella se sentía importante, real.

Podría seguir. Había muchas más ocasiones. Las películas, las comidas, la tarde en que ella, entonces con diez u once años, le ayudó a sellar las tarjetas de Navidad. Sophie se había negado y se había ido a leer un libro. Pero Anna se quedó, observando cómo él calentaba la cera sobre la llama y la dejaba caer en gotas espesas y decadentes.

—Tú encárgate del anillo —le había dicho. Era de oro, ligeramente bruñido, un sello: una ramita de hiedra bajo un ciervo—. No lo levantes enseguida —le indicó—. Deja que se seque hasta que tire.

Y ella lo hizo. Él le había asignado aquella tarea. La había hecho útil.

Por supuesto que los niños quieren agradar; en ese sentido, no era nada nuevo. Pero él era diferente, lo que significaba para su padre lo hacía importante. Como tener la edad suficiente para ver un programa que le encantaba a Amos, o leer su primer libro favorito. Se le revelaba la vida de su padre. Ella se estaba uniendo a él en algún lugar, se hallaba cerca y la estaban dejando entrar.

Todo eso se interponía en el camino del odio frío y puro. Lo que Emerson le había hecho no deslucía aquellos recuerdos; en todo caso, parecía causar el efecto contrario. Los encantadores detalles brillaban más, relucían con la tristeza de los trofeos. La idea de verlo la asustaba y, sin embargo, también lo deseaba. No sabía por qué y le repugnaba la parte de ella que podía sentir algo así. Pero ahí estaba, lo sentía como una enfermedad en la parte posterior de la garganta. Algunos días, incluso creía que le gustaría abrazarlo. Si pudiera simplemente apretar su cuerpo, tal vez sentiría algo verdadero, tal vez podría tocar cuáles habían sido las razones que lo habían movido a hacer algo así.

Pero, de repente, todo se desmoronaba. Sus pensamientos, sus percepciones, el sentido que ella le había dado. Se esfumaban, se dispersaban como hojas en un vendaval. Qué necesario y grotesco era que pudiera pensar en él con cariño. Sin duda había algo muy oscuro en ella, algún defecto irrevocable. No le extrañaba en absoluto. Por supuesto que aquello le había pasado a ella.

Y, sin embargo, y sin embargo, en su debilidad, no podía

evitar seguir preguntándose: ¿cómo podía la persona que había hecho lo que había hecho disfrutar tanto también con el sonido del pan chisporroteando en una sartén? ¿Cómo podían ser ciertas ambas cosas?

El hombre de la tienda le había dicho que llamara a su padre porque era un hombre, porque en su mente era él quien tenía que ocuparse de esa clase de cosas. Pero lo que quería decir era que llamara a casa, y eso fue lo que hizo Anna.

Mientras sonaba el teléfono, por otra parte, se preguntó quién esperaba que contestase. Ambos estarían cerca del aparato. Era lunes —miró el reloj sobre la mesa— y eran poco más de las seis. Tal vez estaban juntos en la cocina, uno mirando mientras el otro cortaba zanahorias.

Semanas antes, Anna había entrado en la biblioteca y había encontrado a Claire durmiendo la siesta en el sofá. La habitación olía a sueño y a aliento acogedor. Era abril. Había llovido. En algunos lugares, el sol comenzaba a brillar. Los párpados de Claire revoloteaban como papel. Su mirada se volvió seria y se movió, dejó al descubierto un poco de su vientre. La piel era pálida, ligeramente flácida, como una media arrugada en la rodilla.

Estando Anna de pie en la puerta, sintió algo extraño, algo que no podía nombrar. Podría haberla abofeteado o besado o traerle un poco de té; podría haber ido a buscar una manta y sacudirla, como si fuera un bebé o un cadáver. Esa mujer indefensa. Expuesta y desprotegida, estúpida y vulnerable. Era madre, sí, pero también alguien que dormía al final del pasillo. No tenía poderes especiales, ni talento alguno; no podía resolver nada. Pero no era culpa suya. En realidad, no era culpa de nadie. Era, simplemente, como todos teníamos que ser.

Anna bajó la mirada hacia sus propios pies. Sus calcetines no iban a juego. Le entraron ganas de llorar. Era una niña. Era frágil. Ni siquiera podía prestar atención el tiempo suficiente para vestirse. No quería crecer ni tener que ser fuerte, no quería tener que ser nada en absoluto.

Sonó el teléfono. Dos, tres veces. La voz de Amos. Se sintió aliviada. Se dio cuenta de que prefería que fuera él. Su madre era demasiado frágil, demasiado real, demasiado diferente. Pero su padre no. Ellos eran iguales. Tenía que ser él, no había otra posibilidad. Estaba segura: él lo entendería.

Años atrás, cuando Anna logró reunir el valor para montar en bicicleta con una sola mano, le encantaba desviarse hacia un arbusto, estirar el brazo y arrancar un puñado de hojas. La vida también podía ser así, como si el tiempo pasara a toda velocidad y la existencia se formara a partir de lo que podías agarrar. En los últimos tiempos, sin embargo, le daba la impresión de que no podía agarrar nada. Al acabar el día, no tenía nada que mostrar, no tenía modo de demostrar que estaba viva.

Antes era divertida. Antes era amable. Aunque a veces también era mala. Antes era muchas cosas. Deseaba ciertas comidas. Como los *dumplings* los domingos o, en una ocasión, sin motivo aparente, sopa de cebolla francesa. Poco importaba que fuera julio y que las mujeres en la parada del autobús se abanicaran, ella había querido comer sopa. La alegría consistía en saber, en darse cuenta de que, de todo lo que el mundo podía ofrecer, a ella solo le apetecía eso. Qué lejos le parecía ahora todo aquello. No solo por el calor del día, sino por la claridad con la que pudo decir: «Eso es justo lo que quiero».

Antes observaba, establecía conexiones, reflexionaba sobre cómo eran las cosas. Como el hecho de fijarse en que el aliento de los perros cuando hacía frío los hacía parecer más vivos y similares a nosotros, con un conjunto de funciones y necesidades afines. Pero ahora ya no. Su mente no se sentía capaz de generar nuevas ideas. En lugar de eso, rebuscaba en sus bolsillos y encontraba las mismas pelusas y las mismas monedas de siempre.

Pero más allá de todo aquello, lo que más le molestaba eran las duchas. Antes le suponían un gran consuelo, ahora el agua inútil corría por su cuerpo como palabras de una lengua muerta: no entrañaba significado alguno, y además no le importaba. Cuando la idea de lo que él había hecho le parecía demasiado grande para soportarla, aquello todavía podía romperle el corazón. Antes ella era alguien. No alguien especial, pero sí una persona inscrita en el mundo. Amaba ciertas cosas. Los juegos de cartas, la pintura, untar mermelada en un panecillo inglés. Ahora no era más que un cascarón. Solo corría. Corría y robaba.

—Yo habría hecho lo mismo —dijo el hombre.

Se refería al hecho de que ella no le hubiese contado a Amos qué ocurría realmente.

—Papá, por favor —había suplicado ella—. ¿Puedes venir? Estoy bien, pero tengo un pequeño problema.

Él había aceptado, con una voz que denotaba enfado y preocupación. Saldría de inmediato, tardaría unos treinta minutos, pensó.

—¿Cuánto va a tardar?

—Me ha dicho que media hora.

Había un lavabo en una esquina, una pila con grietas de yeso y pintura en la parte inferior. El hombre señaló hacia él.

—Si quieres agua.

Ella asintió agradecida.

—¿Puedo pedirte consejo?

Él rio débilmente y dejó el bolígrafo.

—Claro.

—Sobre cómo decirle algo a alguien.

—No te preocupes, yo me encargaré de eso.

Ella sonrió débilmente.

—No, sobre otra cosa.

Él bajó la vista hacia su escritorio y dio la impresión de que reconocía de manera implícita que el esfuerzo que había estado haciendo era principalmente para aparentar.

—De acuerdo —dijo, recostándose en su silla. Durante un instante, Anna temió que él la presionara para que le dijese de qué se trataba. Pero había seguridad en su indiferencia, esa era la razón por la que se había atrevido a preguntarle—. ¿Por qué no se lo has dicho a nadie todavía?

—Porque podría empeorar muchas cosas.

—¿Mejorará algo?

Esa era la pregunta correcta.

—No lo sé —respondió Anna con sinceridad.

—Mmm.

La silla suspiró cuando él miró hacia el techo.

—Bueno —dijo tras una pausa—, la gente no tiene por qué saberlo todo.

Anna pensó en esas palabras.

—¿Tienes hijos?

—No.

Ella asintió, se puso en pie y se dirigió al fregadero. El agua golpeaba contra el metal. La taza se enfrió entre sus manos.

—Lo siento —dijo—. Por robar, quiero decir. —Le avergonzaba haber tardado tanto en decirlo.

Él no dijo nada y la observó mientras volvía a sentarse, luego retomó su trabajo. Anna lo sentía, pero no era ese el motivo por el que lo había dicho. Esperaba mantener viva la conversación. Pero ahora sabía que se había acabado. La ilusión de intimidad había desaparecido y, con cada segundo que pasaba, el silencio entre ellos se hacía más firme, más definitivo.

Fuera cual fuese la vida que había imaginado, ahora era diferente. Había cambiado y, por lo tanto, debía imaginar de nuevo el futuro. Todo el mundo hacía lo mismo, intentaba imaginar cómo serían las cosas, pero para Anna era un acto de supervivencia.

Tenía que encontrar un lugar al que dirigirse.

Así pues, intentó juntar las piezas. De forma intrincada y precisa. Estaba construyendo algo, una puerta, una escalera. Crecía más y más a medida que avanzaba. Era la única salida.

Coleccionaría arte. Caminaría sola por las calles, con un gran perro a su lado. La gente se preguntaría en qué casa viviría para tener una criatura de ese tamaño. Y tendrían razón. Podía ver las habitaciones. Desde la calle no era posible hacerse una idea. Pero al subir las escaleras y atravesar la puerta negra (solo usaba una de las dos cerraduras), se abriría como el abrazo de un amigo. Grandes ventanas abovedadas. Radiadores que crujirían como huesos. Habría plantas. De hojas anchas, gruesas como libros. Por la tarde, luz verde en el suelo.

No fumaría. Sería demasiado obvio. Pero se haría amiga de un curandero, un anciano sentado en un taburete al fondo de una tienda. Él le vendería té y setas retorcidas, con instrucciones sobre cuánto tiempo debía hervirlas. De vez en cuando, en las horas tranquilas y silenciosas de la tarde, prepararía sopa. Muy despacio, con la intensidad de una costurera o de un monje. Y sería una persona firme, sería fuerte. Con los desconocidos, con los amantes. Todos esperarían, nadie se quejaría. Los hombres desearían robarle miradas furtivas. Incluso la visión de la planta de su pie mientras se vestía. Se prometerían a sí mismos recordarla siempre.

Mientras su madre y su padre estuvieran vivos, ella iría a visitarlos. Si se mudasen, tal vez tomaría el tren, desde Grand Central hasta su granja o dondequiera que estuviesen. Pero no se quedaría a pasar la noche. Siempre regresaría a casa, aunque se hiciese muy tarde.

La gente le pediría consejo. No le importaría que la escuchasen o no, ni siquiera los miraría al hablar con ellos. Envejecería en la ciudad, como uno de esos árboles alrededor de los cuales la acera se ha rajado y deformado. Vería cómo fracasaban los restaurantes. No le importaría que los rostros de la calle se volvieran más jóvenes. Se sentiría segura por lo poco que sabrían.

La claridad de todo eso le aportaba a Anna una esperanza seca y fría. Con cada detalle sentía que, de alguna manera, se hacía más fuerte. Funcionaban como agarres en la ladera de una montaña. Le permitían creer que no estaba atrapada en aquel lugar.

Solo había una cosa que parecía no cambiar nunca: por muy opulenta que se volviera su visión, siempre se sentía fría, como sin sangre. Las habitaciones, el aire, incluso los fogones en los que removía el caldo. El metal blanco estaba tan frío al tacto que tenía que retirar la mano como si se hubiese quemado.

¿Por qué no había calidez? ¿Adónde se había ido? Tal vez, pensó Anna, era cuestión de llegar allí. Sí, decidió, esa era la clave: había que ponerse el vestido para calentarlo. Y algunos días casi podía creer que esa vida acabaría salvándola. Pero entonces algo variaba —un perro ladraba, la luz cambiaba— y apreciaba de lo que se trataba en realidad: algo monótono, triste como un decorado barato, pura falsedad y fingimiento.

Bajo sus muslos, a Anna se le calentaron las manos. La humedad que exhalaban se adhería a la silla. Se dio cuenta de que no había comido nada desde la mañana. Estaba aturdida, casi cansada. Su estómago era un nudo insensible y seco.

En un primer momento, intentó imaginar qué le diría a su padre cuando llegase, pero había muchas formas de explicarlo y confiaba en sí misma. Antes, tal vez le habría preocupado, pero eso era propio del pasado. Ahora tenía habilidades. Había aprendido a mentir. Podía mantener la cara de póquer o forzar una sonrisa, podía aplastar sus sentimientos tragando saliva. Esas capacidades eran como cicatrices, como las cosas que uno aprende en la guerra; incluso cuando le resultaban útiles, una parte de sí misma habría deseado no conocerlas. Y él estaba entre ellas, por supuesto. Sabía todas esas cosas porque ella era una creación de Emerson.

Era eso, la parte intrigante de su mente, lo que Anna más detestaba. Más allá de su utilidad, la hacía sentirse sola y distante. Como nada de lo que decía era cierto, todo se convertía en una mentira, cada día era un ejercicio para perfeccionar esa habilidad. El suyo era el talento solitario de una espía, alguien cuya vida solo es real durante las pocas horas que pasa sola en un apartamento que ha alquilado con un nombre falso.

Así se sintió aquella tarde, cuando Sophie llegó a su casa y tocó el timbre. Claire la dejó entrar y Anna, sabiendo que ya no podía evitarla, bajó al salón con una sonrisa para proponerle que fueran a un restaurante cercano. Una vez fuera, caminaron en silencio bajo el crudo frío de enero.

—Sé que no somos mejores amigas —dijo Sophie mientras el camarero les servía los platos—, pero sigues cayéndome bien y me gusta cuando quedamos.

Anna sintió una oleada de tristeza al pensar en lo lejos que estaba de su antigua vida.

—Tienes razón —dijo—, lo siento. Es que a veces me pongo así cuando he tenido una mala semana.

Sophie asintió y agarró el tenedor.

—Bueno, llevas más de una semana.

Sonrió y dio un bocado.

—Pero me alegro de verte y sé que mis padres también.

Entonces se pusieron a charlar, a contarse confidencias, y acordaron pedirle más patatas fritas al camarero cuando volviera.

—El camarero guapo —dijo Sophie.

Anna la miró.

—Oh, venga, como si tú no lo hicieras.

Mientras caminaba hacia casa, lo que a Anna más le inquietaba era su certeza de que Sophie no tenía ni idea. Había pensado que la mejor manera de ocultarse era situándose en los márgenes, pero al parecer se trataba de lo contrario. La clave era estar a la vista, para que la gente se sintiera cómoda y no se hiciese preguntas ni se preocupase.

Rara vez sentía que la seguridad de su soledad estaba amenazada.

—¿Qué te pasa? —le preguntó Phoebe una vez después de clase; Phoebe, a la que habían atormentado por sus mejillas enrojecidas y cuya lastimera compasión olía en exceso a necesidad.

No fue más que una fugaz mirada de preocupación, pero

Anna sintió que el suelo se movía bajo sus pies. Sabía que tenía que enfadarse, de lo contrario todo podría venirse abajo.

—¿Qué clase de pregunta es esa? —le soltó, y aquellas palabras se abalanzaron como manos sobre una garganta—. Qué pregunta tan estúpida.

Y Phoebe, con el rostro marcado por la confusión y el dolor, se retiró al pasillo, dejando a Anna sola, con los ojos llenos ya de lágrimas.

Incluso desde la trastienda, Anna la oyó. La campanilla de la puerta. Un torrente de sonidos procedentes de la calle. Alzó la vista. Ya lo sabía.

Toda su vida había sentido el peso de aquellos pasos. Los había absorbido como si fueran música; sus huesos habían adquirido su forma. Se movían a su alrededor, se acercaban a ella. Atravesaban alfombras, subían a trenes, cruzaban suelos desnudos y subían escaleras. Eran como huellas dactilares en la escena de un crimen pasional. Estaban en todas partes. En la lámpara, en el cuchillo.

Entonces oyó la voz que aquellos pasos traían consigo; más que oírla la sintió dentro de su ser. Como un escalofrío, como la sangre. Cada palabra se elevaba ligeramente porque él hablaba y se movía al mismo tiempo. Se trataba de un detalle muy importante, nunca lo habría imaginado, pero así era. Que no hubiera esperado a llegar a la parte de atrás de la tienda, que hubiera empezado a hablar nada más entrar. Podía ver sus piernas desplazándose con seguridad y elegancia a través de la sala resplandeciente. Ni un paso en falso. Se acercaba, ya estaba allí.

—He venido a buscar a mi hija.

La frase le alcanzó como una ola suave y segura.

Está aquí, quiso decir Anna. Ha cometido un error y se ha

metido en un lío. No puede explicarlo, pero lo lamenta. No arruinará tu vida. Está esforzándose todo lo que puede por portarse bien. Pero está triste, muy triste, y no sabe qué hacer. La cuestión es que ha cambiado, ya no es la misma, lo está pasando muy mal. Por favor, no te enfades. Porque lo está pasando mal y le preocupa no estar bien.

Tercera parte

1

El padre de Claire estaba de visita cuando Anna llamó, ya que había ido a la ciudad para asistir a un espectáculo. Los tres estaban sentados cual dignatarios: sus palabras, sus roles, todo decidido de antemano. Entre ellos, ensalada y pan, una botella de Gavi. Claire había preparado mejillones. Dejó cuencos junto al plato de cada uno. John sostenía la servilleta en una mano y daba golpecitos con un dedo mientras hablaba.

—Ya nadie lo hace. No es el fin del mundo, pero esas cosas se notan.

—No te preocupes —dijo Amos—, siguen llevando las cosas con bastante rigor. —Se volvió hacia Claire—. ¿Te acuerdas del alboroto que se armó cuando solo me puse las chaparreras?

Ella dejó escapar una carcajada complaciente.

—Pero sabes a qué me refiero —insistió John.

Amos asintió. Estaban hablando del hecho de que la gente ya no se vestía bien para volar en avión.

—Aunque —añadió— ese tipo de reverencia por la innovación tiene cierto toque ingenuo. Es como la gente que se aterrorizó con la primera película de trenes.

—No lo veo así —dijo John.

Sintiéndose repentinamente cansado, Amos se encogió de hombros. Claire estaba introduciendo el cuchillo entre la ranura de una concha que no se había abierto del todo.

Su padre prosiguió:

—Además, ¿qué sentido tiene reírse? No hay víctima más indefensa que la historia. Podemos juzgar todo lo que queramos.

Amos frunció el ceño.

—Se me ocurren una o dos más.

John no le estaba escuchando. Se había acercado a Claire para echarle una mano. Fue entonces cuando sonó el teléfono y todos supieron que Amos contestaría.

El aire primaveral entraba a borbotones por las ventanillas abiertas del coche. El semáforo cambió. Se movió al mismo tiempo que los taxis, sus dedos jugueteaban con la brisa. Ella había dicho que estaba bien. No había de qué preocuparse.

John se burló cuando Amos le pidió las llaves del coche a Claire.

—¿Conducir? —dijo—. ¿A estas horas?

Y lo cierto es que era un poco extraño, o al menos inusual, pues Amos insistía a menudo en que el metro era siempre la mejor opción. En un principio, pensó que era por Anna, pero no, ahora era consciente de que era para poder sentir que todo iba bien. Porque en los momentos de silenciosa preocupación, buscaba la seguridad que podían ofrecerle los objetos. Por otra parte, le gustaba el coche. Suave, bien fabricado, era como una promesa; le daba su palabra.

Por delante de él, las luces de freno copaban la calle. Uno de los carriles estaba bloqueado por un taxi. Una mujer se inclinaba por la ventanilla contando el cambio. Exhaló. Lento, anhelante. Estaba tranquilo, quería estarlo.

Al volver a la mesa, Amos solo dijo que Anna había ido demasiado lejos corriendo y había perdido su dinero por el camino. La verdad, fuera cual fuera, se la detallaría a Claire más tarde, cuando estuvieran solos.

Le fastidiaba que John le irritase. Incluso el hecho de pensar en él. La mera frase —mi suegro— le parecía obvia y rancia. Se imaginó su rostro. Era enjuto, competitivo. A pesar de todo su dinero, sus ojos eran como los de un recluso, su cuerpo delgado y cóncavo. Trataba a Amos con cordialidad, pero de la misma forma que se le ofrece un jersey a un invitado que se ha olvidado de traer uno. Atento, cortés. No se podía conservar ni llevar a casa.

Aun así, la mera presencia de John también ofrecía una especie de frío consuelo. Resultaba tranquilizador pensar en un padre que, pura y simplemente, estaba ahí; que, con independencia de sus defectos, se podía contar con que se mostrase tal cual era. Permanecía firme e indiferente, como un muro contra el que se podía empujar. Contestaba al teléfono. Arreglaba su coche. Abría los sobres de las facturas cuando llegaban. Las pagaba.

Presa de una generosa melancolía, Amos a veces pensaba: «¿Acaso la familia no es eso? Personas imperfectas unidas por la casualidad y que, sin embargo, deciden levantarse e intentarlo, invirtiendo para lograr que las cosas funcionen». Sumido en ese estado de ánimo, sintió el deseo, un anhelo en lo más profundo de su ser, de llamar a John «padre». Solo una vez. Sería más que suficiente. «Muy bien», diría Amos, echándose el abrigo sobre los hombros, fingiendo indiferencia. «Vuelvo enseguida, papá. Nos vemos cuando llegue a casa.»

Pero entonces sucederían cosas. Pequeñas, fugaces; imposibles de explicar jamás, lo sabía. Como la sensación que le producía preguntar dónde estaba el café, o ver a John comer del plato de Claire, o el hecho de que él todavía la llamara Fig. En esos detalles Amos vislumbraba que para algunas personas la familia, la familia a la que suelen llamar de sangre, es como una religión. No tiene más lógica que la fe. No se puede discutir. El tiempo que pasaban juntos, los actos de gracia, las palabras ingeniosas..., todo eso se desmoronaba bajo el giro de su rueda. Y cuando eso ocurría, Amos comprendía las escasas garantías que en realidad le habían ofrecido. Eso le llevaba a sentirse tonto e ingenuo, como el joven actor que se cruza con un hombre capaz de lanzar su carrera y se va convencido de que eso es justamente lo que le han prometido. Solo cuando les cuenta esa historia a sus amigos se percata de lo poco consistente que era, lo vacía y endeble.

Amos cambió de carril. Era en su hija en quien tenía que pensar, su hija que —giró en el semáforo— le estaba esperando a unas pocas manzanas de distancia. Su cuerpo frágil y cálido, y a salvo, se recordó a sí mismo; a salvo, pero en un aprieto. Fuera lo que fuese lo que eso significara.

La ciudad parecía volverse más densa a medida que se desplazaba hacia el sur. Edificios achaparrados abarrotaban las aceras, ventanas sucias, pequeñas plantas en los alféizares. Caía la noche, se encendían las farolas. Detuvo el coche. El motor exhaló. De repente, Amos se sintió débil e inepto. El miedo se apoderó de él. Al otro lado de la calle, el nombre del lugar que ella había mencionado.

Se alegró de no haber llamado «padre» a John. Habría estado mal. Un padre era una persona cuyo cariño era urgente, que luchaba por abrir la puerta como él lo hacía ahora, torpemente, a la carrera. Era alguien que dejaba los faros encendidos, que no se daba cuenta de que había olvidado las llaves.

2

El aire era denso, como el del interior de un armario. Los callejones estaban en penumbra, la gente regresaba a casa tras un día de trabajo. Un poco más allá, se oían risas, voces de mujeres, zapatos que sonaban como las uñas de un perro.

Anna iba varios pasos detrás de él. Con gesto impenetrable, mirada hacia abajo y su pequeña boca ceñuda. Llevaba estirado un brazo como si fuera un ala y, por un instante, Amos sintió el deseo de agarrarla de la mano como si fuera una niña despistada. Era patético el modo en que se movía, aunque tal vez solo fuera para aparentar.

No había decidido cómo sentirse ni qué pensar, pero se alegraba de haber salido de la tienda. La presencia de los demás lo confundía todo. Ahora estaban solos.

—Papá —dijo ella. Señaló hacia el coche.

Los faros encendidos filtrándose en la oscuridad, la puerta abierta como una mandíbula.

Se detuvo. Lo que sintió, sobre todo, fue sorpresa y alivio, pero también algo de vergüenza. Lo que tenía ante sus ojos parecía revelar de algún modo su identidad. Como entrever a alguien a quien sorprendes vistiéndose o tropezando en la acera.

Amos chasqueó la lengua.

—Menos mal que los ladrones estaban ocupados.

Se arrepintió de inmediato de haberlo dicho. Era demasiado cruel y demasiado amable; suponía saltarse los pasos imprescindibles. Se dio la vuelta antes de arriesgarse a sonreír y siguió caminando, dejando que ella lo siguiera.

Entraron en el coche. La calle empedrada parecía tela arrugada. La noche era profunda y fragante. Anna se volvió. Su rostro estaba casi oculto. Solo veía un poco de su mejilla, como un trozo de luna. Ella preguntó antes de poder pensar siquiera.

—¿Se lo dirás a mamá?

Al oír sus palabras, Amos evidenció su ira.

—Anna, ¿qué coño...?

Ella miró hacia su regazo.

—Por supuesto que se lo diré a mamá.

Tenía razón, ella lo sabía. La pregunta les resultó desagradable a ambos. Amos apagó el motor del coche. Se quedarían allí sentados hasta que ella decidiera hablar.

—Es por el colegio... —empezó a decir débilmente, con una voz que delataba que no tenía ni idea de cómo terminar la frase.

—Para.

Silencio.

Él continuó.

—¿Cuánto tiempo llevas haciendo esto?

Su certeza la sorprendió. Había anticipado la ira, pero, no sabía por qué, tal vez por simple tontería, no algo así.

—¿Qué? —preguntó Anna. Fue todo lo que pudo decir.

—¿Cuánto tiempo?

—Papá, yo no...

—Ese encendedor te importaba una mierda.

Él había estado mirando al frente. Se volvió para mirarla a la cara. El modo en que él lo sabía le rompió el corazón.

Cualquier otra persona, su madre, la habría regañado por empezar a fumar. Pero él sabía que no fumaba, o que, aunque hubiera empezado a fumar, eso no era lo importante.

—Es solo que... —apuntó ella. Tragó saliva e hizo una pausa hasta que la debilidad quedase atrás—. No sé cómo explicarlo. Simplemente me ayuda a calmarme.

Durante un momento, él no dijo nada.

—Pero ¿por qué...?

Ella lo interrumpió.

—Y a veces las cosas parecen tan grandes. No sé. Como si no pudiera entender lo que estoy intentando hacer, o simplemente... la vida, no sé. Mis pensamientos se enredan.

Se rascó la nuca. ¿Qué es lo que merecen saber los niños? ¿Cuánta verdad tienen derecho a conocer? ¿Estaba mal no decírselo? ¿Estaba mal quedarse ahí sentado y dejar que ella se sintiera mal, sin saber que él estaba igual? Igual, pero peor. Ella solo tenía dieciséis años. Era una niña. ¿Cuántos años tenía él? Veinte, veinticinco, casi treinta antes de verse obligado a llamar a Emerson desde aquella celda improvisada en la trastienda y decidir dejar de hacerlo de una vez por todas.

—Tienes suerte.

—Lo sé.

—¿De verdad?

—Sí, papá.

Amos dejó escapar un suspiro.

—¿Crees que podrás dejar de hacerlo?

—Quiero dejar de hacerlo.

—¿Y si te das cuenta de que no puedes?

Otra vez: lo que nadie más habría dicho. Ella deseaba abrazarlo. Casi pudo sentir cómo sería hacerlo. La torpeza con la que se giraría para inclinarse sobre el asiento, cómo la hebilla se le clavaría en la cadera. Luego conducirían hasta casa y él aparcaría, con los árboles susurrando mientras ambos cerraban las puertas. Dentro de casa, su madre los recibiría con ojos alegres y hambrientos. «Sentémonos todos», diría. Sería una noche difícil, pero las cosas seguirían adelante.

Él volvió a preguntar:

—¿Y si no puedes?

Anna sabía lo que él quería oír.

—Entonces te lo diré.

Él asintió y le puso una mano en la cabeza.

—¿Qué? —preguntó ella.

Amos no dijo nada.

—Papá, estoy bien.

Cuando él buscó las llaves, Anna sintió algo parecido a un triste alivio, la melancolía de un disfraz exitoso.

Amos la miró. Las rodillas juntas, las piernas estiradas hacia la puerta. Su peso, su postura. Las cosas no estaban bien. Ella no estaba bien. De repente, sintió una oleada de ira y desagrado. Se dio cuenta de que era por él, por haberse mostrado tan dispuesto a aceptar sus razones, por no tener que dar explicaciones. Porque ¿quién lo sabía mejor que él? Él, que había pasado años estableciendo el hábito de los pequeños hurtos; él, que cuando le hacían la misma pregunta —¿por qué?— sabía que el reto no era encontrar la respuesta, sino encontrar las palabras para algo tan increíblemente grande.

Amos se frotó los ojos con las palmas de las manos. Anna se sintió tensa. ¿Por qué se había detenido? ¿Por qué no arrancaba el coche?

—No puede ser, Anna. No puede ser solo eso.

—Lo es. —Hizo una pausa, y se esforzó por enfadarse—. ¿Qué te hace pensar algo así?

Él lo aceptó como si estuviera lanzando una moneda al aire. Con tranquilidad, sin prisas.

—Porque nunca lo es.

Ella no estaba preparada. Se estaba desmoronando, sentía que se deshilachaba.

—No lo sabes —dijo. Su voz mostraba irritación, insistía en aferrarse a la verdad parcial que contenían sus palabras.

—Sí lo sé.

—No.

—Anna, lo sé.

Durante un instante, se preguntó si era posible. No, no. No era posible y punto.

—Eso no es cierto. Tal vez creas que lo sabes. —Sus palabras temblaban como tazas—. Pero no es así. No tienes ni idea.

—Sí la tengo —dijo él. Su voz sonaba ahora con más fuerza, con el arrojo de una confesión—. Yo también hacía esas cosas. Hacía exactamente lo mismo.

Se dio la vuelta. La suave piel de su oreja, el hueso debajo de su ojo izquierdo. Uno a uno, sus rasgos se desplazaron hacia la luz.

—¿Qué quieres decir con lo mismo?

—Robaba. Me llevaba cosas. No tenía motivo alguno. Simplemente, tenía miedo.

Durante unos segundos, permaneció sentada en silencio, dándole vueltas a sus palabras como si se tratase de una moneda extraña.

—¿Cuando tenías mi edad?

—No —dijo él, riendo con desgana—. Era mucho mayor que tú.

Ella volvió a hacer una pausa.

—¿Y qué?

Era una súplica, casi un desafío. ¿La presionaría? ¿Insistiría para que hiciera lo que ella más deseaba pero carecía de la fuerza para hacerlo sola?

—Así que sé cómo funciona. El modo en que te ayuda,

o te da la impresión de que te ayuda. Con algo más grande que no puedes entender.

—¿Cómo lo sabes?

Reconoció su propia voz. Era la misma con la que acostumbraba a preguntarle qué opinaba de un cuadro o de un trabajo que había escrito para el colegio; era, supuso Anna, la misma con la que le había pedido que la tomara en brazos y se la llevara.

—Porque te conozco. Anna, te conozco. —Sonreía con un gesto de relax y desenfadado. Le tendió la mano—. Desde entonces. Desde que eras así. Como un melón. O el tomate más grande del mundo.

Su risa duró solo un instante.

—Es que... no sé. —Estaba llorando. Sus palabras no eran más que fragmentos—. No sé, no sé.

—¿Qué no sabes?

—Cómo decirlo.

—Dilo sin más... —Se encogió de hombros como si aquello bastara para convencerla.

Ella tragó saliva.

—Me pasó algo. Cuando estábamos..., cuando estábamos de visita. Cuando estábamos en el norte del estado.

Anna se volvió. Él permaneció callado. Sus ojos inmóviles evidenciaban su miedo. Cuando habló, lo hizo despacio, casi con paciencia, como alguien que retira el brazo de una trampa.

—Anna. ¿Alguien...? —No terminó la frase. No tenía fuerzas para hacerlo. A su mente le faltaba valor, voluntad.

Ella asintió. O lo intentó. En su confusión, sentía que le pesaba la cabeza, le costaba demasiado moverla. Entonces se estremeció, el aire fresco contra sus mejillas húmedas.

—Emerson —dijo, volviéndose para mirarlo a la cara.

Fue un sonido extraño, inesperado, curioso y fuera de lugar. Por un instante, Amos se sintió aliviado. Ese nombre era tan sencillo y familiar, pero lo había malinterpretado.

—¿Emerson qué?

Anna sintió que se hundía. Había llegado tan lejos que creía haber llegado al final. Y, sin embargo... ¿Iba a tener que seguir adelante?

Amos volvió a hablar, con voz suave en el silencio sepulcral del coche.

—Emerson...

—Fue él. El que...

Todas las palabras posibles resultaban grotescas. Pensar en ellas le revolvía las tripas.

—¿El que qué, Anna?

La suavidad había desaparecido. Aquellas palabras habían sonado duras y frías. Algo se estaba gestando bajo la superficie, ella lo sentía acercarse a toda velocidad. Un momento de calma y luego él gritó. Su voz estalló como una ola provocada por un temblor subterráneo.

—¿El que qué, Anna? ¿Qué coño estás diciendo?

—Papá —lloró ella.

Un silencio entre ellos, sagrado y fugaz, como el momento entre los repiques de una campana.

—Yo no... —empezó a decir. Suavemente una vez más, casi inaudible—. ¿Qué quieres decir con que fue él?

Ella trató de encontrar su mirada, pero se había tapado los ojos o los había cerrado. Se había cubierto la cabeza con las manos.

—Fue la última noche, cuando subí a la planta de arriba. Fue muy rápido, fue solo... Yo estaba allí para lavar la ropa.

—¿Qué fue muy rápido?

—Me agarró y luego... —Bajó la mirada. Observó sus pequeños pantalones cortos. Sus piernas delgadas y angulosas. ¿Podría él entenderlo? ¿Podría ella hacérselo entender? ¿Había tal vez otro modo además de las palabras?

El mundo se tambaleó. Los pensamientos de Amos se deslizaron y chocaron entre sí como objetos en la cubierta de un barco. Sintió frío y luego debilidad, calor y malestar. Se volvió hacia ella, le tendió una mano. El tacto de su piel lo trajo de vuelta. Los contornos recuperaron su forma. Ella estaba allí. Su rostro. Su rostro imposible. Lo miraba. Lo necesitaba en ese preciso instante. Ella no tenía ni idea de lo débil que se sentía él en realidad, de lo poco apto, de lo lejos que estaba de la persona que ella necesitaba.

—Papá —dijo ella.

Él le acarició las mejillas, la abrazó. Ella podía sentir sus pulmones. Jadeando y tosiendo mientras las lágrimas caían sobre su cabello.

—Papá —dijo ella—. Papá. No llores.

—No —dijo Amos—, no puedo. No quiero.

Aquel peso terrible. Ella lo había estado acarreando durante tanto tiempo. Vació sus bolsillos, sus cajones. Arrancó libros de las estanterías y los arrojó a la pila. Todo, todo. Tenía que salir ahora.

—No sé —dijo—. No sé. No sé qué hacer, todo el tiempo, cada minuto, no sé qué hacer. Me despierto y miro a mi alrededor y entonces... —El pensamiento se fragmentó y se rompió—. No sé qué hacer. Nunca... Me siento como una ventana, como un cristal. Y nada, poco importa quién sea, si eres tú o es mamá, nada importa. Todo parece como si lo golpease un martillo. O una piedra. No sé. —Movió los brazos con impotencia—. Me siento vacía y débil.

Amos sabía que tenía que hablar. Era su padre: tenía que hacer algo, como mínimo encontrar el modo de expresarse. Pero cada vez que lo intentaba, se sentía bloqueado y retrocedía. Todos aquellos días, pensó, todos aquellos días desde que ocurrió. Había estado allí todo el tiempo, mirándola, hablándole. Pero sin saberlo. Sin sospechar nada.

—Anna —dijo lentamente—. Tengo que estar seguro. ¿Hay alguna posibilidad de que...?

—Papá —sollozó ella—. Papá. Lo sé, ¿vale? Sé lo que me pasó.

Qué horrible sería recordar que ella lo había entendido sin que él hubiese tenido que acabar la frase. Su duda se manifestó desde lejos, su poco cariñosa desconfianza.

—Lo siento —dijo. Débil, patético y, sobre todo, sincero.

—Solo quiero poder pensar —exclamó ella—. Solo quiero pensar en lo que me apetezca.

Entonces, silencio. Lo habían sacado todo. Podían quedarse allí sentados durante una hora sin hablar, moviendo la garganta como ranas. Finalmente, Anna se volvió.

—¿Podemos irnos a casa?

Él asintió. No dijo nada. Los faros se proyectaban sobre la calle. En la oscuridad, él le tomó la mano, que se calentó mientras conducían. La ciudad quedaba atrás a medida que avanzaban, como la lluvia. El aire seguía fresco. La vida de Anna había cambiado. Él no la iba a soltar.

3

¿Habría sido diferente si John no hubiera estado allí? Si Amos, en un momento de inexplicable rudeza, no hubiera levantado una mano cuando su suegro insistió en que Anna no podía estar tan enferma como para no bajar a saludar. Fue un gesto impactante: extendió la palma de la mano como si quisiera hacer callar a un niño o a un perro.

Amos sintió de inmediato que estaba saltándose las normas. La habitación lo sabía, las sillas lo sabían. Claire soltó un pequeño suspiro.

—Cariño —dijo, como si le ofreciera a un niño la oportunidad de corregir su error.

Fue suficiente. John lo pasó por alto, ejerciendo su poder con falsa magnanimidad.

No fue solo aquel pequeño choque lo que hizo que Amos se lo preguntara, sino el hecho de que John estuviera allí. Su presencia parecía recordarle algo a Claire: una visión ética, un sistema instintivo tan profundo e invisible como la forma en que se comporta una familia durante el desayuno. Cuando él los visitaba, ella apenas se resistía, su actitud demostraba pereza y ansia al mismo tiempo, como un niño agotado al que llevan a la cama.

Aun así, Amos nunca habría imaginado que la velada acabaría como acabó, con él tumbado al lado de su mujer, con los ojos abiertos en la oscuridad, preguntándose si ella había creído una sola palabra de lo que le había dicho su hija.

Cuando John se marchó, Claire fue en busca de Amos. Lo encontró en la cocina. Estaba fregando los platos con ahínco. El agua chapoteaba débilmente, haciendo un ruido similar al de un chasquido de lengua. Era el mortífero momento después de que un invitado se fuera: cuando todavía quedan partículas de ellos disueltas por aquí y por allá y la casa todavía no ha vuelto a ser ella misma.

Estaba enfadada. O, más bien, molesta. Más de lo que era justo, lo bastante como para que pareciera casi desleal. Pero, como solía ocurrir con esa clase de cosas, lo que más le impactó fue lo fácil que habría resultado para Amos simplemente dejarlo correr. Sí, su padre podía ser irritante, su arrogancia era muy marcada. Pero ¿y qué? ¿A quién le importaba? ¿Por qué buscar pelea cuando costaba tan poco llevarse bien?

Claire frunció los labios y se colocó unos mechones sueltos de pelo detrás de cada oreja.

—¿Qué ha sido eso?

Él se volvió. Tenía las mejillas pálidas, los ojos agotados y débiles.

—Vaya —dijo ella con suavidad.

Se le acercó. Él la abrazó, ella sintió que se le vaciaban los pulmones. Él miró al techo, a las ollas que había encima de sus cabezas. Respira una vez. Luego otra. De forma lenta, entrecortada, renuente y temerosa.

—Verás... —empezó antes de decir el resto.

Su mano encontró su rostro. Un gesto propio de las películas, del arte. Ella lo miró, su mente dando vueltas a aquellas palabras.

Más tarde, Amos la acusaría de haber reaccionado con una tranquilidad excesiva, como si se tratase de la prueba de algún delito. Y aunque Claire rechazaba la idea de lo que él creía que significaba, lo cierto era que ella había sentido que mantenía el control en todo momento. Esa era su forma de ser desde hacía muchos años; tal vez por eso se le daba tan bien la medicina. La medicina era el ámbito de las mentes que no huían del riesgo o de la catástrofe, sino que sabían imponerse valiéndose del orden de la verdad. De hecho, siempre había sentido una inquietud visceral ante las personas que perdían la compostura. Cuando sus amigos lloraban por esto o por aquello, ella podía calmarlos, pero bajo la apariencia de preocupación ocultaba un desdén condescendiente, casi odioso.

Así que tal vez había sido por el aspecto torturado del gesto de Amos y por la forma en que le había robado su atractivo. O tal vez fue simplemente que su evidente necesidad de ayuda la empujaba a negársela. No de forma consciente, por supuesto, sino como uno se aparta instintivamente de una llaga purulenta. Fuera lo que fuese, ella había escuchado las cosas que él decía y no solo las había asimilado, sino que las había extendido como prendas sobre su cama. Qué encajaba y qué no, cómo podrían funcionar algunas de aquellas cosas juntas. Esas eran las preguntas que valía la pena hacer, las que él estaba demasiado alterado para ver siquiera.

Por fin habló.

—Amos, no tiene ningún sentido.

¿Qué había pensado él que diría? No estaba seguro, pero en ningún caso algo tan antiséptico. Atónito, solo se le ocurrió una pregunta. La formuló con la voz dócil de un niño obstinado.

—¿Por qué tiene que tener sentido?

Amos se dio cuenta de que aquella pregunta la enfureció. Vio cómo la rabia se extendía bajo la piel de su rostro.

—Es tu mejor amigo. Lo conozco desde hace cincuenta putos años. Piénsalo, Amos.

—Sé quién es.

—Pero... Amos, no tiene sentido. No quiero decir que ella mienta, solo que..., a veces las chicas... —Hizo una pausa—. Hay cosas que no entiendes.

—Lo que no entiendo es cómo es posible que estemos teniendo esta conversación.

—¿Cuál deberíamos estar teniendo?

—No lo sé —dijo él—. No lo sé, joder. Pero esta no.

El rostro de Claire delató una sonrisa de incredulidad.

—¿Estás bebiendo leche?

—Estoy... —Miró el vaso y la jarra que tenía en la mano. ¿Cuándo se la había servido? No tenía ni idea. Sus manos simplemente se movían, su cuerpo buscaba algo que hacer—. ¿Qué coño pasa, Claire?

Ella se giró hacia el salón y se detuvo. Él observó cómo su mente precisa formulaba la pregunta igual que un ingeniero comprueba la resistencia de una junta.

—Espera —dijo Claire—. ¿Dónde estaba ella? ¿Te llamó para que fueras a buscarla y poder contártelo?

Amos se percató de que se había equivocado. Era un error que podía tener importancia. Al no haberse dado cuenta de la necesidad de presentar ciertas cosas en un orden concreto, se vio obligado a describir lo que Anna había hecho como si fuera su confesión.

Con una mano en la encimera, Claire se tocó la frente.

—Amos... —dijo.

—Es un maldito encendedor.

—¿Y?

—Ella no haría algo así sin más.

—Por supuesto que lo haría.

—Me refiero a que no lo haría sin motivo.

Claire rio con acidez.

—¿Quieres decir que lo ha hecho por él?

—No literalmente.

Ella dejó escapar un suspiro.

—Algo le ha pasado, estoy convencida. Está alterada y eso me parte el corazón. —Claire juntó las manos, como haría al dar instrucciones a la familia de un paciente—. Mañana la abrazaré, me sentaré en su cama y dejaré que me explique por qué ha hecho esto.

Amos sintió que perdía ligeramente las fuerzas, y dijo con un tono más lastimero que enfadado:

—¿Por qué mentiría?

—Porque ha robado, Amos. Eso es lo que hacen los chicos cuando roban. Porque los chicos mienten, especialmente las chicas, sobre todo a esa edad.

Hablaron un poco más, aunque ahora él ya no recordaba el contenido de la conversación. Finalmente, Claire se puso en pie y se alisó los pantalones.

—No se mejora nada por no dormir —dijo con un suspiro. Él asintió y la siguió escaleras arriba.

Al hacerlo, Amos se sintió abrumado por un agotador alivio. Que todo pudiera ser normal, que incluso después de una noche como aquella pudieran colocarse frente al lavabo, cepillarse los dientes, enjuagárselos y esperar para escupir, era una fuente de profundo consuelo. Ritmos conocidos, los hábitos de su densa y fiable vida.

Además, había conseguido al menos que le prometiera una cosa: que no se pondría en contacto con Emerson. Todavía no. No antes que él. No hasta que ambos se sintieran más dueños de sí mismos, hasta que Claire hubiera hablado con Anna, hasta que tuvieran una idea compartida de lo que pretendían hacer. Eso era importante. El hecho de que se lo hubiera pedido y ella hubiera dicho que sí permitió a Amos sentir que lo que había ocurrido entre ellos no iba en menoscabo de sus convicciones, sino que había sido una discusión entre iguales, entre compañeros que se preocupaban sobre todo por lo mejor para su hija.

Una vez en la cama, descubrió con disgusto que apenas podía mantener los ojos abiertos. ¿No debería un padre ser incapaz de dormir? ¿No debería pasar la noche dándole vueltas al asunto, planeando, arreglando las cosas? Ni siquiera había comprobado si ella estaba despierta, ni había entrado para decirle algo amable. Algo como que la quería y que todo estaba bien, que la creía, y que por supuesto sabía que decía la verdad. Y así era, ¿no? Estaba seguro, casi seguro. Pero... ¿el mundo no sería un poco mejor si ella hubiese mentido? Si le hubieran preguntado qué era lo que más deseaba, ¿acaso no habría dicho que Claire tuviera razón?

Sus pensamientos empezaban a nublarse. Sintió que se le aflojaban los dedos, que una pierna daba sacudidas. Buscó vagamente a Claire. Su silueta. Transmitía tanto calor, su aliento era cálido y cercano. Lo que ella le había dicho tenía sentido, ¿no? No importaba, no importaba. No tenía por qué decidir. Simplemente... se despertaría y actuaría en consecuencia. Las cosas estarían más claras cuando no se sintiera tan pesado, tan empapado de sueño.

Un último pensamiento, como si lo hubiera dicho en voz alta: «Oye, ratita. Escucha. No te preocupes. No te preocupes, ya voy».

4

Con qué rapidez podía llenarse la mente. Caminar o tomar un taxi, ocuparse o no de la piedrecita en el zapato. El tema del almuerzo. ¿Era «amargo» la palabra adecuada para describir el sabor de la rúcula? El modo en que la mujer bajo el toldo, con una carrera en las medias, protegía su cigarrillo del viento. ¿Y qué había querido decir Sophie con que no era ella quien necesitaba perspectiva? Últimamente, él había empezado a sentir que sus dientes eran viejos; a veces le daba miedo comerse una manzana. Tenía que cortarse las uñas. Debería organizar las fotos de su padre, tal vez algún día alguien se alegraría de tenerlas todas en un mismo sitio. Un teléfono sonando. Preguntas que responder. Esos papeles allí, aquellos papeles aquí. Y luego a casa. Masticar, hablar, fregar los platos y acostarse. Su mano estirándose hacia la lámpara. El día que se acaba. Por fin, la oscuridad. Todo esto parecía indicar, simplemente, que Emerson pensaba en ello mucho menos de lo que habría imaginado.

Los días pasaban sin pena ni gloria y, durante breves instantes, podía sentir casi como si lo hubiera olvidado. El mero hecho de que las cosas parecieran normales daba la impresión de querer confirmar que tal vez no había sucedido, o que, si había sucedido, había sido en gran parte accidental, durante un extraño cisma en la realidad, un periodo que podía dejarse atrás.

Por supuesto, eso no era cierto. Seguía ahí, como un bulto en la piel. Y cuando algo lo rozaba, se daba cuenta de que lo había estado sintiendo todo el tiempo, que nunca había dejado de sentirlo.

Eso fue lo que sintió cuando Claire llamó. Ella le dijo que quería hablar de Amos y no había razón alguna para pensar que no fuera cierto. Su rostro no mostraba nada, apenas una breve sombra. Pero por dentro sentía que estaba preparado. No era tanto miedo como expectación, la forma en que uno espera con nerviosismo que llamen a la puerta. Sí, le dijo, por supuesto. Podía venir cuando quisiera.

Luego había otras ocasiones, justo antes de dormir o con los ojos cerrados en la ducha, en las que el momento volvía, completo y vivo. Un espasmo de color y luz, la sensación de humedad y piel. El aire viciado en la pequeña y fragante habitación, el cálido olor del miedo de ella. Aquello era total, absorbente, casi distorsionado por la claridad. Y cuando llegaba, su mente se esforzaba por mantener la atención en un detalle, como hacer girar una gema y seguir un destello concreto.

Sin embargo, no era algo que pudiera invocar a voluntad. Cuando lo intentaba, el recuerdo siempre resultaba plano, sin vida. Tenía que surgir de repente, emergiendo de la oscuridad de sus pensamientos. Y, en cierto sentido, lo prefería así. La incierta emoción, el potencial de cada uno de esos instantes para tocar ese cable eléctrico oculto.

Por muy emocionante que pudiera resultar a veces, era la excepción al modo en que los sentía habitualmente, marcado por la normalidad y lo imperturbable, con tranquilidad, incluso con aburrimiento. Casi todo el tiempo durante la mayoría de los días, su vida se limitaba a seguir su curso. Por eso había sido tan fácil —resultaba sorprendente decirlo, pero sí, «fácil» era la palabra adecuada— pasar tiempo con

Amos. Lo más impactante de todo era que su amistad parecía haber mejorado en los últimos meses. Era como la tierna y serena paz, y el polvo que ella conlleva, tras una pelea purificadora: el aire se había limpiado, el tráfico había desaparecido. Estaban más unidos por haber sabido capear la tormenta.

Además de llamarse por teléfono a lo largo del día, habían retomado su costumbre de cenar juntos de manera habitual, sin hijos ni esposas. No de forma deliberada, sino con una naturalidad tácita que lo hacía más agradable, elegante y familiar. Incluso cuando Amos sacaba a relucir a Anna, Emerson le escuchaba con atención, pensando con intensidad en el consejo que podía darle.

—Las chicas —dijo con un suspiro triste después de escuchar cómo ella había empezado a correr y había perdido peso—. Las chicas y sus cuerpos. —Continuó—: La clave, creo, es escuchar. No hables del ejercicio en sí, solo fíjate en cómo está.

Era lo correcto. Y demostraba algo más que un poco de valentía. Porque ¿y si Amos preguntaba? ¿Y si ella le daba la única respuesta posible? Era un riesgo que estaba dispuesto a correr para ayudar a su amigo, para darle las herramientas que le permitieran ser un buen padre. Alguien que hacía eso no podía ser malo. ¿Qué significaba realmente una palabra como «malo»?

Luego estaba la cuestión del arrepentimiento, si lo sentía o no. Seguramente sí, pensó Emerson. Después de todo, no solo había sido algo malo, sino incorrecto. Para asegurarse, se volvió hacia sí mismo como una maestra severa que señala con el dedo. ¿Lo sientes?, se preguntó. Sí, respondió. ¿Cuánto lo sientes? Mucho. No volveré a hacerlo nunca más.

La última parte la decía en serio. De eso no le cabía la menor duda.

Quizás tenía algo que ver con el riesgo, o con que lo que le impulsó inicialmente estaba envuelto en una conmoción imprevista. Pero fuera cual fuese la razón, lo que importaba era aquella certeza: la promesa de que no habría una próxima vez. ¿Qué nos conmueve más que una historia de redención? ¿Acaso no resulta incluso más hermosa si el hombre que enseña arte cumplió antaño una condena por homicidio involuntario? La lección era clara: debemos poder superar lo que hemos hecho. Hay que hacer pan, los trenes tienen que seguir llegando.

Esperaba que aquella lógica poética pudiera resolver las cosas, pero a veces le invadía una sensación que borraba todos sus pensamientos. No era frecuente, le ocurría cada pocas semanas, pero cuando le invadía, se encontraba con un vaso en la mano, mirando fijamente el fregadero sin saber qué estaba tratando de hacer. O se despertaba tosiendo en mitad de la noche, jadeando como si lo hubieran sacado a rastras de un barco que se hundía. Rara vez volvía a conciliar el sueño. Se quedaba tumbado, respirando muy despacio, atento a la agobiante sensación de pánico, un pánico amorfo y paralizante. A medida que pasaban las horas, venía a sustituirla una aguda soledad, una sensación de algo que no podía eludirse. Como comprobar la cuenta bancaria y descubrir que no queda dinero, sin saber por qué, cuándo ni en qué se gastó.

Habría resultado sencillo etiquetar aquellos momentos como los síntomas de un subconsciente perturbado. Y algunos días lo hacía. Pero, en estados de ánimo más esperanzados, Emerson podía sobrevivir con la creencia de que se trataba simplemente de la vida con todos sus ricos matices. Porque la gente tosía, perdía el hilo de sus pensamientos, extraviaba las llaves y se sentía triste, todo ello sin que significara absolutamente nada. Entonces, ¿qué le hacía especial? ¿Qué importaba realmente? Tal vez la voluntad de que importase era el problema, un giro equivocado basado en un mapa ilegible. Tal vez nada era nada. Y si tenía razón, tal vez esa fuera la causa de sus nuevos sentimientos: eran simplemente síntomas del hecho de que se había liberado para un viaje que debía hacer solo.

Aquel tipo de pensamientos le ofrecían cierto consuelo, aunque no por ello dejaba de entenderlos como una suerte de baile desesperado. Esquivando y girando como para evitar las puñaladas de un enemigo incansable. Y cuando lo hacía, el miedo se apoderaba de él, como el presagio de fuerzas invisibles. Entonces, atrapado, volvía en sí, como el estudiante al que despierta una mano que golpea en su pupitre. Ah, claro, lo siento, sí, ¿dónde estaba? En la sala de estar. Retsy. Su rostro. Su boca y su pregunta. Sí, no..., la basura..., no, aún no, pero lo haría.

Finalmente, Anna. ¿Qué decir de ella? En lo que respecta a la hija de su amigo, las primeras semanas estuvo dudando entre profundos extremos. Algunos días sentía una intensa cercanía, como si se hubieran fusionado. Por muy loco que pareciera, había momentos en los que estaba seguro de poder describir exactamente sus sentimientos en aquel preciso instante. No importaba que no tuviera ni idea de dónde estaba ella, lo que los unía era delicado e invisible, un hilo de gasa que se extendía por toda la ciudad y por el que circulaban las vibraciones de sus verdades más íntimas. ¿Pensaría ella también en él? ¿Podía sentir lo que él sentía? En esos instantes, estaba seguro de que sí. Entonces, de un segundo a otro, aquella certeza era sustituida por el miedo frío y mortal de que, al doblar la esquina, se la encontrara con los brazos cruzados y los pies plantados como lastres. ¿Qué querría ella? ¿Qué haría él? Sabía que no podía acercarse a Anna. Los ojos de ella estaban fijos en un punto más allá de la razón, ninguna palabra amable podría traerlos de vuelta.

Con el tiempo, sin embargo, aquello empezó a desvanecerse. La intimidad se desvaneció, entrañaba un enorme esfuerzo imaginar dónde podría estar, y la sensación de sus emociones se volvió vaga, como gritos lejanos e inaudibles. El miedo también parecía haber desaparecido. Si tenía intención de contarlo, ¿no lo habría hecho ya? Aunque él no sabía cuáles eran, ella debía de tener sus razones. Tal vez algún día se lo preguntaría. Se imaginaba hablando con ella como dos ancianos, soldados del mismo ejército que no se habían visto desde el final de la guerra.

Y aunque últimamente pensaba menos en Anna, cuando se le cruzaba por la mente, Emerson se tranquilizaba imaginando los detalles. Ella debía de haber leído artículos, pedido una cerveza de raíz con la comida, comprado una camisa o un par de zapatos. Seguramente había tenido un examen en algún momento, lo había hecho y le habían dado la nota. Y él esperaba que le hubiera ido bien, la animaba con lo que solo podía describirse como orgullo paternal.

Su futuro también era real para él. Veía cómo sería. Conocería a chicos. El primero sería débil, el siguiente cruel. Pero con el tiempo su mirada maduraría y empezaría a cortar como una guadaña. Podía imaginárselos a todos, incluso al que casi se casaría con ella.

Peter. Escribiría sobre deportes para una revista. Sería amable. Contaría chistes insulsos e inofensivos e historias sin villanos, con una voz suave como un abrigo viejo. Había uno en particular que Anna odiaba. Era sobre su abuela, que se había comido unos bombones tan rápido que se había olvidado de que habían ido a visitarla.

—Sabes, eso no tiene gracia —diría Anna mientras volvían a casa después de una cena en la que él lo había vuelto a contar.

—Vale —respondería él—. Bueno, yo creo que sí la tiene. Él hablaría con el tono que usaba para mostrar su desacuerdo, lleno de dudas y con una postura endeble. Era como una ramita. Ella podría aplastarlo. Y lo haría.

¿Cómo se explicaba la claridad con la que Emerson veía todas aquellas cosas? ¿Por qué molestarse? Era un sueño que estaba construyendo, uno que tenía que hacerse realidad. Sabía que ella podía seguir adelante y ser grandiosa, convertirse en lo que quisiera. Lo importante era que ella ya no estaba en esa habitación, que su vida no se había detenido como uno de esos relojes que se encuentran congelados entre los escombros de un terremoto. En esto, en la necesidad que tenía él de creer, Emerson se sentía más vulnerable. Porque si alguna parte de ella no era cierta, si la imagen que él había conjurado tampoco lo era, entonces...

Se le hizo un nudo en la garganta.

5

Amos estaba sentado en su oficina. Frente a él, con las piernas recogidas bajo la silla, hablaba una mujer. Describía su día, cómo todo había salido mal desde el principio. Para empezar, su novio no la había llamado hasta casi la hora del almuerzo y, cuando lo hizo, fue para preguntarle si estaría libre esa noche.

—No lo sé —dijo ella. Extendió las manos, con las palmas hacia el techo—. A mí me gustaría algo más como... *¿a por todas?*

Poco después iba a sentirse abatido, pero, primero, Amos sonrió con aire burlón. Tonto, como un perro. La mujer no se había dado cuenta, pero él ya no estaba allí, sus pensamientos se habían desvanecido. Vio el rostro de Emerson, con su expresión seria y enigmática.

—Entonces, ¿vamos a ir *a por todas?*

Julio en Amagansett. Están ahí para la boda de Sam Hackett. Más allá de la carpa, la casa se alza como un transatlántico. Las gramíneas, suaves y negras, llegan hasta el borde del césped. El mar duerme. Emerson está sentado, con el brazo apoyado en la silla de Retsy. Ella cumplió treinta años el mes pasado; Sophie no nacerá hasta dentro de cuatro años. Amos mira hacia la barra, donde Claire espera para tomar una copa.

Los discursos han terminado, la banda ha empezado a tocar.

Empieza a notarlo en sus manos, luego los dedos del pie de la pierna que le cuelga sobre la rodilla. Se mueven al ritmo de la música, rebotando como una cuerda. Está un poco borracho, piensa para sí mismo, pero no mucho. ¿Cuántas se ha tomado? ¿Tres?

—Bailemos —dice Amos.

Sin decir nada, Emerson vacía su vaso. No quedaba mucho, lo importante era el gesto. Retsy suspira.

Muy poca gente en la pista de baile. Apenas unas parejas, primos, amigos de la novia. Bailan como se baila en las bodas: balanceándose ligeramente, fingiendo movimientos exuberantes. Pero estos giros e inclinaciones son una especie de broma, pretenden decir: Ja, ja, imagina si yo fuera así.

Amos entra con pasos suaves, deslizándose. Las manos detrás de la espalda, las piernas llevándolo hacia delante. Emerson lo sigue, aplaudiendo. Sus movimientos empiezan, como siempre, en los hombros.

—Oh, hola —dice una mujer mayor al verlos pasar. Su vestido es rojo, sus dientes de un blanco antinatural.

Se colocan frente al grupo de música. Amos siente que empieza a entrar en calor. Ambos son buenos bailarines, pero no se trata de eso. Su forma de bailar no proclama: Miradnos. Es un puro divertimento. Es fácil. Son cuerpos que se mueven porque pueden hacerlo.

Entonces Sam se une a ellos. Se abre el cuello de la camisa con un movimiento llamativo del brazo. Su mujer se quita los zapatos. Su sonrisa es de agradecimiento, esto es justo lo que ella imaginaba.

Sam es de la universidad. Tiene unos años más que ellos y lo conocen principalmente de Nueva York. Ese detalle también forma parte de lo que hace que el momento resulte tan divertido. No son amigos íntimos, no están actuando para un buen amigo. Lo que sucede es que, a veces, en noches como esta, deciden subir el volumen al máximo.

Unas cuantas personas más salen a bailar. Se levantan de sus asientos, dejan su pastel y se lanzan. Las esposas tiran de sus maridos de la mano, los maridos ceden, y no de mala gana. Se dan cuenta de que quieren hacerlo, quizás por primera vez en mucho tiempo. Porque el amor de los amigos es como la fuerza de la gravedad: los restos se ven atraídos hacia él sin saber por qué. El amor romántico se aísla, se empareja y se retira. Pero la amistad es una escalera de mano, es algo que se asciende, son dos manos entrelazadas para permitirte ver por encima de la valla. A veces lo siente una persona, a veces la otra. Pero luego hay momentos como este en los que lo sienten los dos juntos, cuando cada uno sabe que ha llegado a un lugar al que no podría llegar por sí solo.

Los faldones de las camisas, los brazos, el pelo de Emerson. Los platillos y los saxofones. El vino sale volando de las copas, a nadie le importa dónde cae.

Los dos están en forma. Son esos años en los que la gente empieza a descuidarse. Pero ellos no. Se nota: la espalda de Emerson, las piernas de Amos. Se mueven como niños. No han perdido facultades. Los zapatos de Emerson son destellos negros. Da vueltas. Sus brazos se mueven como cintas, sus dedos están sueltos. El aire se vuelve joven, no piensan para nada en la mañana.

La pista de baile se ha llenado. Los dos siguen bailando en el centro. Los demás sienten que están ahí, que están cerca. No sabrían decir de qué, pero les encanta, es algo que querían sentir y no habrían sabido cómo describir. Pero no están cerca, porque no es una cuestión de estar cerca o lejos. Solo son turistas, tienen que volver a casa.

Emerson sujeta a Amos por los hombros, con fuerza, casi como si estuviera enfadado. Pero, por supuesto, no está enfadado, quiere encontrar una forma de expresar lo que siente. Y no es porque no sepan cómo usar las palabras, es porque a veces un abrazo puede decir más que las palabras. Amos extiende los brazos y lo abraza del mismo modo.

Ahora saltan juntos, arriba y abajo. Ríen, cantan. Sus voces se han apagado, pero no se detienen.

Se les une más gente; todo es un aliento caliente. Amos está dando vueltas. Ve destellos de color. Camisas blancas salpicadas de corbatas, el destello de un vestido. Claire: se abrazan. Ella sonríe, le besa el cuello... y luego se va, girando como una peonza. Volverá a encontrarla. Volverá a encontrarlo todo. Encontrará lo que quiera.

Algunos hombres mayores se quedan al borde de la carpa. Demasiado orgullosos, demasiado oxidados como para unirse a ellos. Tíos, hombres que tienen acciones. Sus caras están hinchadas y enrojecidas. Son los hombres que mañana, durante el desayuno, dirán cosas como: «Vaya, dime dónde puedo conseguir algo de eso». Y Amos, alzando la vista de su plato, responderá: «¿Te refieres al café con postre?». «Claro», asentirán, refunfuñando ligeramente, sin querer admitir que podría ser cierto.

Durante un momento, Amos se aparta de la multitud. Observa lo que han hecho. Piensa en qué debe parecerles a los demás.

Lo que ven es pequeño. Un poco de baile, nada más. Pero, por supuesto, no es más que la punta de algo muy grande. Es pequeño en este momento porque puede ser pequeño cuando quiere: el exceso permite la modestia y debajo hay un pozo que nunca se secará.

Emerson se tambalea hacia él, sus zapatos golpean el parqué como piedras.

—Mira —dice. Levanta el extremo de su corbata y luego la aprieta con el puño. El líquido se escurre entre sus nudillos y gotea en el suelo. Amos se queda mirando un instante, luego ríen, gritan. Una risa silenciosa, pura—. ¿Cómo es posible? ¿Tienes idea de cuánto sudor se necesitaría para empapar toda la corbata hasta el *final?* No solo para mojarla, sino hasta que se pueda *escurrir.*

Amos traga saliva. Todavía tiene lágrimas en las mejillas.

—Necesito agua.

Se sientan al borde de la pista, en sillas con chaquetas de otras personas colgadas en el respaldo. Emerson estira las piernas y gruñe. A su alrededor, están retirando los platos. Los camareros vierten los restos de los vasos en el césped.

Amos suspira. Ha empezado a soplar la brisa. Esta le acaricia el cuello y juega con las puntas de su cabello. Siente el océano cerca. Está a su espalda, fuera de su vista, pero pensar en las olas negras como la tinta le reconforta tanto como pensar en su propia cama.

Siguen sentados, las camisas están empezando a secarse. No hay nada que decir. La noche está viva, goza de buena salud. Se las arregla sola.

Amos se pasa las manos por el pelo e imagina cómo será el día siguiente. La ciudad blanqueada por el sol, el mar habrá recuperado su azul brillante. ¿Recordará la gente lo bien que se lo pasó? ¿Sabrán por qué? Se da cuenta de que no le importa. No necesita reconocimiento. Lo único que importa es que tienen esa forma de ser y que la aprovechan.

¿Quién lo dijo primero? Amos no tenía ni idea. Ni siquiera estaba seguro de si se refería a una boda. Pero, en algún momento, uno de ellos se había preguntado en voz alta qué tipo de esfuerzo supondría marcharse, si lo harían también *a por todas.* Y así fue como nació. Coherente, completo, sin necesidad de explicaciones.

¿A por todas? No después de una semana como esa.

Hay una posibilidad nada desdeñable de ir *a por todas.*

Sé que parece una locura, pero podría estar de humor para ir *a por todas.*

Será divertido, pero no se acercará a un *a por todas.*

¿Estamos hablando de APT, o...?

Por supuesto, Amos había oído a la gente decir «a por todas» antes. Probablemente en esa sala tan a menudo como en cualquier otro lugar. Pero ¿no es así como funcionan las colisiones? Todo importa: los ángulos, el viento, el grosor del tacón del zapato. Y sí que parecía una colisión. Como si hubiera estado haciendo todo lo posible por superar el día —al fin y al cabo, estaba allí, atendiendo a pacientes, ocupándose de otros y de lo que había que hacer— cuando le embistió.

A por todas. A por todas. Su amigo. Aquella carpa. Las manos sobre los hombros. La música, la luz. Amos sintió que empezaba a derrumbarse. Su rostro lo delataría, su pecho empezaría a agitarse con pequeños sollozos. Porque cómo..., cómo pudo existir una noche así y...

—¿Tiene sentido? —preguntó la mujer.

Amos se sobresaltó y luego siguió asintiendo. Estudió un punto en la alfombra.

—Creo que sí —dijo, recuperando la voz tras tragar saliva—, pero... ¿podrías intentar explicarlo de otra manera?

6

Claire solo le había dicho que se trataba de Amos, porque sabía que así Emerson no lo mencionaría. También porque quería mirarlo a los ojos cuando se lo preguntara, necesitaba ver su rostro en el momento de hacerlo. Ella lo sabría. Estaba segura. De una forma u otra, lo sabría.

La férrea confianza que tenía en sí misma se manifestaba en momentos como ese. Aquello que se necesitaba —instinto, intelecto, la claridad que proporciona el distanciamiento— creía tenerlo ya en su interior. Su propia vida era la prueba palpable: las cosas habían salido tal como ella quería; el mundo se comportaba como tenía que hacerlo.

Horas antes había llovido. Una lluvia torrencial e insistente que barrió la ciudad. Le siguió un aire cálido, espeso como el humo. En las calles en ese momento abundaban los charcos. En las aceras, la gente se detenía para saltar.

Ella se quedó en la esquina, mirando hacia el sur, donde los edificios se hacían más bajos. Unas treinta manzanas más allá, y un poco más al oeste, estaría Amos. Y aquel era, pensó, el lugar al que pertenecía él. Con sus libros y su arte, en su espacio para el debate apasionado, el de principios sin la carga de la ficha médica a los pies de la cama real de un paciente real.

Expresarlo así indicaba una dureza que iba más allá de su intención. Aunque no del todo. El mundo necesitaba a gente como él, gente que ayudara, que intentara ver el lado bueno de las cosas. Pero no podía sobrevivir solo con ellos. En último término, las cosas tenían que suceder. Se construían o se destrozaban carreteras, se trazaban y se imponían fronteras. Y él mantenía sus ideales como los mitos de una aldea primitiva. Ella entendía por qué, por supuesto. Después de una infancia como la suya, ¿podía soñarse con algo más razonable que un poco de claridad y de orden? No se lo reprochaba, al menos no la mayor parte del tiempo. Pero la cuestión era que, a pesar de haberle dado su palabra, Claire iba a ver a Emerson para preguntarle directamente si lo que Anna había dicho era cierto.

Al cruzar la calle, se imaginó a su hija. Eran las dos en punto, o casi, lo que significaba que estaría en clase, con la cabeza ligeramente inclinada y haciendo girar el bolígrafo sobre los nudillos. Había pasado el fin de semana aprendiendo a hacerlo.

Y ahí estaba el problema con Anna. Era astuta, sosegada como el clima, como los trenes. Siempre había sido así. Se notaba su arrogancia en la forma en que reordenaba las flores o alzaba la vista de un libro: completamente absorta en sí misma, sin pensar en el mundo. Claire lo notaba especialmente cuando los ojos de Anna se posaban en ella, la atravesaban, como si no estuviera allí. La desmenuzaban como pájaros, se marchaban y desaparecían.

A decir verdad, Claire había notado ciertas cosas últimamente. Las horas que pasaba fuera de casa, lo de correr, la piel tensa de sus mejillas. Y su forma de comer. La lentitud y la mesura con la que masticaba. Pero ¿qué importaba eso? Las madres siempre controlaban lo que comían sus hijas, el tamaño de sus bocados, así eran las cosas. Es más, la forma de ser de Anna no parecía fuera de lo habitual, se trataba simplemente de la vida de una chica de su edad, alguien que está descubriendo su cuerpo, la fuerza que este tiene y los riesgos de vivir dentro de algo tan hermoso.

Pero lo que se veía amenazado no carecía de poder. Un tipo de poder muy concreto. El mundo entendía a las víctimas, acudía a ellas con férulas y gasas. No siempre, claro. No en todo momento. Pero ¿no eran alabadas en cierto sentido? ¿No existía gloria en las heridas? Preguntádselo a los veteranos, a los escaladores que han caído y han sobrevivido. Y las acusaciones entrañaban violencia, eran emocionantes, seductoras. Como poner el dedo sobre un cable pelado: la sensación punzante de que puedes, si quieres, simplemente hacerlo. Tan solo eran necesarias unas cuantas palabras y el mundo empezaba a girar. Se sentaba y escuchaba, adquiría una nueva forma gracias a lo que habías dicho.

No quería decir que no había que creer a nadie, pues los hombres hacían todo tipo de cosas terribles. Pero era importante recordar qué suponía ser una chica joven, descubrir ese poder antes incluso de tener conciencia de qué entrañaba. Por eso podía entender que Anna, acorralada y en apuros, hubiera echado mano de lo que tenía al alcance. Como el cuchillo del que uno se acuerda de repente, olvidado hasta que lo necesita. Ella no sabía que sabía que funcionaría. Ese conocimiento ya estaba en su interior. Solo había que decirlo —un hombre me hizo eso— y el resto se resolvería por sí solo.

Edificios relucientes abarrotaban las calles, edificios con ventanas que reflejaban el cielo.

En su interior, cajones, olor a tinta, el zumbido de los sistemas, resultados que había que poner en orden. La gente entraba y salía por las puertas. Se desplazaba con rapidez. Se dirigía a lugares que conocía.

Era curioso pensar que Claire tenía la edad de Anna cuando había recorrido por primera vez aquellas calles, enviada, sobre todo los domingos, a rescatar a su padre del embrollo que le suponía algún negocio. Después, los dos volvían a casa en taxi y él le explicaba los detalles y le pedía su opinión. ¿Estoy revelando demasiado? ¿Estoy exigiendo demasiado? Luego escuchaba todo lo que ella le decía.

La edad de Anna. Sí, tener dieciséis años no era fácil. Confusión y tristeza, alegría y desolación. Pero también, hay que decirlo, embriaguez. Y ambigüedad. Por no hablar de astucia. Claire lo entendía, lo recordaba. No hacía tanto tiempo.

Era la edad en la que podías sentir la mirada de un hombre en el metro y saber exactamente lo que pasaba por su cabeza. Y podías odiarlo y podías amarlo, pero lo más importante era que te dabas cuenta de que podías tomar sus pensamientos y envolverlos alrededor de su cuello y dejar que siguiera pensando lo que quisiera porque él no tenía ni idea de que tú estabas al mando de la situación, de que el poder estaba en tus manos. Porque tú tenías esa cosa, esa cosa que parecía a la vez antigua y nueva, esa cosa que él solo podía intuir, porque él no era nada ni nadie y por eso miraba.

Claire lo sabía porque ella misma lo había hecho. Sin duda a los dieciséis años, y tal vez incluso antes. Hablando con los amigos de su padre, había aprendido a tocarse el cuello mientras describía un libro, o a no reírse cuando contaban un chiste, sabiendo en todo momento lo que estaba haciendo: provocar esa pequeña ruptura de deseo en su interior, algo que no podían evitar que se reflejara en sus rostros. Luego se marchaba y subía las escaleras, deteniéndose ante el espejo del vestíbulo para ver a esa nueva persona, la que se había hecho más rica y más fuerte, más real y más viva.

Nada de todo eso implicaba que Anna hubiera hecho lo mismo. O que, de ser así, cambiara nada. Tan solo era un hecho, algo propio de las chicas de su edad. Y como era cierto, Claire sabía que debía tenerlo en cuenta.

Lo mismo ocurría con la forma en que Anna había reaccionado a las preguntas que le había hecho. Al principio, suave, tranquila, como un animal herido que tiene miedo pero está demasiado lastimado para huir. Pero luego, de repente, optó por mostrarse amarga e inteligente, su rostro se tensó como un músculo.

—Se lo conté a papá —gritó—. Se lo conté todo a papá.

—Cariño —intentó Claire—, solo quiero oírlo de ti.

Le puso una mano en el pie. Pero fue inútil.

—Vete —gritó su hija—. ¡Vete a la mierda!

¿Qué pensar de eso? Nada en particular. Solo era algo que tenía que considerar, un detalle que merecía su debido respeto.

También había que decir que lo que Claire estaba haciendo —moverse lentamente, asegurándose— no era un acto de traición, sino de amor. Porque creer era fácil, incluso cuando se trataba de algo así. Siempre era más sencillo darse permiso para no pensar. De ese modo, uno era libre de sentir lo que quisiera, convencido de que era lo correcto, adecuado y verdadero.

En una ocasión habló con una mujer cuyo hijo era alcohólico.

—Durante quince años —dijo la mujer— intenté ayudarlo. ¿Sabes cuándo cambiaron las cosas? —Se rio para sus adentros—. Cuando lo arrestaron y yo no fui a buscarlo.

Esto era diferente, por supuesto, pero la idea era la misma. Amar era difícil. Amar suponía un trabajo. Amar era dedicar tiempo a asegurarse de que los cimientos perduraran. Y ella quería a su hija. Más que a nada en el mundo. Más que a nada que pudiera imaginar. Por eso tenía que hacer comprobaciones.

El vestíbulo estaba tranquilo y húmedo. La multitud ya había entrado. El portero sonrió sin entusiasmo y volvió a fijar la vista en el mostrador.

En caso de ser fumadora, pensó Claire, este sería el momento adecuado. No estaba nerviosa, o al menos no creía estarlo, pero, una vez allí, tuvo ganas de hacer algo más antes de entrar. Tenía las puntas de los calcetines mojadas. Sus pies empezaban a arrugarse y a picarle.

Además, también se le había ocurrido otra cosa. Y a pesar de que, obviamente, había asuntos mucho más importantes que debían tener en cuenta, y de que no era en sí mismo un hecho significativo, había que decirlo: Emerson nunca había intentado nada con ella. Ni una sola vez. Nunca. Ni siquiera cuando Claire estaba en la cima de su poder, un poder que, aunque a veces opacado, no era tan escaso como para descartarlo por completo.

Se le ocurrió esa idea por primera vez en un momento entre llamadas, de pie, con ambas manos sobre su escritorio. Fue uno o dos días después de que Amos se lo contara, y la demora era importante, significaba que era la lógica, y no los celos, lo que estaba en juego.

Sí, todo el mundo conocía la amargura de las madres, su miedo a verse sustituidas, etc. Pero eso era algo trillado, indigno de ella; no le costaba admitir la belleza de Anna.

Se trataba de otra cosa, era una pregunta razonable hecha por una mujer que tan solo pretendía llegar al fondo del asunto. ¿Acaso él no lo habría hecho? Si fuera ese tipo de persona, sí. ¿Acaso no habría habido una mirada, un regalo o una pausa que hubiera sentido como una mano inquisitiva, demasiado atrevida?

Claire no habría querido que hiciera algo así, por descontado, y a ella le molestaba que señalarlo pudiera dar la impresión de lo contrario. Pero cuando conoces a alguien desde hace tanto tiempo, alguien guapo y decente que, durante un tiempo, no fue muy exigente con respecto a dónde dormía, resulta inevitable que surjan preguntas. No, había respondido ella siempre. De corazón. No lo veo de esa manera. No llegó a ir tan lejos como para fingir desagrado, podría haber pasado, pero no pasó. Y eso estaba bien. Las cosas habrían ido bien de cualquier manera. Luego estaba Amos, responsable de que ella quisiese a Emerson, y que, como había dicho en muchas ocasiones, era el gran regalo de su vida, y ni entonces ni antes se habían dado ni siquiera un abrazo que sugiriera que él quisiera saber más.

Ella entró en el ascensor, seguida por dos hombres que hablaban en tono vivaracho y jocoso. Sus pálidos cuellos se amontonaban como cera en la parte superior de sus camisas. Uno de ellos sostenía un periódico. Lo golpeaba contra el brazo del otro al hablar.

—Estoy hablando en serio —dijo—. Podrías dormir con ellos puestos.

—Ya te dije que iría.

El primero se volvió hacia Claire.

—Trajes —dijo—. Seguro que tu marido podría vestir trajes mejores.

Ella sonrió y no respondió nada.

Pero ¿qué pasaría si realmente lo había hecho? En ese caso, no haría falta decir nada. Apoyaría a su hija. A él lo expulsaría. Se disculparía con Amos. Cuidaría de su hija y volvería a hacer del mundo un lugar seguro. Pero, por más que lo intentaba, no conseguía mantener esa idea en su mente; no porque fuera escurridiza, sino porque era demasiado grande para retenerla. O demasiado importante. Su significado sería excesivo. Era como intentar eliminar un solo pigmento de un cuadro o imaginar una casa sin los muros de carga. Todas las configuraciones fallaban porque faltaba algo esencial. El alcance era demasiado amplio, el lienzo ya se había secado.

Así pues, retomó la reconfortante lógica: no tenía ningún sentido. Más allá de la perspectiva desde la que se mirara, parecía una verdad incuestionable. Sí, la gente hacía cosas, descubrían a vecinos amables con congeladores llenos de restos humanos. Pero se trataba de desconocidos, no de una persona a la que conocía de toda la vida. Por el amor de Dios, incluso sus padres eran amigos. Se enviaban tarjetas de Navidad, se ponían al día, iban a las mismas fiestas y coincidían en que era una lástima que se construyeran nuevos edificios junto al parque. Todas aquellas familias estaban entrelazadas, unidas por algo que no se podía romper con facilidad. Era más antiguo que ellas, más grande. Y Emerson lo sabía; más que nadie, él entendía cómo era su mundo.

Las puertas le permitieron la entrada en el aséptico zumbido de la oficina. El sonido de zapatos y bolígrafos, voces bajas inclinadas sobre los escritorios.

—¿Le está esperando? —preguntó la recepcionista.

Claire asintió al pasar.

—Sé cómo llegar.

Podía ver su rostro a través de la puerta. Todo estaba allí: sus ojos y su inevitable color marrón, la nariz fina, los labios. Pero mientras lo miraba, durante unos segundos le parecieron meras piezas, colocadas sobre su rostro como accesorios para un espectáculo. Él todavía no la había visto. La alfombra silenciaba el sonido de sus pasos.

Era cierto que él podía ser cruel, que tenía un lado duro. Aunque en la práctica era algo por lo que Claire sentía, sobre todo, respeto. Era duro con Retsy y, a veces, con Sophie, pero eso era de esperar de alguien como él. Amos podía ser más inteligente, más listo, pero Emerson poseía una sabiduría despiadada: comprendía la naturaleza de las cosas.

A través de la ventana se colaba una luz gris y acuosa. Sobre su escritorio había papeles, esparcidos, pensó Claire por un momento, en la cantidad justa.

Al sentir una presencia, se volvió para mirar. Sus rasgos se pusieron en su sitio. Primero una sonrisa, luego algo parecido, pero menos. Preocupación amistosa. Afecto. Alegría familiar. Extendió los brazos para abrazarla, con los ojos evocando su pasado.

—Necesito a Amos —le dijo a Claire—. Lo sabes, ¿verdad? Así que, a menos que él esté bien, no quiero oír lo que sea que tengas que decirme.

7

Al ver a Claire sentarse en la silla, Emerson se dio cuenta de que ya había vivido esa situación antes. Sin saber cuándo, lo había imaginado todo, no de manera consciente, sino llevado por el instinto. Se había preparado, sabía lo que iba a pasar.

Todo resultaba evidente. El pulgar sobre el labio, el pequeño fruncimiento de ceño antes de hablar. Tenía las manos cruzadas sobre el regazo. Se recostó en la silla. Paciente, alerta.

—Es sobre Anna.

Emerson inclinó ligeramente la cabeza. Claire respiró hondo. Era más difícil para ella de lo que él habría imaginado.

—¿Qué ha pasado?

—Bueno, por un lado, la pillaron robando en una tienda.

Aquella elección fue una traición impactante. No había ninguna razón para que fuera lo primero, ninguna necesidad en absoluto de mencionarlo. Emerson apenas podía creer su suerte. Ahora solo quedaba esperar.

—Mierda —dijo—. Claire, lo siento. Lo chicos pueden ser...

Hizo un gesto impreciso.

Ella asintió.

—Pero, Emerson, no es solo eso.

De inmediato, los dos sintieron lo extraño que era que

ella hubiese utilizado su nombre. Él dejó pasar ese detalle sin comentar nada. Era su amigo, estaba escuchando todo lo que ella tenía que decir.

Llamaron a la puerta.

—No —dijo sin mirar.

La brusquedad hacía evidente la intimidad que había entre ellos. Claire apretó los labios en señal de agradecimiento por su comprensión, porque el asunto era importante.

—Por favor —dijo él, instándola a continuar.

—Dijo que había pasado algo.

Ahora ella lo miraba. Él pudo notarlo. Ese era el preciso instante en el que ella decidiría. Sentía sus ojos recorriendo su cuerpo como si fueran manos. Los ojos de un médico. Cuidadosos, informados. Él le sostuvo la mirada con un obediente sentido de la expectativa, casi con tolerancia. No había prisa, parecía decir su mirada, él estaría allí cuando ella estuviera lista para hablar.

—Siento ser tan directa, pero ella dijo que la tocaste, que tú... —buscó las palabras durante un momento— la manoseaste.

—Por Dios, Claire.

—¿Lo hiciste?

Se inclinó hacia delante y apoyó las manos sobre el escritorio. Podía sentir cómo se movían sus omóplatos bajo la camisa.

—No —dijo—. No.

La habitación olía a papel, a acuerdos y tratos.

—Claire, ni siquiera la he visto desde...

—Octubre —dijo ella—. Cuando fuimos al norte.

Emerson se puso de pie, fingiendo agitación.

—Tengo que llamar a Amos. ¿Sabe Amos lo que me estás diciendo?

—Mírame.

Hizo lo que le dijo.

—Emerson.

—No... Claire, no. Joder. ¿Mi mejor amigo? ¿Tú? Por Dios.

Ella se estaba debilitando. Él pudo captarlo. Había empezado a doblarse como una cerilla que casi se ha consumido. Esa era la clave: ella quería creer. Había acudido a él con miedo y deseo, como una niña que necesita que le aseguren que la pesadilla no ha sido real. Se levantó y se acercó a ella.

—¿Puedo?

Ella asintió. Él se colocó detrás de ella. Le puso las manos sobre los hombros. Subían y bajaban como algo que se balancea en el agua.

—¿Por qué? —lloró en voz baja—. ¿Por qué se habrá inventado algo así?

Él no respondió. No le correspondía a él responder, era algo que ella necesitaba decir. Se acercó, se arrodilló y le tomó ambas manos, juntándolas como si fuera a rezar.

—Claire —dijo—, sea lo que sea, ella estará bien.

Claire se limpió la nariz. Se le había soltado el pelo detrás de ambas orejas.

—Lo siento —dijo.

Él negó con la cabeza.

—Pero Amos... —comenzó a decir él.

Claire asintió.

—Se lo contó a él primero.

—Dios mío. —Se levantó y se dirigió hacia el teléfono.

—Para.

—¿Por qué?

—Porque se suponía que íbamos a preguntártelo juntos.

Tampoco dijo nada al respecto. La situación en la que se encontraban era delicada. No debía dar nada por sentado ni abusar de su ventaja. Entonces, ¿por qué dijo lo que dijo a continuación? ¿Para qué? ¿Qué pretendía? Emerson se lo preguntaría durante mucho tiempo.

Pero eso ahora quedaba muy lejos. No solo el momento, sino también el hombre. Lo que estaba haciendo no era por Amos, sino más bien por una idea de él, una abstracción, una partícula atrapada en la luz. Además, era para que pudieran seguir siendo amigos. Sabía cómo podía sonar eso, pero, aun así, era cierto. Tendrían que superarlo, así que primero llevó a su esposa, asegurándose de que se colocara en el lugar adecuado. Era impropio, pero necesario, y la historia era un cuadro abstracto: olvidaba tal o cual pincelada, no se preocupaba por la sombra bajo una naranja.

O tal vez era más sencillo, no tan diferente del impulso que lo había llevado hasta allí. Tal vez hizo lo que hizo porque podía, porque el ejercicio del poder era un placer en sí mismo.

Fuera cual fuese la razón, Emerson se sentó en el borde de su escritorio con una calma fantasmal y cruzó los brazos con un aire pulcro y profesoral. Debería haberse sentido peor. Podía imaginar a su amigo en la acera, podía ver el alivio en su rostro. Para que alguien lo supiera, por la alegría que suponía confesar y no ser expulsado. Pero, aun así, no se sentía mal. Se sentía tranquilo, como si estuviese haciendo lo correcto.

—Tal vez Amos pueda hablar con ella —dijo—. Sobre el robo, quiero decir.

8

Claire caminó hacia el norte. El día había cambiado. Fuera de los restaurantes, se estaban reponiendo las mesas. Los ayudantes de los camareros colocaban las sillas. El sol había salido, un sol caliente y punzante, y la luz parecía casi cegadora. Los coches circulaban por la avenida. Un hombre gritaba en vano para que un taxi se detuviera.

Ella sintió una vaga sensación de inquietud, como la que se siente al subir a un avión pensando que es posible que no hayas cerrado la puerta de tu casa. Pero era una sensación lejana y fugaz, soterrada bajo un torbellino de preguntas que se bifurcaban en busca de respuestas contradictorias y de los sentimientos que inundaban las calles.

Lo principal era que él lo había negado. Tal vez era lo que cabía esperar, pero sería un error pasar por alto ese hecho. Entonces, ¿qué pensar de su negación? Ella había supuesto que si él se enfadaba denotaría culpa. Pero no fue así, se mostró molesto y confundido, obsesionado con la necesidad de llamar a Amos. ¿Y no era eso lo correcto? ¿No era así como tenía que ser?

Claire intentó recordar el momento exacto en que le había preguntado, pero por más que lo intentaba, le parecía difuso e irrecuperable, como si su concentración hubiera interferido en su capacidad de prestar atención. Lo que recordaba era lo que había sentido: un alivio delirante y fugaz, como el que imaginaba que sentirían sus pacientes cuando los resultados de las pruebas salían bien. Sin embargo, era importante que no lo hubiera dejado traslucir. En cambio, lo presionó, exigiéndole que la mirara, haciéndole repetir lo que había dicho en aquella habitación austera y desprovista de ambigüedades.

En el parque, se detuvo para sentarse en un banco. Ante ella se extendía una explosión de verde. Árboles, hierba lánguida. Cerca, la charla informe de los turistas, el suave golpeteo de los cascos de los caballos. Ella era inmune a todo aquello. Recorría los pasillos de su mente, muy despacio, como un detective al acecho.

Hubo un momento en el que la conversación dio un giro, en el que dejó de ser la que ella había ido a mantener y se convirtió en otra cosa.

—¿Qué quieres decir con «robo»? —preguntó impotente, sin saber con claridad lo que tenía que saber—. ¿Como cuando estabas en la universidad?

—No —dijo Emerson, sacudiendo la cabeza—. Después. Bueno, tal vez... Pero teníamos veintitantos años cuando lo descubrí.

Ella miró al techo y soltó un suspiro de incredulidad.

—¿Siendo adulto? ¿Qué clase de cosas?

Ya no lo miraba fijamente, sus pensamientos eran ahora más confusos, el haz de su atención se tambaleaba como una linterna caída en la oscuridad.

Él se encogió de hombros.

—De todo, más o menos. Cosas cotidianas. Creo que fue un desodorante cuando lo pillaron y me llamó.

Ella extendió una mano, con la palma hacia arriba, como si las preguntas fueran demasiado numerosas para enumerarlas. Las lágrimas de hacía unos segundos habían desaparecido, sustituidas por una brusca incredulidad.

—Claire, fue hace mucho tiempo —dijo él, acercándose al frente de su escritorio—. Lo único que quería decir es que él podría saber cómo hablar con ella.

Ella movió ligeramente la cabeza para darle a entender que lo había oído.

—Y ya sabes cómo es él. Él no...

—Yo estaba con él en ese momento —lo interrumpió ella—. Llevábamos juntos al menos dos años.

Emerson suspiró y, durante un instante, Claire se sintió abrumada por la aguda sensación de que su vida no había existido, de que no había pasado el tiempo desde aquel momento, hacía ya casi tres décadas, en el que él se echó el pelo hacia atrás y le dijo que tenía un amigo al que debería conocer, alguien que él consideraba lo bastante inteligente y lo bastante malvado como para que ella le diera una oportunidad.

—Todos necesitamos secretos —dijo, rompiendo el hechizo. Su voz se había vuelto expansiva y generosa—. Tú lo sabes. Por supuesto que hay cosas que Retsy no...

—No es el secreto —insistió ella, dándose cuenta de que era cierto—. Es que es la hostia de raro. —Hizo una pausa—. Él era un adulto. Anna tiene *dieciséis* años.

En ese momento, Claire sintió una punzada de inquietud. Hablar así de su hija era demasiado, demasiado cotidiano; implicaba una certeza que él todavía no merecía. Emerson pareció percibirlo también y volvió a sentarse en la silla.

—Lo que pasa con Amos es que él no es... —Emerson hizo una pausa, sopesando sus palabras—. Lo pasó mal. Ya lo sabes. Tú y yo no podemos imaginarlo. No podemos saber cómo fue.

Unas pocas líneas, claras y sencillas. Contenían algo real. Los dos eran diferentes, eran como sacerdotes de la misma antigua secta, unidos por la doctrina, por el paso del tiempo. No era ni bueno ni malo, simplemente era cierto. Y sí, Amos merecía comprensión, empatía cuando era necesario. Pero se le concedían ambas *debido* a esa diferencia, porque él estaba fuera y no dependía de ellos —ni de nadie, en realidad— que lo dejaran entrar por completo.

Claire no estaba llegando a conclusión alguna, sino recordando. Algo que ella siempre había sabido. Algo que Amos también sabía. ¿De qué estaba hablando? Del dinero, por supuesto, aunque fuera una grosería decirlo y no lo explicase todo. Lo que Claire quería decir era que, de no ser por ella, la vida que ellos llevaban no sería posible, que era ella la que había asegurado que fuera tal como querían para la hija que ambos habían querido tener. Una vida sólida como las vigas del techo. La comodidad que entrañaba no temer que los años siguieran pasando.

Tener conciencia del dinero entrañaba un tipo de conocimiento singular. No el hecho de gestionarlo y conservarlo, sino la capacidad de tenerlo presente en el modo de pensar, de ver el mundo a través de su prisma. ¿Podía enseñarse algo así? Tal vez. Claire no lo sabía. Pero lo que sí tenía claro era que, en la mayoría de los casos, era un conocimiento que se absorbía. No se transmitía como una lección, sino que se asimilaba a través del aire, de la superficie de la piel. Era un país al que no se podía emigrar, los únicos ciudadanos eran los naturalizados al nacer. Era elemental. Una autoridad que no tenía la intención de imponerse, no por timidez, sino porque era total. Como el hombre que sabe que en toda la vida solo hay tres historias, se daba por hecho que los matices siempre se desvanecerían.

Ella y Amos habían hablado de ello. Una vez en concreto. Todavía no se habían casado, pero ella ya no podía imaginar que él no fuera el elegido.

—A veces me siento mal —le había dicho él—, porque siempre es tu familia, porque siempre serán ellos.

—Lo sé —respondió ella. Le sujetó la cara con ambas manos—. Pero a ellos no les importa. Y a mí tampoco. Por eso trabaja mi padre, le hace feliz.

Luego le había quitado la ropa, muy despacio, como si estuviera desenvolviendo un regalo. Y ella había mirado las sombras alrededor de sus ágiles brazos, la sonrisa de apetito que él se permitía mostrar. Lo amaba por lo poco que había que decir. Simplemente, asumía el papel que le correspondía, como un botones que entiende la manera más discreta de aceptar una propina.

Y ahora eso. Llamarlo revelación parecía dramático; después de todo, era cosa del pasado. Aun así, Claire estaba convencida, aquello importaba, de alguna manera y en algún sentido. Pero ¿qué *significaba*? ¿Era importante para la cuestión que los ocupaba? ¿Tenía algo que ver con su hija? La respuesta obvia era que no, y sin embargo, por alguna razón, no le parecía correcto. Pero si no se trataba de eso, ¿qué era lo que los unía? No tenía nada con que responder a eso, salvo el instinto y la fe. Un nudo compacto en su interior que la razón no podía deshacer.

El parque quedaba a su espalda, hacia el oeste, los museos, las salas de arte, los pasillos de mármol frescos como cucharas. Había sido un día demasiado intenso, y Claire sentía el agradable y aniquilador aturdimiento de una mente agotada. Las calles le daban la bienvenida a casa, igual que las tiendas conocidas. En aquella compraba el pan, en aquella la leche y los huevos, a veces higos o queso.

El mundo se presentaba ahora de otra manera. Veía la densa certeza que ofrecía cierto tipo de Nueva York. La dignidad de sus calles, los grandes ríos que fluían. Claire le había dado la bienvenida a Amos a ese lugar. Un mundo de camareros, abrigos blancos como los dientes, salas en las que podías oír el sonido de los vasos que se sacaban del estante. Y su sonriente y tranquila hija que dormía en el tercer piso. Y sus días ardientes e inmortales. Todo eso, todo esto se lo había dado ella.

En cuanto a las otras partes, las que habían creado juntos, Claire no negaba que fueran reales. Pero ahora, abrumada por el agotamiento que acompaña al exceso de reflexión, dichas partes le parecían secundarias, casi decorativas.

Se sentía liberada, libre por fin para comprender lo que había estado sintiendo desde que salió de la oficina de Emerson. No era ira ni tristeza, ni hacia Amos por habérselo ocultado, ni por la idea de lo que le había llevado a hacerlo, era repugnancia. No exagerada, ni siquiera justificada. Era el tipo de repugnancia que se siente hacia alguien a quien descubres haciendo trampas en el juego, cuya propia existencia parece poner en peligro tu propia vida.

Con cada paso que daba, sentía que sus convicciones se afianzaban. Las cosas se estaban decidiendo. Claire sabía que era injusto. Debería ir a ver a su marido, explicarle lo que había hecho, preguntarle cómo se sentía y dejar que estuviera presente mientras la arcilla todavía no se había endurecido. Pero en lugar de apresurarse, redujo el paso, incluso se detuvo un momento, llenando sus pulmones con el aire dulce y podrido.

9

Los sonidos del mercado les dieron la bienvenida. Voces, jarras, discusiones sobre el peso de algunos artículos. Retsy sonrió a Sophie en señal de agradecimiento y la puerta se cerró a toda prisa.

—¿Qué compro? —preguntó su hija.

Retsy consultó la lista.

—Pomelo. Y alcaparras y endibias.

Un gesto de asentimiento.

—Y anís, si tienen.

El libro de cocina seguía sobre la encimera, con una vela gruesa sujetando la página abierta. Después de elegir qué preparar, Retsy había escrito los ingredientes con letra pequeña y cuidadosa. Se daba cuenta de que estaba convirtiendo el proceso en una ceremonia, pero no se detuvo. Porque lo cierto era que se sentía optimista, con ganas de probar algo nuevo, de atestiguar que estaba viviendo su vida. También sabía por qué. Se había estado gestando desde hacía semanas.

No había otra forma de decirlo: Emerson había estado bien últimamente. Parecía más animado, más presente. Retsy lo había sorprendido en momentos curiosos, mirando a la lejanía, con el rostro iluminado como por un sol que ella no podía ver. Su primer pensamiento fue que estaba engañándola. Parecía una explicación bastante obvia, así que ella había intentado consolarse sabiendo lo habituales que eran esas cosas; con la actitud adecuada podía superarse. Pero a medida que pasaban los días, aquella explicación le había parecido cada vez menos verosímil.

Fuera lo que fuese, se manifestaba en la forma en que removía el arroz o en cómo se quedaba sentado a la mesa con Sophie mucho después de que la cena hubiera terminado. Retsy lo vislumbró cuando él servía vino o cuando le hacía una pregunta y escuchaba lo que ella había hecho durante el día. También pudo apreciarlo en la forma en que follaba con ella.

Ella dijo algo en alguna ocasión. Una noche en la que su cuerpo parecía especialmente real. Se dio cuenta de que él no se había ido a otro lugar mentalmente; seguía siendo su cuello el que él sostenía. Y aunque le preocupaba que hablar pudiera romper el hechizo, lo dijo de todos modos:

—Tu mano me parece nueva.

Él la miró extrañado. No era una frase muy habitual. ¿Qué significaba? Ella no tenía ni idea.

Desde el principio, el suyo había sido un amor lúcido e intelectual. La vida que habían construido juntos no carecía de afecto, pero eso era secundario, casi incidental, frente a la sensación de un acuerdo prudente. Lo que admiraban el uno del otro era una idea compartida del mundo, una convicción férrea sobre las fuerzas que lo moldeaban. Ella le había dicho en su segunda cita que sospechaba que su primer matrimonio terminaría en divorcio. Ante esto, Emerson dejó escapar una ruidosa risotada. Ella notó que eso había despertado algo en él. No solo competitividad, sino afinidad. Él albergaba la misma visión brutal de cómo podían ser las cosas.

Sin embargo, había una parte de ella, casi olvidada pero que últimamente había resurgido, que albergaba una pequeña esperanza de que con la edad las cosas pudieran cambiar: que él se suavizara, cansado de la mezquindad, que el hijo que era superara el nihilismo que había en su interior; y que, si todo eso sucedía, pudieran deslizarse hacia algo más serio. Un hambre agradecida, un amor verdadero y apasionado.

Entonces, ¿qué pensar de lo que había pasado últimamente? ¿Había sucedido por fin? Apenas podía soportarlo, un pensamiento tan trillado y caprichoso. Lo lejos que habían llegado. Solo había que pensar en aquella noche, hacía diez, quince años. Los dos en un coche, sus pensamientos nublados por el vino. Volvían a casa después de una fiesta en la que él la había dejado sola. Ni un pensamiento, apenas una palabra.

—Todo el mundo se da cuenta de que a ti los demás te importan un comino —dijo ella. Estaba acurrucada contra la puerta como un gato.

—¿Qué? —respondió él.

—Cuando hablan. Ni siquiera finges interés.

Él miró los edificios que pasaban. Bancos, hoteles, una joyería detrás de dos cristales.

—Toda tu vida son migajas —dijo sin volverse. Abrió la ventanilla, moviendo la mano como si fuera la superficie del agua—. La gente mastica y tú te comes las migajas.

El coche redujo la velocidad para detenerse en un semáforo.

—Es lo más cruel que has dicho nunca. —La voz de Retsy era plana, impasible.

—Lo sé. —Un pequeño gesto con la barbilla—. Lo sé.

Retsy no había olvidado momentos como aquel. ¿Quién podría hacerlo? Pero eso no significaba que las cosas entre ellos no hubieran cambiado. Y qué alivio sería, qué alegría, no sentir ya que el objetivo de cada día era avanzar en silencio por su propia vida.

A pesar de sus reparos, empezó a sentir el tirón de una esperanza incipiente, incluso el vértigo. Después de pasar muchos años alimentando el desprecio por la idea de quién era —años en los que había examinado los numerosos medicamentos del tocador y había pensado: «Bueno, sí, claro, alguien como yo tendría un armario como este»—, la idea de librarse de eso le ofrecía el delicioso placer de dormir después de un exceso de sol. La plenitud de su alivio la sorprendió, la idea de estar tan cansada sin haber sido consciente de ello.

No era ningún misterio de dónde provenía esa baja autoestima. ¿Qué edad tenía? ¿La misma que Sophie? ¿Un poco menos? Sí, tal vez trece años. Los detalles de la pelea se le habían olvidado, pero todavía recordaba dónde estaban. Retsy al pie de la amplia escalera de madera, su madre en lo alto, con una mano en la barandilla. Gritaban, sus voces golpeaban como bofetadas.

Retsy se percató de que sus palabras no surtían efecto. Parecían no alcanzar a su destinataria. Así que, finalmente, lo dijo. ¿Era la primera vez? Sin duda, la primera vez que pronunciaba esas palabras, para ella, *dirigidas a* ella. Pero no tenía miedo. Le parecía lo correcto, severo y maduro.

—Eres una *zorra* —dijo.

Silencio. Su madre entrelazó los dedos y los colocó bajo la barbilla. Como si hubiera estado esperando ese momento, como si lo que estaba a punto de decir fuera importante y Retsy tenía que asegurarse de escucharla. Bajó la mirada. En su rostro, una sonrisa como el filo de una navaja.

—Rets. —Sacudió ligeramente la cabeza—. Eres demasiado aburrida para ser malvada.

Ya en la calle, caminaron hacia el sur. Las calles empezaban a llenarse de trabajadores de regreso a casa que esperaban tomar el primer tren. Pasaban a toda velocidad, palpándose los bolsillos, pensando en sus últimas tareas profesionales.

—¿Me dejas verla? —preguntó Sophie.

Retsy le entregó la lista.

—¿Qué es ouzo? —dijo ella después de un momento.

—Ouzo. Es un vino muy denso.

—¿Podré probarlo?

Se miraron.

—A lo mejor.

En la esquina, Sophie extendió un brazo hacia el espacio entre sus hombros.

—Ah —dijo, retorciéndose—, un bicho.

De forma instintiva, se giró para que su madre pudiera inspeccionarla. Retsy lo hizo, tirando de su camisa y alisándola. De repente, sintió que sus manos se llenaban de algo parecido a un tierno anhelo. Estas herramientas, pensó. Destinadas a acariciar y calmar.

El semáforo cambió y Sophie se adelantó saltando. Pero no importaba. Se había dejado tocar y mimar, no le había importado ser su hija. De repente, a Retsy le pareció que podía encontrar motivos para la esperanza allí donde mirara. Incluso durante la cena de la noche anterior, cuando esperaba sentir una humillante vergüenza y, en cambio, no sintió nada en absoluto.

Robert Eden, que había ido a tomar unas copas, asintió con la cabeza a lo que ella dijo y añadió que él había pensado lo mismo más de una vez. Emerson se recostó en su silla.

—Exacto —sonrió ella—. Yo diría que me recuerda a Kandinsky.

De inmediato, Retsy se dio cuenta de que ya había utilizado esa palabra dos veces. Era una sensación que odiaba, ligada, por supuesto, a la necesidad de dejar claro que era una mujer de extremos, una mujer con pensamientos e ideas propias. Pero ahí estaba, evocadora por tercera vez y, sin embargo, allí donde esperaba sentir vergüenza, Retsy encontró indiferencia, tranquilidad, incluso consuelo. Por el rostro de Eden había cruzado una breve sombra de reconocimiento, aunque tampoco aquello la intimidó. La conversación prosiguió. Retsy sonreía, o sintió que lo había hecho. Tal vez era solo la sensación de ligereza que produce liberarse de una carga.

Desde un determinado punto de vista, podía parecer algo sin importancia. Pero ¿acaso no era insignificante la vida? Si alguien le hubiese preguntado cómo era su matrimonio, ¿no se reduciría su respuesta a alguna versión de lo que se siente al decir algo estúpido durante la cena, sin importar si se había detenido a pensar en el hecho de haber utilizado dos veces las mismas palabras?

Una vez en casa, puso un disco en la cocina. Era un acto simple y obvio. No recordaba cuándo había sido la última vez que lo había hecho. Las primeras notas parecieron aportar calma a la habitación, que se tranquilizó a su paso.

Trabajaba despacio, había dejado los anillos a un lado. El cuchillo brillaba de vez en cuando bajo la suave luz; las verduras relucientes se escurrían en el fregadero.

Retsy pensó en cuántas veces había afirmado que no respetaba a las parejas que seguían siendo amigos después del divorcio. «Parecen orgullosos», decía. ¿De qué? «Si hay alguien que nunca ha estado enamorado», declaraba, «son esas personas.» Pero ¿realmente lo creía? ¿O se trataba del tipo de convicción que pensaba que tendría la persona que quería ser? A Retsy ya no le importaba. Lo que había comprendido, lo que ese cambio en Emerson le había permitido descubrir, era lo agotador que resultaba la originalidad fetichista. Ser una caricatura era algo seguro, casi acogedor; era honorable a su manera.

Por ejemplo, allí se encontraba ella, preparando la comida para su marido, que estaba en el trabajo, y su hija, que acababa de volver del colegio. ¿Y qué? ¿Por qué debería disculparse o sentir remordimientos? No tenía por qué, y no lo hizo. En cambio, esperaba con ilusión el clic del pestillo de la puerta, el saludo de Emerson al quitarse los zapatos. ¿Se inclinaría sobre la olla? ¿Fingiría robar una cucharada? Quizás ella lo apartaría con la cadera cuando intentase hacerlo.

Esa era la vida que había olvidado que quería. Regia, doméstica. Días como estanterías llenas de libros. Y por fin la tenía. Importaba ya bien poco el tiempo que habían perdido por culpa de la mezquindad. Había desaparecido. Lo que ella quería había llegado, parecía haber llegado.

Ahí estaba, la cerradura girando. Ahora se oía el sonido de su nombre en la voz de él. Retsy levantó la vista cuando él entró. Hizo un pequeño gesto con ambas manos, como diciendo: «¡Menuda sorpresa!». A su alrededor había pruebas de su esperanza.

Emerson asintió vagamente, luego se quitó las gafas y se frotó los ojos con las palmas de las manos. Ella hizo un esfuerzo para leer el gesto de su rostro. No era lo que ella había imaginado.

—Claire ha venido hoy a la oficina —dijo él.

10

La sala estaba en silencio. Su último paciente, un joven, había cancelado la cita de esa mañana. La silla frente a él estaba vacía. El cuero era de un rojo coagulado, casi marrón.

—Entenderé si tiene que cobrarme —le había dicho cuando llamó.

—No pasa nada —le aseguró Amos—. No te preocupes por eso.

No tardaría en levantarse e irse a casa, pero, por ahora, seguía sentado.

En el exterior, los árboles captaban los últimos rayos de luz. Las mesas de los restaurantes empezaban a llenarse. El momento de quietud le hacía sentirse bien, y Amos se alegraba de disponer de aquel lapso de tiempo inesperado. Permitía que sus pensamientos vagaran y se calmasen.

Había dos cosas que quería discutir con Claire: su plan y su sueño. Empezaría por el sueño, describiéndoselo mientras se sentaban en el sofá y ella clasificaba el correo. Podía imaginar cómo suspiraría en un primer momento, dada la conocida antipatía que le provocaban los sueños. Sin embargo, él insistiría, clavándole los dedos de un pie en el muslo, hasta que finalmente ella cediera con una sonrisa y se volviera para escucharle. No es que ambas cosas estuvieran relacionadas, pero Amos pensó que juntos podrían crear una atmósfera muy concreta. De entrelazamiento y unión, una historia de afecto en la que sus mentes se ocuparan de lo mismo.

En el sueño, su padre y él aparecían sentados en una cafetería en Francia. Lo cual, por supuesto, no tenía sentido. Arthur nunca había estado allí y Amos no lo había hecho hasta mucho después de la muerte de su padre. Era última hora de la tarde. Los camareros estaban junto a la barra. Su padre mascullaba y resultaba imposible oír qué decía, hasta que Amos le susurró que hablara más alto. Entonces, Arthur abrió la boca y de ella no salieron palabras, sino el rugido chamuscado y devorador de un coche: un tubo de escape gastado, una máquina moribunda. De repente, se enzarzaron en una pelea, golpeándose, torpes como borrachos. Apareció uno de los camareros.

—Señores —dijo sin rastro de cortesía en su voz.

Amos miró a su alrededor desde donde estaba tendido. Tenía la ropa arrugada y notaba el duro suelo en la espalda. Caras en la ventana. La gente se había detenido a mirar. Una anciana, un gato, un chico arrogante en bicicleta. Quería saludar con la mano. Sintió que lo intentaba. Sabía que no iba a poder hacerlo.

Así que, de todos modos, le diría a Claire: «Una auténtica locura», añadiendo una sonrisa, aunque tampoco demasiado enigmática. Para entonces, esperaba que ella se hubiese reído, reconociendo de ese modo que su cerebro realmente era capaz de hilvanar una frase como aquella. Hasta ese momento, todo iría bien, entonces cambiaría de tema y diría: «Oye, tengo algunas ideas sobre cómo deberíamos abordar el asunto de Anna».

La verdad era que, en los días transcurridos desde entonces, Amos se había sentido incómodo en presencia de Claire. Lo que percibía no era la calculada frialdad entre amantes, sino algo más tenue, peor. Mientras se vestía bajo la grisácea luz de la mañana, Amos se sentía como imaginaba que se sentiría en un refugio, entre gente que no te debe nada, que parecían hallarse a kilómetros de distancia. ¿Por qué, quería preguntarle, se había vuelto tan fría, tan inaccesible?

Lo que más insoportable le había resultado de contemplar cómo sus padres se precipitaban hacia el fracaso de sus vidas había sido el hecho de que lo hicieran solos. Tal vez, pensó, si cada uno hubiera elegido a alguien mejor, los demás habríamos podido sobrevivir con cierta dignidad. De esa convicción surgió la esperanza de Amos. La persona con la que te casas, solía decir, es aquella que quieres tener a tu lado en los peores momentos de tu vida. La unión lo era todo, la promesa de superarlo juntos.

Sin embargo, allí estaban, Claire y él, enfrentados a lo que Anna había dicho, esa cosa horrible e impensable que, sin saber muy bien por qué, parecía haber establecido un espacio entre ellos. Por eso necesitaba la historia del sueño y la forma en que ella le interrumpiría para decir: «¿Un silenciador para la voz? ¿Qué opinas, Sigmund? ¿Qué dice la literatura al respecto?». Sería uno de sus habituales momentos de ternura, un recordatorio de cómo podían ser. Entonces ella estaría lista para escucharle hablar de su plan.

Era sencillo, tenía que ser durante una comida. Amos estaba seguro. Si lo hacían cada uno por su cuenta, cualquiera de los dos podría acercarse a Emerson de muchas maneras. Pero como habían decidido hacerlo juntos, tenía que ser durante una comida. Y tenía que ser rápido, debían hacer la pregunta de golpe. Sin preámbulos, sin el más mínimo cambio de tono. La clave era crear un momento en el que se abriese el suelo bajo sus pies, para poder ver su reacción. Todo lo demás —sus palabras, la forma de decirlas— sería una pálida abstracción en comparación con lo que sucedería en su rostro.

Si le hubieran preguntado a Amos qué buscaba, no habría

podido responder. Solo sabía que la respuesta aparecería. Lo que fuera cierto estaría ahí, en algún lugar. Por muy bien o mal que lo hubieran disimulado, estaría allí porque no podía no estarlo.

De alguna extraña manera, se sentía orgulloso de su plan. Le pareció que Claire lo aprobaría. Al oírlo, incluso podría decir: «Sí, perfecto, deberíamos hacerlo exactamente así». Y entonces recordaría que eran ellos, los dos, los que importaban. Y Anna. Y Anna necesitaba su ayuda.

Amos se puso de pie. Estaba decidido, lo tenía claro. Miró el escritorio y el desorden de papeles, pero decidió dejarlo para el día siguiente. Pensó en su casa, en sus colores, en los diferentes pisos. Las macetas de cerámica, las alfombras de color burdeos, la madera de pino. Los cuencos de fruta en la cocina, los pasteles, los panecillos franceses en bolsas blancas que crujían como ramitas.

Suspiró. Estaría encantado de volver. Siempre estaba encantado de volver. En las habitaciones más recónditas podías olvidarte por completo de la ciudad. Las ventanas se cerraban con deliciosa precisión, la temperatura era siempre la adecuada. En cuanto al ruido, solo se oía un leve zumbido, como el aire fuera de un avión.

Con un gesto de absoluta naturalidad, de esos que apenas se perciben, que apenas se realizan, levantó su cartera de la silla y salió. La luz ya estaba apagada, no había necesidad de buscar el interruptor.

11

Lo que impactó a Retsy, más que la idea en sí misma, fue la inmediatez con la que lo tuvo claro: él lo había hecho, ella sabía que lo había hecho. La suya era una comprensión más allá de la percepción, lo sintió como se sienten las necesidades de un bebé. Y al hacerlo, Retsy también entendió que eso explicaba lo novedoso de la situación, lo bien que habían ido las cosas. No podía explicar cuál era el punto de unión. Simplemente, era la verdad.

Por unos segundos, ella volvió a verlo. Como el momento en que se deja de ver el acantilado y tienes ante ti simples ángulos de roca. Emerson era solo piel: mejillas, barbilla, la forma de una nariz. Solo objetos, solo partes. Piezas anónimas que habían conspirado para hacer algo impensable.

Entonces volvió a ser él. Su marido, el padre de su hija. El que ponía la mano en la encimera de aquel modo, al que se le doblaban los pantalones justo por encima de los zapatos. Su mirada la buscaba. Retsy le devolvió la mirada. Gracias a su innata brillantez lo pudo evocar todo, era como una carnicera que es capaz de acertar el peso de un corte con solo una mirada.

¿Qué iba a hacer ella? ¿Dejarlo? ¿Llevarse a su hija, sus cremas, una maleta con sus blusas favoritas? ¿Y luego qué? ¿Cuánto tiempo te da fuerzas la verdad? ¿Qué pasaría el martes dentro de tres meses? ¿O un jueves de agosto dentro de cinco años? ¿Qué pasará entonces? ¿Habrá mantequilla para las tostadas? ¿Platos en la estantería? ¿Seguirán funcionando las cosas o todo habrá perdido el sentido?

Podía ver el apartamento en el que vivirían las dos. Amargadas, desterradas, como los expulsados de una congregación. Qué bien llegaría a conocer sus revestimientos y sus gruesas paredes de yeso. Habría un espejo junto a su tocador. Alto, en una esquina, con una ligera capa de polvo en los bordes. Vio a Sophie, que para entonces estaría en la universidad, volviendo a casa para Acción de Gracias. Su dormitorio al final del pasillo. Pasan los años. Retsy abre la puerta, ahora son ella y su marido quienes van de visita. Sí, diría él, por supuesto que podía ayudarle a bajar algo de la estantería.

Hablando de Sophie, ¿se lo explicará? ¿Sería peor? ¿Es algo que debería saber? Tal vez se enfadará. No durante una hora o una semana, sino de una manera fundamental y persistente. La suya será una vida sumergida en salmuera. Dejará de ser ella misma, se habrá convertido en la hija de un padre que una vez hizo eso. Afectará a su manera de comer, a con quién sale, a lo que piensa mientras duerme. ¿Y por qué debería cambiar? ¿Qué sentido tenía convertirlo en una carga para ella?

La idea le llegó a Retsy no tanto en forma de visión, sino como un sentimiento: no se irá, no puede irse. La idea de hacerlo se desvaneció como el plan de un borracho: grandilocuente, tonto, sin fundamento. No, no. Por supuesto que no, por supuesto que no, por supuesto que no. No funcionaría. No resolvería nada.

Pero entonces, ¿qué? ¿Qué implicaría dudar de él y quedarse? ¿No era eso incluso más impensable? ¿Saber que había hecho algo semejante y seguir desnudándose a su lado para meterse en la cama, seguir preguntando si tenía que calentar agua suficiente para dos tazas de té?

Todo aquello se le pasó por la cabeza de golpe. No como una secuencia lógica, sino como una especie de conocimiento total y puro. Como la luz, como cuando una botella que se cae se rompe en mil pedazos que salen disparados en todas direcciones. No es un fragmento tras otro: hay un momento en el que algo está entero y al siguiente ya no lo está. No solo se ha roto, hay pedazos por todas partes. Todas esas ideas. Cómo sería la vida si se marchaba, cómo sería si se quedaba. Su hija, tenía que pensar en su hija. Con la misma rapidez con que se desplegaron todos esos pensamientos, Retsy decidió —aunque apenas lo sintió como una decisión, sino más bien como el mecanismo de una máquina simple, la forma obvia en que la pierna avanza hacia delante para dar el siguiente paso— que él no lo había hecho. No, definitivamente no. Creer cualquier otra cosa sería absurdo. ¿Alguna vez había pensado lo contrario? Ya no estaba segura. Y no tendría sentido que lo hubiera hecho. Así que no lo había hecho, no podía haberlo hecho. Lo que había estado allí se desvaneció, había desaparecido.

Su garganta subía y bajaba y luego se cerró como un puño.

—Mmm —empezó a decir—. Dios mío, lo siento mucho. ¿Estás bien? ¿Qué dices que ha dicho Anna? No tiene que estar bien.

12

Caía una lluvia fina y escasa. Una lluvia como el recuerdo de la lluvia, una lluvia que cae sobre los toldos sin hacer ruido. Bajo ella, Amos caminaba. Había pasado menos de una semana desde que Anna se lo había contado, pero su vida se había convertido en algo nuevo. Se movió para ganar perspectiva, necesitaba distancia para ver de qué se trataba.

A su derecha, el río yacía como una lámina de hojalata martillada. Se detuvo un momento y miró hacia allí. Un remolcador empujaba a un carguero bajo el puente, con su carga inmóvil, majestuosa, patética como un borracho.

Esto es lo que sabía: Emerson lo había hecho, nunca lo admitiría, pero lo había hecho. Y Claire creía a su amigo. No solo eso, sino que habían hablado: ella había roto la única promesa, lo único que él le había pedido.

Era demasiado para soportarlo. Cada vez que Amos intentaba seguir un pensamiento, este se desmoronaba, se resquebrajaba o se enredaba en un nudo de furiosa desesperación. Le daba la impresión de que su mente era como alguien que corre de una habitación a otra después de que hayan entrado en su casa a robar. ¿Qué se ha roto? ¿Qué ha desaparecido? ¿Qué hemos perdido para siempre?

La noche anterior estaba leyendo cuando Claire regresó del trabajo. Como no siempre era capaz de dejar atrás las preocupaciones y el lenguaje propio de la medicina, a veces llegaba envuelta en cierta dureza, marcada por una altiva distracción que hacía que las preguntas sobre las ganas de comer, las películas o los planes futuros fueran recibidas con una vaga y hostil confusión, como si todavía estuviera escuchando el corazón de un paciente. Y aunque Amos era consciente de ello, el ansia no le había permitido esperar. Se puso de pie al oír la puerta, con el dedo todavía clavado en el libro.

—Hola —empezó a decir mientras la besaba—. ¿Te puedo contar un sueño extraño?

Fue entonces cuando ella le puso una mano en el hombro y lo miró, con el rostro sellado por una indiferencia tajante.

—He ido a ver a Emerson.

Él dio un paso atrás, no tanto por la sorpresa como por una necesidad visceral de más espacio.

—Claire.

—Déjalo correr.

—*¿Que lo deje correr?*

Ella se sentó e hizo un gesto apenas perceptible. Él negó con la cabeza.

—¿Hablaste con él sobre ella?

Ella asintió.

Amos se volvió hacia la ventana. Se llevó las manos al cuello. Sus dedos trazaban pequeños círculos sobre la piel de su mandíbula.

—No sé cómo tomármelo.

—Él dice que no...

—Pues claro que dice que no.

—Me ha dicho que ella necesitaba ayuda con la colada y que la apartó para poder pasar. Estaba torpe, estoy segura. Ya sabes cómo es...

Lo que decía era extraño, fuera de lugar. Eran palabras para otro tipo de conversación, una sobre por qué alguien no había dado las gracias o no había limpiado bien la cocina.

—Amos —dijo ella, con voz más plena ahora—, lo único que le importaba eras tú.

—¿Y nuestra hija no?

Ella lo miró.

—Sí, ella. Pero sobre todo tú... Él quería llamarte.

Amos bajó la mirada hacia sus pies, sus zapatos de cuero fino y bruñido. ¿Realmente Emerson había querido hacerlo? ¿Y si ella se lo hubiera permitido? ¿Qué le habría dicho? No podía imaginar las palabras, pero Amos oyó la voz de su amigo, ligeramente deformada por la urgencia y los nervios, pero en el fondo igual. Una voz de incontables horas, densa y pesada por los años.

—Pero no me llamó.

—No le dejé.

Amos emitió un sonido agudo y burlón.

—Por supuesto. Porque nosotros hablamos de esto. ¿Qué interés tenías tú en que yo supiera que estabas allí?

—Hablamos, sí. —Ella extendió una mano—. Lo siento. Pero Amos, eres demasiado... No eres la persona adecuada para saber si dice la verdad.

—¿Por qué?

—Porque robabas.

Qué obsceno que por un instante sintiera el gélido escalofrío de ser descubierto. Qué poco había avanzado, mucho menos de lo que pensaba, si podían arrastrarlo tan rápido y tan fácilmente de vuelta. Pero entonces aquel sentimiento desapareció, y Amos supo, supo de un modo que hasta ese momento le había resultado imposible, que Emerson lo había hecho.

Se volvió. Abrió ligeramente la boca. Su mente se asemejaba a una blancura calcinada, como cuando se pierde la visión tras mirar al sol. Mi mejor amigo. Mi hija. Se quedó allí, con la mandíbula suspendida, en algo parecido a una media sonrisa, como si le hubieran disparado y todavía pensara que podía tratarse de una broma. Lo había hecho. Lo había hecho. No había otra explicación que justificase por qué le había contado a Claire aquel irrelevante detalle del pasado; algo tan antiguo que ya ni siquiera parecía un secreto.

Sus palabras sonaban ahora tranquilas, frías como el ácido.

—¿Qué demonios tiene eso que ver?

—¿Por qué no me lo contaste?

—Claire.

Ella lo miró, con la boca formando una fina línea. Él continuó.

—¿Te refieres a entonces? ¿Te refieres a hace veinte años? ¿A hace veinticinco malditos años? ¿A quién le importa? No tiene nada que ver con esto, no tiene nada que ver con nuestra hija.

—Sin embargo, sí que tiene que ver.

—¿En qué?

—Por tu disposición a creer, por la forma en que vas a excusar esa clase de cosas.

—Claire —se volvió hacia ella—. Él lo hizo.

—Te equivocas.

—¿Por qué iba ella a mentir?

—Porque la pillaron. Y cuando los niños se meten en problemas, eso es lo que hacen. —Se calló por un instante—. Los adultos también.

Amos se alejó del agua, con los puentes alzándose detrás de él, sombríos, manteniendo cada orilla en su sitio. Se tocó el pelo. Una ligera humedad como de polvo. Su piel estaba fría, alerta al viento. A la entrada de los restaurantes, hombres trajeados se encontraban y se daban la mano. Era temprano para almorzar. Cuando llegara la comida, comerían dando grandes bocados, sin pensar. La ciudad parecía teñida de gris.

Veía con total claridad cómo Emerson y Claire habían hablado de él, incluso el tono que habría utilizado su amigo. No vengativo, sino triste, suave, con la preocupación de una enfermera que explica que un paciente se encuentra en fase terminal y que lo único que queda por hacer es procurarle sosiego.

Amos dio una palmada y soltó un pequeño grito furioso. Era tan obvio que la conversación nunca debería haberse centrado en él, en lo que hizo tantos años atrás. ¿Cómo había sucedido? ¿Cuándo había dejado que se le escapara de las manos?

—Pero *¿por qué?* —inquirió Claire—. ¿Por qué no me lo dijiste cuando estaba pasando?

Su voz era suave pero firme, incluso maternal.

—Porque —dijo él— me avergonzaba. Porque era vergonzoso y patético y sabía lo que pensarías.

—¿Y qué habría pensado?

Ahora ambos estaban sentados.

—Que no valía la pena. Que no era bueno, ni adecuado. O que no encajaba. —Hizo un gesto con las manos—. Ya sabes a qué me refiero.

—No lo sé.

—Que te jodan, Claire.

Ella le tomó la mano. Él la soltó.

—Cariño.

Silencio.

—Amos.

—¿Qué?

—Lo ves, ¿verdad? ¿Entiendes por qué lo digo?

—No. Lo cierto es que no —respondió él—. No entiendo cómo es posible que sea eso lo que te preocupa.

Ella suspiró.

—Que nunca me lo hayas contado hace que... No sé. Lo hace más real, de alguna manera. Lo hace más verdadero, o más real *sobre* ti.

Sabía que aquello era una tontería. Un recurso conveniente para ocultar su desdén, un tecnicismo en el que se podía basar la sentencia. Imagínate si hubiera intentado decírselo cuando las cosas todavía eran tan inseguras y nuevas. ¿Cómo se lo habría explicado? «Hola, chica de mis sueños, soy yo, el chico con los padres muertos, el que no tiene familia, con todas esas historias sobre carencias y abandono. En cualquier caso, he pensado que tenías que saber que, además de todo eso, también soy un ladrón. Nada grave, no, nada que denote valentía, más bien lo propio de un niño desorientado, atrapado por la compulsión y el miedo.»

—En mi caso *fue* cierto —dijo muy despacio—. En mi caso fue cierto hace más de dos décadas. Pero ahora se trata de esta noche y tú crees que nuestra hija miente porque yo robaba pasta de dientes.

Ella le dirigió una mirada de decepción.

—Amos.

—Piensa, Claire. Piensa por qué te lo ha contado. ¿Por qué ahora? ¿Por qué en este momento?

—Porque —dijo ella con brusca incredulidad— cree que tú podrías ayudarla.

Amos rio con amargura. Podía notarla a su lado. Las ventanas estaban limpias. Los libros descansaban en sus estanterías. Se dio cuenta de que sus palabras no importaban, pero aun así, no podía evitar decirlas.

—No —se burló—, no, no es por eso.

La escasa lluvia que había caído había desaparecido, aunque la humedad se mantenía en el aire. El almuerzo había terminado, el trabajo se reanudó y las pocas personas con las que se cruzó parecían concentradas, molestas por no haber llegado todavía a su destino. Entre ellas, Amos se sentía desposeído, casi un delincuente. Si hubieran intentado detenerlo, simplemente habría echado a correr.

Ahora era consciente de lo refinado que era todo. No podía llevar a Claire de vuelta a la acera frente a aquella tienda, ni explicarle cómo se sentía al oír decir a Emerson que deberían haberse preocupado por él. Y como ella no podía entenderlo, porque nadie podía comprender del todo lo que habían compartido en aquel momento, tampoco podía comprender lo que significaba que Emerson hubiera elegido precisamente aquel momento para traicionarlo.

Una cosa de la que Amos estaba seguro era que su amigo no había estado esperando a que apareciera esa oportunidad. Su genialidad era intuitiva, una inteligencia letal como la de un lobo, intuía más de lo que pensaba, se lanzaba sin preguntarse por qué. Así es como Amos supo lo que aquello significaba: una mente como la suya solo haría algo tan cruel si temía quedar atrapado. Simplemente había utilizado lo que tenía al alcance de la mano.

Una vez que lo tuvo claro, entendió que lo había sabido desde siempre. No que su amigo fuera a hacerle algo así, sino que podía hacerlo. Era como una enfermedad congénita, una ruptura del código carente de significado hasta que un médico señala la ecografía y explica que no se puede hacer nada. ¿Podía ser algo a un tiempo impactante y obvio? ¿Podía el odio parecer amistad? Incluso durante décadas, incluso durante toda una vida.

Lo que Emerson había hecho era perverso, brutal, abominable y repugnante. Pero ¿se trataba de algo increíble? No, las señales estaban ahí, las pistas. Amos las puso en orden como las diferentes piezas de un naufragio.

Ahí estaba la facilidad con la que movía los brazos, o la obscena inmunidad de su sonrisa. Su decadente forma de cerrar de un portazo la puerta del coche después de aparcar y cómo, cuando eran jóvenes, abría las cervezas en el tren. Que me pongan una multa si me la tienen que poner, decían todos sus gestos. Estaré aquí si alguien quiere hablar del asunto.

Ahora Amos podía apreciarlo en las manos de Emerson, manos que apenas sabían lo que era sostener cosas que no fueran suyas. También lo veía en la forma en que Emerson se apartaba de los que servían café, con algo más que rudeza, algo total. Su espalda los borraba, escapar de su mirada era dejar de existir. Habitaba el mundo como si estuviera en un restaurante: un lugar para pedir, comer y luego marcharse. Lo que ocurría más allá de eso —todo lo que tuviera que ver con manteles y pulido de cubiertos— no es que fuera asunto de otros, es que a duras penas era algo real.

Y, sin embargo, ¿no era también por eso por lo que Amos lo quería? No solo lo envidiaba, sino que lo adoraba. Porque estar cerca de Emerson era como aproximarse a la fuente de cierta grandeza, una moneda de cambio, una especie de poder en bruto que el mundo entendía a la perfección. Y, fueran cuales fuesen sus defectos, nunca había acaparado lo que tenía: había acogido a Amos, se había esforzado por mantenerlo a su lado.

Al pensar en ello, su ira dio paso a un abismo de tristeza. Saber que su amigo era capaz de tal cosa no entrañaba saber el porqué. No solo el porqué, sino más importante incluso era el por qué ella. ¿Por qué se lo había hecho a *ella*? Anna. Su nombre se le atascó en la garganta como una pastilla, lo sentía vivo como un dolor cada vez que respiraba.

Amos se había detenido. Al otro lado de la calle había una cerrajería. Ventanas sucias, escaparates descoloridos. Un hombre salía, ligeramente encorvado, ocupado en añadir una llave recién pulida a un llavero con otras que ya no brillaban. Amos sintió envidia, le embistió la pura normalidad de aquella tarea. Era como el jardín en una ciudad de provincias, oculto tras un alto muro. Sentía su presencia, la imposibilidad de acercarse. Algo tan pequeño, tan necesario y rutinario, Amos no creía necesitar nada más. Los recados cotidianos eran una especie de religión, o podían serlo, siempre y cuando tu vida te pareciese digna.

Vio alejarse al hombre, llevado por sus pasos, aquel hombre para quien algo se abriría cuando fuera necesario. Amos quería estar en casa. No quería estar en casa. Quería tener alguna idea de adónde ir a continuación.

—¿Y ahora qué? —le había dicho Claire mientras seguían sentados en un silencio denso y cansado.

Amos pensó durante unos segundos, como si realmente fuera una pregunta para la que pudiera haber una respuesta.

—No lo sé —dijo, al comprobar que su mente era como una habitación vacía y sin ventanas.

—No intentaré impedir que hables con él.

—Qué magnánima.

En cuanto lo dijo, deseó no haberlo hecho. Estar enfadado con ella era estar completamente solo.

Claire extendió la mano para enderezarle el borde del calcetín.

—No —dijo—. No te alejes tanto.

Él asintió, temeroso de echarse a llorar.

—Te quiero —dijo ella.

Él asintió de nuevo.

—Amos, te quiero.

13

Que Anna le propusiera ir a comer la sorprendió. Incluso cuando eran íntimas, siempre era Sophie la que hacía ese tipo de esfuerzos. Y, últimamente, su amiga había estado ausente por completo. Desde que se vieron en la cafetería no había habido nada, ni una palabra, ni una pregunta sobre si era feliz o no, si estaba bien... Aun así, Sophie se alegró de saber de ella y, allí de pie, pensando qué camisa ponerse, se dio cuenta de que ver a Anna también podría resultarle de utilidad.

Hacía más o menos un mes, un amigo de su padre había ido a cenar a su casa. Se llamaba Patrick. Había venido de Londres y se alojaba en un hotel junto al parque. Sophie había oído acentos como el suyo con anterioridad, pero, por alguna razón, el de Patrick le pareció nuevo y emocionante, y despertó en ella el doloroso deseo de tener su propio acento. No cambiarlo por completo, porque nadie se lo creería. Pero tal vez unos cuantos sonidos y ciertas frases podrían servir. Al fin y al cabo, eran los pequeños adornos los que convertían las letras más sencillas y cuadradas en tipos de letra refinados.

¿Cómo lo había definido Patrick exactamente? Algo sobre tener un piso en un distrito. Desde el momento en que Sophie oyó esa palabra le encantó. «Apartamento» le parecía una expresión barata, llenaba la boca como demasiada comida. Pero «piso» era completamente diferente: era moderno y preciso, y elegantemente sobrio; evocaba una vida de alfombras y bufandas.

El problema de intentar ser alguien nuevo, aunque solo fuera cambiando una palabra por otra, era que las personas con las que se veía todos los días estaban demasiado cerca, demasiado en sintonía, se darían cuenta del esfuerzo. Y la clave, Sophie lo sabía, era no parecer que se estaba esforzando.

Lo descubrió por primera vez cuando, con nueve o diez años, se sentó a escuchar a su madre y a la amiga de su madre hablar de un actor.

—Son grotescas —dijo la mujer sobre sus películas—. Básicamente, obscenas.

—Oh, es posible —admitió Retsy—. Pero *él* tiene talento.

—Sí —dijo la mujer secamente—, una verdadera estrella *a punto de su clímax.*

Ante eso, su madre dejó escapar una carcajada aguda y evidente, y Sophie sintió una envidia celosa por no formar parte de aquel momento. Ella también rio, con un sonido que esperaba que denotase estar al tanto. Las mujeres se volvieron para mirarla con una intensidad inquisitiva.

—¿Lo has entendido?

Sophie se encogió de hombros, con un gesto que quería decir algo así como: «Por supuesto, ¿qué creías?».

Durante un segundo, cruzó la mirada con su madre. Supo que la habían pillado. Sophie sintió que se le transformaba el gesto. «Por favor», intentó expresar, «por favor, sígueme el juego.»

Retsy soltó un único resoplido cruel y, como un funcionario que rechaza unos documentos, se volvió hacia su amiga.

—No tiene ni idea.

Sophie bajó la vista hacia su libro, con las mejillas ardientes, avergonzada. La lección había sido clara: debía ocultar sus deseos. La elegancia significaba tener sin dignarse a querer.

Al principio, se habían sentado de forma extraña en la habitación de Anna, las dos en la cama. Hablaban en ráfagas rápidas y contundentes. ¿Quería ir al cine?, le preguntó Sophie. No, dijo Anna, hacía demasiado buen tiempo para eso. ¿Podían ir entonces, quizás, a algún sitio a comer?

Acababan de pedir algo, las cartas con los menús habían desaparecido. Los platos estaban vacíos y fríos. Anna estaba desplegando la servilleta. Había perdido peso y se la veía más guapa. Al mirarla, Sophie se sintió acusada por las líneas de su rostro.

—Es un capullo —dijo Anna. Se refería al profesor de la clase de fotografía.

Sophie asintió. Se inclinó hacia delante y sonrió. Cuando habían quedado, Anna parecía distraída, la abrazó de forma extraña y las palabras salían a borbotones de su boca. No era propio de ella y, en cierto modo, eso hacía sentir bien a Sophie. Qué agradable le resultaba preguntarse si su amiga estaba bien. Aquello la dejó de un humor entusiasta y generoso, y aplaudió cuando se le ocurrió una idea.

—¿Te acuerdas de cuando abrimos todos esos rollos de película?

Anna entrecerró los ojos.

—Podría ser —dijo muy despacio.

—Estábamos jugando a disfrazarnos en el dormitorio de tus padres y creo que tú, seguro que fuiste tú, sacaste la película para ponértela como complemento.

—Oh —exclamó Anna. Sus ojos brillaron con intensidad—. Oh, Dios. Y luego nos envolvimos...

—Sí, sí, los brazos, como una boa.

—Utilizamos al menos cuatro o cinco, ¿no?

—Nos cubrimos todo el cuerpo —dijo Sophie.

—Justo como lo harían las princesas de verdad.

—¿Por qué había tantas? Creo que no las usamos todas.

Anna se frotó los ojos.

—Cosas de mi padre.

Ahora sonreía. Sinceramente, por primera vez. Las otras habían sido otra cosa.

—Pero no lo hicimos en secreto. El objetivo era salir a presumir.

—Sí, sí. Les mostramos que estábamos orgullosas.

Anna gesticulaba con las manos.

—Enrollamos la película bien.

—Es verdad.

—Como si estuviera hecha para eso.

Tomaron sus bebidas, sumidas en un dulce silencio. Los platos tintineaban suavemente, cerca. Al cabo de un rato, Anna habló.

—Nos conocemos desde hace tanto tiempo.

Eso había sonado diferente, pensó Sophie. Algo había cambiado en su voz. Sus ojos también habían perdido la ternura del recuerdo. Se puso tensa. Aquello le resultaba muy familiar: Anna yendo y viniendo, pasando de un estado a otro, obligándote a preguntarte qué habías hecho para no merecer ya su atención. ¿O se equivocaba? Vista desde otro ángulo, la cara de Anna podía parecer indecisa, vacilante, como alguien que no está seguro de si cruzar la calle o no. ¿Tendría que preguntarle qué le pasaba?, se preguntó Sophie. ¿Sonaría raro? ¿Eran de ese tipo de amigas? ¿Eran siquiera amigas?

Un brazo interrumpió sus pensamientos. Había llegado la comida. Anna había pedido un sándwich y, allí sentada, parecía la elección obvia y segura. La tortilla de Sophie la avergonzaba. Le dio un pequeño mordisco y sonrió mientras retiraba el tenedor.

—¿Cómo están tus padres?

Anna se encogió de hombros.

—Mi padre es mi padre, y mi madre...

—Mi madre es lo peor —dijo Sophie con desenfado. Ahí estaba su oportunidad, ni siquiera la había buscado—. Te juro que necesito mi propio piso.

El rostro de Anna, que se había suavizado por la distracción, recuperó sus líneas. Levantó las cejas, alzó el vaso y extendió el meñique mientras daba un pequeño y delicado sorbo.

Sophie sintió que le recorría una oleada de ira. Déjalo correr, pensó. Era como si estuviera mirando a su madre otra vez. Por favor, déjalo correr.

—¿Qué? —preguntó.

—¿Un piso?

—Un apartamento... Lo que sea. Ya sabes a qué me refiero.

Anna apoyó los codos en la mesa y levantó el sándwich con ambas manos.

—Entonces, ¿qué problema tiene Retsy? ¿Qué tiene de malo para que necesites tu propio *piso*?

—No seas idiota.

—Todo muy bien, gracias —dijo Anna dirigiéndose al camarero que había ido a preguntar cómo estaban.

Volvió a mirar a Sophie, como si hubiera olvidado por completo lo que acababa de pasar. Su tono volvió a ser melancólico.

—Es curioso —dijo—. Una nunca decide realmente dejar de hacer cosas. Simplemente... pasan. —Hizo una pausa y rascó con la uña del índice el borde de la servilleta—. Es como disfrazarse, quiero decir.

—Claro... —dijo Sophie. Masticó lentamente y bebió un sorbo de agua.

Estaba pasando algo que no lograba descifrar. Había corrientes, había ruido, cosas que podía sentir pero cuya fuente desconocía. ¿Qué andaba buscando Anna? ¿Qué podía decir que fuera lo adecuado?

Tal vez, pensó Sophie, debería preguntarle simplemente: «Oye, ¿estás bien?». Y debería insistir, no demasiado, pero un poco, cuando Anna, al principio, dijera que sí. Porque ¿no había tenido ella misma días así? Días en los que esperaba que alguien no la creyera cuando decía que todo iba bien y que no había nada nuevo que contar. ¿Y si era eso lo que estaba haciendo? Lo extraño. Lo que parecía raro e incorrecto, pero que también podía ser perfecto.

La escena se le cruzó por la cabeza como un destello: se habían olvidado de lo que estaban comiendo, sentadas las dos en el mismo lado de la mesa, y ambas llorando, no de tristeza, sino con el alivio feliz del descubrimiento, indiferentes a la escena que estaban montando. El día acabaría siendo bueno. Años más tarde, lo recordarían con una sonrisa, el mundo como un lugar amable y que merecía la pena.

Durante un momento, la idea quedó suspendida en el aire, parecía factible y cercana. Pero entonces, en un suspiro, se desvaneció y se le puso la piel de gallina solo de pensarlo. Qué desesperado parecería, qué sentimental. ¿Y quién sabe lo que diría Anna? A lo mejor se volvería contra ella, la haría sentirse tonta y estúpida. «¿Si estoy *bien?*», podría repetir. «¿Quién eres, mi terapeuta? Ni siquiera somos amigas. Ni siquiera sé por qué te pedí que quedáramos.»

Tras pensar eso, Sophie sintió que se aferraba a una nueva y más fría convicción. No, era hora de irse, de dejar atrás a Anna. Que le den. Que le den a ella y a sus juicios y a su forma de ser mala en un momento y necesitarte al siguiente. Las cosas ya no funcionaban así. ¿Quiénes eran, al fin y al cabo? Un par de personas a cuyos padres les gustaba salir juntos. Eso no era nada. No le correspondía a ella preocuparse por alguien a quien ni siquiera había elegido, alguien que intuía al instante lo que ella pretendía cuando se mostraba indiferente y se negaba a dejarle tener lo que quería; alguien que aprovechaba, no solo ahora, sino desde hacía muchos años, cualquier oportunidad para hacerla sentirse pequeña.

No, las cosas habían cambiado. Estaban cambiando. Sophie le estaba dando una lección a Anna. Sentía que se alejaba, que se retiraba como una mano que se mete en la manga de un abrigo. Se volverían a ver. Pero en aquel momento notaba que sucedía algo, algo que duraría.

Tal vez Anna ya había empezado a sentirlo. Al mirarla, Sophie percibió una inquietud que no había notado con anterioridad.

Anna alzó su sándwich y lo dejó sobre la mesa sin darle un mordisco. Sus dientes tiraron ligeramente del borde de su labio, sus mejillas se hundieron como si estuviera a punto de hablar. Algo estaba a punto de suceder, Sophie lo sabía. Observó cómo empezaba a tomar forma.

En otro mundo, se habría sentido ansiosa, demasiado ansiosa, por saber de qué se trataba. Pero ya no.

El camarero pasó cerca, con las manos llenas de platos apilados.

—Disculpe —lo llamó Sophie. Él se detuvo, con una sonrisa forzada en el rostro—. La cuenta, por favor. Cuando pueda. —Se volvió hacia Anna—. Lo siento, no quiero irme corriendo, pero... —Movió las manos—. Ya sabes.

14

El portero le dijo que el ascensor no funcionaba. Se disculpó. Habían llamado al servicio técnico y vendrían en una o dos horas. Le abrió la puerta de la escalera. Se le vio una franja del brazo entre el puño del traje y el guante.

—No pasa nada —dijo Retsy—. Son solo cinco plantas. —Se encogió de hombros—. Mucho ánimo a los de la décima.

Él sonrió y le dio las gracias. Era joven. Veintiséis años, como mucho. Cuando empezó a subir, Retsy se imaginó su dormitorio. Sus pocos pósteres, sus libros, la ventana que daba a las chimeneas.

De repente, una voz desde abajo.

—¿Mamá?

Retsy se detuvo. El sonido de alguien acercándose: pasos rápidos, como aplausos. Apareció su hija. Sonreía. Parecía estar de buen humor. ¿Se trataba de un chico?, se preguntó Retsy. ¿Se había desnudado? ¿Había sangre? No, decidió. Tal vez pronto, pero todavía no.

—Bueno, esto es toda una aventura.

—Creo en nosotras —respondió Sophie.

Se quedaron quietas un momento. Varios pisos más arriba, una puerta se abrió y se cerró. El ruido confirmó su soledad. Retsy lo sintió de inmediato: encontrarse así, en un lugar familiar y a la vez ajeno, equilibraba las cosas. No eran iguales, no del todo, tampoco eran colegas. Pero se estaba produciendo un cambio. No resultaba difícil imaginárselas al cabo de unos años, hablando del apuesto anfitrión de una fiesta y de su segunda esposa.

—Vamos —dijo Sophie. Agarró la bolsa de su madre y empezó a subir las escaleras.

Retsy la vio adelantarse con una sonrisa desconcertada. Dentro había artículos de papelería, crema para la cara, una caja de velas para la mesa del comedor. No pesaba apenas, pesaba tan poco que hacía innecesaria la ayuda, tan poco que no era más que un gesto. Y, sin embargo, ¿no lo hacía eso incluso más grande? Que *fuera* un gesto, que su hija entendiera el valor de esa clase de cosas.

A lo mejor se estaba abandonando a su imaginación. A decir verdad, ¿no era muy poca cosa llevarle la bolsa a una madre? ¿No era lo mínimo que se podía esperar de una hija educada? Es posible, admitió Retsy. Pero, pensándolo bien, no, no importaba. Eso era injusto, era menospreciarlas a ambas. Porque no era solo la bolsa. Era la idea de la consideración. Era una cortesía natural y serena.

Ella también empezó a subir. Sentía cómo sus piernas trabajaban, ayudándola a ascender.

Pequeños momentos, pensó. Lo eran todo. A menudo dudaba de sí misma, a menudo se hacía preguntas. Pero era una buena madre, ¿no? Solo había que mirar a aquella niña. Sus piernas, su manera de andar, todavía un poco varonil: las rodillas demasiado a la vista, los brazos demasiado alejados de los costados. Pero eso era algo pasajero. Un día, tal vez mañana mismo, se le caería como una escama. Crecería. Aparecería su rostro, su verdadero rostro, el que estaba esperando alcanzar.

Sería brillante, sutil, astuta, la mujer que uno anhela seducir. Después de la universidad, tal vez viviría un tiempo en Lisboa, en Roma. Enviaría cartas sobre las setas que crecían en la calle. Museos, vino, equipaje atado con hebillas y correas. Iría a la Tate, a las catedrales de Viollet-le-Duc. Y no solo eso, sería buena. Ya lo era y seguiría siéndolo.

—Qué bonita falda —dijo Retsy—. Te queda muy bien con tus caderas.

Su hija iba dejando un ligero aroma tras de sí. No era perfume ni olor, solo calor, cabello y piel. Era el olor de una persona viva, que había elegido la ropa y se la había puesto.

Algunos días daba la impresión de que Sophie se había ido. Como si Retsy la hubiera contagiado, la hubiera hecho demasiado pequeña, demasiado calculadora. O tal vez como si hubiera fracasado a la hora de protegerla de las mezquinas crueldades de su padre. Su risa contenida, por ejemplo, o la forma en que, con solo tocarse la barbilla, podía dejar claro lo indeseable que eras. Eran actos pequeños y silenciosos, se desprendían de él como caspa. ¿Había inhalado su hija demasiado de aquella esencia? ¿Cuáles eran las señales? ¿Cómo podía una madre prevenir algo tan sutil, tan omnipresente?

Y, sin embargo, allí estaban, dando la impresión de haber alcanzado la otra orilla. Sintió una gran oleada de generosa calidez. Su familia, a pesar de sus tropiezos, era preciosa, excelente y única. Eso lo era todo. Significaba que Retsy lo había conseguido, que era decente, que no había fracasado. Significaba que Sophie no la olvidaría, que al final regresaría.

—¿Dónde has estado? —preguntó Retsy. Su anillo golpeaba ligeramente la barandilla.

—Almorzando con Anna —dijo Sophie sin volverse—. Ha estado bien.

A simple vista, Retsy no mostraba nada. Sus pasos eran seguros, su rostro agradable, sereno. Sin embargo, en su interior, se escondía un ligero rubor de preocupación.

Lo que le había dicho Emerson era una locura. Y, sin embargo, cuatro días después, ya se estaba desvaneciendo de su mente. Pensar en él era algo totalmente normal, solo una sensación muy leve y fugaz acompañaba esa idea. Era como un reloj caído en el océano. El último destello es imposible de percibir. ¿Era la correa o solo el agua reflejando la luz?

—¿Qué has pedido? —preguntó Retsy.

—Una tortilla —respondió Sophie. Su voz era tranquila, indiferente. No ocultaba nada.

—Qué rica.

—Sin patatas —continuó su hija.

—Qué inteligente —dijo Retsy—. Es mucho más fácil, ya lo sabes, crear buenos hábitos a tu edad.

Sophie asintió. Habían llegado a su planta. El rellano estaba cubierto de polvo. Entre las tuberías había una fregona con las puntas secas como la hierba.

Al mirar a su hija, Retsy se puso a pensar en Anna. Anna: el nombre en sí mismo se había vuelto ligeramente áspero, la hacía sentirse incómoda, casi asustada. Aun así, esperaba que la chica estuviera bien. Amos también. Debía de estar molesto. ¿Cómo no iba a estarlo si su hija se comportaba de ese modo? Sin duda, tenía que haber sido un *shock*, con lo encantadora y amable que había sido siempre. Una de las buenas. Se suponía que no había que decirlo, pero realmente se notaba cuáles valían la pena y cuáles no tenían ningún interés.

Retsy sonrió, con moderación pero con sinceridad. Fuera lo que fuese, aquel último toque de cálido afecto era como un ritual realizado por los últimos miembros de una tribu. Después, ya nadie lo recordaría.

—Es agradable comer con ella. Pero ya sabes —dijo—, también es bueno tomar distancia.

Varias plantas más abajo, unos hombres reían.

—Lo sé —dijo Sophie. Parecía entender que se le estaba transmitiendo algo. Se trataba de una lección más que de una orden, una especie de instrucción sobre cómo vivir. Sus ojos observaban a su madre, anhelaban ser brutales y sabios.

—Y Anna es... —Retsy hizo un gesto con la mano—. Es maravillosa, por supuesto. Pero tú también puedes elegir a tus amigos. Eres muy inteligente y no quiero que nada te frene.

Sophie asintió. Retsy le tocó la oreja. Abajo, el portero saludaba al técnico. Tenía las comisuras de los labios manchadas. El cinturón le colgaba cargado de herramientas.

15

Atardecer. Pálido, agotado, el cielo como una camisa vieja, la habitación los rodeaba con una calma terminal. Amos se puso de pie. Le dolía la confusión. En algún lugar abajo, los trenes chirriaban en los túneles. Las paredes se tragaban sus sonidos como si fuera el mar.

—¿No?

Le repitió la palabra como si fuera un objeto extraño que le hubieran entregado.

—No —repitió Claire—. De ninguna manera.

Se masajeó el puente de la nariz.

—*Nosotros* le preguntamos a ella qué quería.

—Amos. —Dijo su nombre como si fuera la respuesta a una pregunta—. No podemos. No podemos. Eso sería... Eso lo empeoraría todo.

—¿Cómo?

—Sabes a lo que me refiero. Quiere enfrentarse a él, acusarlo, montar una escena.

Se giró mientras decía esto y se quedó de pie, enmarcada por las cortinas. A lo largo de la calle, las luces habían comenzado a encenderse.

¿Era la misma la que ahora apartaba la mirada de él? Sus ojos eran sus ojos, tranquilos, de un marrón seguro, pero el resto de su persona era más duro, más decidido. Habían pasado veinte años. Su vida ya no era una farsa.

—¿Montar un escándalo? —dijo él débilmente—. ¿La has visto?

—Sí, para darse protagonismo, para que esto le resulte emocionante y real.

Miró hacia la cómoda. Uno de los cajones estaba entreabierto. Sus camisas yacían en el suelo y en la cama. Se acuclilló para recogerlas y las dobló mientras hablaba.

—¿Porque qué pensará él? ¿Qué pensará, Amos? Si insistimos en montar esto... —Alzó la vista, mirando al techo—. Este *juicio*.

—Podría pensar que es a ella a quien creemos.

—Sí.

—¿Y eso va a empeorar las cosas?

—Basta.

¿Cómo era capaz de decirlo sin rodeos?, se preguntó él. Habían salido de la habitación de Anna hacía solo unos momentos, la habían abrazado, los dos a la vez, mientras Claire le decía que hablarían, que las cosas mejorarían y que algún día todo estaría bien.

—¿Ni siquiera lo has considerado? ¿No te lo has preguntado ni por un segundo?

Claire se giró bruscamente.

—Por supuesto que lo he *pensado* —siseó. Su voz sonaba enfadada y próxima—. Soy su madre, ¿crees que no lo he pensado?

Se dio la vuelta. Estaba recordando algo, le vino a la mente mientras hablaba. Mesas de pícnic junto al agua, una tienda de campaña sobre sus cabezas. Platos de papel. Sobre ellos, langostas rojas como quemaduras solares. Su padre sostenía una en alto. «Las patas», dijo. «Así es como se sabe si un hombre vale la pena: comprueba si se come las patas.» A su lado, Amos estaba sentado asintiendo con la cabeza, con el ceño fruncido en fingido éxtasis. Solo se atrevió a mirar a Claire.

Ella sonrió y se dio la vuelta para no reírse. Entonces le vino otra cosa a la cabeza, un nuevo sentimiento. ¿No podía evitarlo? ¿No podía dejar que el padre de Claire disfrutara de su momento sin necesidad de recordarle que él era más inteligente o mejor? ¿A quién le importaba si los juicios de John eran pomposos y trillados? ¿No había sido lo bastante generoso? No sonrías, pensó ella. No me mires. No me digas que mi padre es un gran chiste.

Eso era lo que Claire sentía ahora, un arrebato de rabia e indignación por la burla de su pregunta. ¿No se lo había preguntado? Qué pregunta tan horrible. Dar a entender que a ella podría no importarle. Era posible hacer ambas cosas, sufrir por la tristeza de Anna y desconfiar de su causa. Eso era lo que Amos se negaba a ver: que su postura era la más difícil. Se le partía el corazón al ver a su hija triste, pero al mismo tiempo se preocupaba por ella e intentaba salvar a su familia. Porque alguien tenía que pensar en la vida después de la tormenta. Asegurarse de que hubiera agua, de que no se hubieran gastado los ahorros. ¿Cómo se atrevía a quedarse ahí parado, ebrio de su fácil convicción?

Sus palabras salieron al instante, con seguridad.

—Crees que solo tú la quieres. Crees que yo soy una persona parcial. Pero no lo soy. Y la quiero.

—Claire...

—No eres el único que se preocupa por las cosas —dijo, pasando junto a él—. Al resto también nos importa. —Juntó las manos y se las llevó a los labios—. ¿Y qué si hubiera pasado? ¿Qué necesitaría ella? ¿Revivirlo una y otra vez? ¿Volver a verlo? ¿Basar toda su vida en un par de minutos?

—Claire —dijo él—, yo veo personas. Las personas que veo fueron niños...

—No —replicó ella con amargura y énfasis—. No, no vas a hacer eso. No quiero oírte teorizar sobre esto. —Su voz se ralentizó, se deslizó a su alrededor—. Tiene que seguir adelante, tiene que superarlo. —Cruzó la habitación y entrelazó los dedos detrás de su cuello—. Igual que tú. Igual que tú, con tus padres. Tenías que irte y eso fue lo que hiciste.

—No es lo mismo. —Amos negó con la cabeza—. Es diferente. Tienes que ver en qué se diferencia.

—Solo piensas eso porque eres muy duro contigo mismo, porque nunca crees que nada de lo que haces importa.

La frase quedó suspendida en el aire como la última nota correcta de una canción. Le sorprendió su cruda intuición. ¿Acaso no tenía razón? No la parte sobre Anna, sino lo de que rara vez se daba crédito a sí mismo. Se estremeció ante la aparición de un nuevo pensamiento. ¿Tendría ella razón, después de todo? ¿Había algo de cierto en lo que decía? Estaba tan cansado... de pensar, de ser duro consigo mismo, de estar siempre en guardia.

—Esa es la cuestión —prosiguió ella, todavía en voz baja—. Aun así. Aun siendo así..., habría que ponerle fin. —El silencio envolvió la habitación como humo. Las sombras cubrieron el suelo—. Tiene que ser así —repitió ella—. ¿Entiendes lo que quiero decir? No puede ser solo una cosa. Porque si hay una duda...

Claire dio un paso atrás y lo miró. Sintió que algo cedía en su rostro, como el punto blando de un melocotón.

—¿Y si lo contara? —preguntó él—. ¿Y si simplemente le contara a la gente la verdad?

Él pensó que aquello la sorprendería, pero ella se limitó a encogerse de hombros, se acercó a la mesa y encendió una lámpara. La luz ascendió por su cuello.

—Los conozco, a todos los que llamarías.

—¿Crees que no me creerían?

—Esa no es la cuestión. Podrían creerte o no. No importa. No querrían creerte. Les costaría demasiado.

Él abrió ligeramente la boca.

—No es eso. Es... No lo entiendes. Es como la porcelana fina. Tú no lo sabes. Y ellos tampoco lo saben, solo lo intuyen. No puede haber grietas. No puede haber nada.

—Pero Claire, no puedo simplemente... No podemos no...

—Amos, tú puedes.

Amos alzó la vista. Parecía haberse dado cuenta por primera vez de que estaba en aquella habitación.

—No —dijo. Su voz se aceleró—. No. ¿Cómo va a vivir ella así? ¿Si actuamos como si todo estuviera bien? —Se puso de pie—. Y si eso significa..., si su vida se va al garete, si Retsy se enfada..., me importa bien poco. No es de nuestra incumbencia preocuparnos de eso.

Claire sintió que las cosas corrían el riesgo de escapársele de las manos. Él no le hablaba tanto a ella como a sí mismo, y la paciencia que ella había logrado reunir se le agotó de repente. Quería alargar la mano y abofetearlo. No como a un hombre, sino como a un niño.

Un niño que no presta atención, que no deja de llorar y no se sienta erguido. Era la misma ira que había sentido hacia Michael Roman. Ambos eran torpes, ignoraban el hecho de que ella ya había decidido cómo debían ser las cosas.

—Deja de decir tonterías —espetó. Era como si las palabras hubieran caído del interior de la manga del abrigo. Sus manos ansiaban agarrarlo y sacudirle la cara. Algunas personas sacuden a los bebés hasta matarlos. Porque no escuchan, porque no hay forma de hacerlos entender.

Amos se estremeció. La debilidad se reflejó en sus rasgos como se ve a un pez en aguas poco profundas. Claire respiró hondo. Su ira no serviría de nada. Ahora se daba cuenta de que eso lo alejaría.

—Por favor —dijo—. No quiero que nos peleemos. —Lo sujetó por el botón de su camisa—. Solo vuelve. No soy el enemigo y no tienes que luchar. No hay guerra, Amos. Ni contra él, ni contra mi padre, ni contra ninguno de nosotros. Todos podemos estar bien.

—Pero —repitió él— no podemos quedarnos de brazos cruzados.

Sí que podían. Ella había recuperado el control. Él se calmó como un caballo bajo su mano segura y firme.

—No estoy diciendo eso. Podemos tomarnos nuestro tiempo. Deberíamos hacerlo, ya deberíamos haberlo hecho. Podemos irnos a algún sitio. Me tomaré un mes. A Francia, tal vez. No a París, a un pueblo pequeño. Vayámonos allí, los tres, simplemente estaremos allí. —Hizo una pausa. Deslizó los dedos por el cabello de Amos—. Juntos.

«Juntos.» La palabra le resultó atractiva. Aquella imagen era como una mesa bellamente puesta. Podía verlo. Mañanas tranquilas, hojas de árboles bajo los pies. Bicicletas aparcadas junto a las fuentes de la plaza. Gatos, oscuros, impasibles, acurrucados en la ventana de la *boulangerie*. Anna levantándose tarde. La planta de su pie asomando como un brote bajo las sábanas blancas. Zumo, café, el suave tintineo de un cuchillo en la mermelada. Por la tarde, saldrían a dar una vuelta en coche. Todos, con Claire en la parte de atrás, saldrían disparados en las curvas como pájaros espantados saliendo de los juncos. A Amboise, Dinan, Cassis..., lugares que habrían elegido durante el almuerzo.

Él se acercó a Claire, notó cómo los hombros de ella se relajaban entre sus brazos.

—Es que no lo entiendo. —Ahora estaba llorando. Empezó a decir, sin previo aviso—: Te quiero mucho. Me encanta nuestra vida.

—¿Qué estás diciendo? —La voz de Amos era débil, inquisitiva. Sus preguntas surgían desde lo más profundo de su ser—. ¿Qué estás diciendo que va a pasar?

—No lo sé. Solo estoy... intentando explicártelo para que lo veas. —Sus palabras eran casi un susurro, cada una de ellas frágil como una cáscara de huevo—. Porque es posible que no lo superemos.

Amos sintió que su ira se disipaba. Si lo hubiera dicho en tono de amenaza, habría sido diferente. Lo habría considerado un ataque, un acto de agresión al que él habría tenido que responder. Pero no había sido así. Ella estaba triste, casi desolada. Eran palabras que no quería decir.

¿Y qué había sentido él desde que Anna se lo había contado por primera vez? ¿Acaso la palabra que mejor lo definía no era «solo»? Su hija estaba encerrada en su historia, su esposa en la suya, y en algún lugar más allá de las paredes de su casa estaba su mejor amigo, con el que no había hablado, no podía soportar imaginar en qué estaría pensando, pensamientos que anhelaba saber más que nada en el mundo. Amos había estado solo, a la deriva, tambaleándose como un escalador en el aire enrarecido de su vida.

No podía soportar la idea de que las cosas fueran así ahora. Otra vez no. Ya habían sido de ese modo durante mucho tiempo. De niño no había tenido más remedio que encerrarse en sí mismo, era la única posibilidad para acostumbrarse al caos de los gritos de su madre por las facturas impagadas y a un padre que murió habiendo perdido la mitad de los dientes. Por no hablar de todo ese miedo, un miedo semejante a un suelo que nunca dejaba de temblar, un suelo a punto de derrumbarse. Durante un tiempo, aquella fórmula, aislarse, podía funcionar, pero ¿adónde le había llevado eso si no era a la soledad?

Sí, a lo largo del camino había hecho amigos. Incluso buenos amigos de los que se sentía cercano. Pero no era lo mismo. Bastaba con pensar en lo bien que se le daba apartarse cuando hacían una foto, en lo raro que era que alguien protestara. No porque fueran malos, sino porque era lo correcto. Todos entendían que él era tan solo un invitado.

Ahí estaba, la frase de su vida. Solo un invitado. Cuántas cosas explicaba. La gratitud, por supuesto, sentir los ojos bañados en lágrimas por haber recibido más de lo que nunca podría pagar. Pero también lo delicado que parecía todo, la forma en que nada tenía raíces. Porque ¿y si un día alguien necesitaba un nuevo y mejor amigo? ¿Y si simplemente se aburrían?

Entonces, por fin, lo había encontrado, lo que había deseado durante tanto tiempo, cuya forma solo podía describir por el vacío que había dejado su ausencia. Era una familia, eran personas que le importaban, en las que podía confiar y que le decían: «Sí, nos gusta tenerte cerca».

Qué alivio tan indescriptible. No era tanto la sensación de volver a casa como la de descubrirla por primera vez. Durante toda su vida, la mente de Amos había estado presidida por una turbulenta efervescencia y, sin embargo, con eso llegó, por fin, algo de tranquilidad. Una vida con algo de tranquilidad. Algo de descanso. La sensación de que las cosas podrían salir bien.

Su mano se acercó al rostro de Claire. Su mejilla estaba fría y húmeda. Ella se subió a su regazo. La cama crujió como la nieve.

—Ahora lo entiendo —dijo ella—. Entiendo lo que debió de ser ver a Anna así, verla... No sé, como tú.

Le besó en el cuello. Suavemente, una vez a cada lado. Luego sus labios. Estaban secos. Él pasó lentamente la lengua por ellos. El aliento caliente de ella en su oído.

—No estoy enfadada —dijo ella—. No estoy enfadada.

Él asintió. No dijo nada. El calor de ella lo atraía hacia abajo. Se sintió inundado de imágenes, fragmentos de su vida.

Domingo, julio, en el apartamento de él, por la tarde. La

sombra fresca y sencilla. Habían estado tumbados en el resplandor límpido de medias frases, con los dedos sobre una espalda desnuda. Al mirar hacia abajo, Claire vio que quedaba una última gota de humedad. La tomó, todavía pesada por un resto de sangre, y dibujó con ella un pequeño corazón en su muslo. La luz de la ventana captó el brillo. Ya está, dijo. Todo listo. Era como la última hora del día que se salva, que se aprovecha de alguna manera. Amos se sintió impresionado por su poder. Era el tipo de mujer a la que podría entregárselo todo.

¿Y si...? ¿Y si ella tuviera razón? No quería decir que la tuviera, pero ¿y si la tuviera? ¿Acaso no habría perdido a su amigo para siempre? ¿Existía un mundo en el que todavía pudieran sentarse junto al fuego en el norte del estado? Sí, tal vez... Casi podía creerlo. No de inmediato, por supuesto. Requeriría esfuerzo. Primero, un almuerzo; unas semanas más tarde, una cena; luego, un largo paseo por el parque y, al final, sonrisas tímidas de adolescentes y un abrazo vacilante. Tal vez llevaría años. Pero si se comprometían lo suficiente como para intentarlo, se podría lograr. ¿No era eso lo único en lo que Amos creía? Que el amor se parecía al esfuerzo que uno estaba dispuesto a hacer.

—Ojalá no me odiaras.

Ella habló sin mirarlo, dirigiéndose a un punto en la pared.

—Claire.

Ella le agarró con fuerza para evitar que se alejara.

—No quiero decir que no me quieras, solo quiero decir..., cuando me odias, ¿por qué lo haces?

Amos entendió que era una pregunta sencilla, que siempre había sabido la respuesta, que había estado esperando que algún día se la hiciera.

—Porque no quieres que sea quien soy.

Claire se recostó. Lo miró durante un segundo, sosteniendo su cabeza como si fuera un jarrón. Luego se acercó a la ventana y la abrió, tal vez para dejar que sus palabras se desvanecieran en la noche. Se dio la vuelta y suspiró. Su rostro se suavizó con compasión, desprecio y un leve destello de ira que se había disipado hacía poco.

—Tú tampoco —dijo—. Tú tampoco.

16

Emerson casi había atravesado la puerta cuando una voz lo llamó.

—Ford —gritó. Se volvió y vio a Nick Cutler acercándose por la acera. Sus mejillas, infantiles y regordetas, le temblaban ligeramente. Tenía los dientes pequeños y el pelo fino.

Se dieron un rápido abrazo y luego se quedaron uno frente al otro como sillas sin mesa. Sin explicación alguna, Emerson sintió que le invadía un desdén agotador. Algo parecido al odio brotó en su pecho. La fuerza de aquel sentimiento lo sorprendió; Nick era aburrido y soso, pero, aun así, era más de lo que merecía su presencia.

Anunció que iba a volver a casarse. Había elegido el anillo.

—Procede de la mina más fiable, estoy seguro —respondió Emerson. Era una broma con una vaga referencia a que Nick había sido expulsado por tramposo.

Nick hizo un gesto con la mano para restarle importancia.

—No hay diamantes por los que no se haya derramado sangre, la única pregunta es en qué parte del libro de contabilidad queda reflejado.

A modo de respuesta, Emerson emitió un pequeño sonido. Una risa, o algo que pretendía sugerirla. Nick lo aceptó sin cuestionarlo, sonriendo con satisfacción. Quería saber si Emerson acudiría. Sería una celebración pequeña, no más de doscientas personas, y su presencia significaría mucho, no solo para él, sino también para sus padres.

Emerson sonrió.

—Sin duda alguna.

Una vez arriba, cerró la puerta de su oficina y se sentó. Se sintió aliviado de estar solo. Su mente iba de un lado a otro, los recuerdos volvían a su memoria.

De improviso, pasó de estar sentado delante de su escritorio a encontrarse a la sombra del garaje de su abuelo, con los pensamientos enturbiados por el dulce olor mecánico de la gasolina.

Sandy, un hombre cuya austeridad se manifestaba en la contundente violencia con la que abría las nueces, coleccionaba coches y los guardaba como estatuas bajo lonas marrones arrugadas. Era algo de lo que Emerson solo tenía un impreciso recuerdo, hasta que, durante una visita, su abuelo insistió en que los dos salieran a dar una vuelta en coche. La forma en que lo dijo parecía insinuar que aquello tenía cierta importancia. Incluso se produjo una especie de ceremonia cuando condujo a Emerson al cobertizo, con los largos y bruscos pasos que reservaba para cuando estaba emocionado o iracundo.

—Ese —dijo Sandy señalando. Pintura verde y brillante, la parrilla del radiador reluciente como si fuera una dentadura—. Encuéntrame una chica que le diga que no a eso.

Emerson asintió con la cabeza para mostrar su acuerdo. Tenía siete años.

Entonces se marcharon, él y su abuelo, y pasaron junto a ramas con hojas brillantes, por caminos que atravesaban los campos, vallas de madera y vacas. Sandy accionaba el embrague con sacudidas bruscas y crueles, el coche respondía dando saltos. Emerson intuía que tenía que sentir algo al respecto y, lo que era incluso más importante, que tenía que ver con su condición de hombre. Pero, por mucho que lo intentase, le importaba bien poco. Respecto a la velocidad, el estruendo que notaba en las plantas de los pies y las curiosas cabezas que se volvían cuando frenaban, no sentía más que indiferencia.

De repente, sin pensar, extendió la mano para agarrar la de su abuelo. El contacto los sorprendió a ambos. Al instante supo que había sido un error. Sandy se apartó como si le hubieran picado, mirándolo con una mezcla de ira y miedo. Lo que había hecho estaba mal, había cometido un grave error. Emerson se miró los pies.

—Lo siento —dijo en voz baja. Pero no se lo dijo a nadie en concreto. El rugido del viento se tragó sus palabras.

Continuaron conduciendo. Sandy rígido y alerta, Emerson encorvado, con las manos bajo los muslos, donde se calentaban y se aferraban al cuero.

El viaje le dejó con una sensación que ya había experimentado antes, la de que no era el tipo de chico adecuado. Emerson ya intuía que tenía que ser de un modo concreto, no solo como uno más, sino alguien exclusivamente como él. Ya alto para su clase, tenía la sensación de que ciertas cosas le resultarían fáciles. Su rostro tenía el aspecto adecuado. En verano, se bronceaba lo justo. Aunque no tenía palabras para describirlo, percibía una vaga y amenazante inquietud en los padres de sus amigos: que él significase algo, les recordaba lo que ellos no tenían. Las amigas de su madre le acariciaban el pelo. Dios mío, Mary, decían. Los niños no tienen por qué ser guapos.

Así había sido: en cada etapa de su vida, las cosas tenían sentido. Por ejemplo, parecía inevitable que la gente lo llamara por su apellido. Ford, decían todos. Ford, ven aquí.

Incluso los profesores, incluso las chicas. Era genial y correcto, era como tenía que ser.

Entonces llegó Amos e insistió en llamarlo Emerson. Nunca dijo por qué, simplemente lo hizo. Incluso cuando nadie más lo hacía, incluso cuando conocía a un amigo tras otro que lo conocía como Ford. Nada de eso importaba, él seguía igual. Y lo más notable era lo mucho que significaba. Emerson nunca había sido consciente de tal deseo, pero cuando Amos llegó con su elección, la sensación fue como ser sorprendido por la música. Le dejó triste, pero de una manera feliz, sorprendido por una gratitud conmovedora. Qué extraño era querer a alguien por eso, por llamarte por tu nombre, pero él lo hacía.

Porque al sentir que era más verdadero y más correcto, Amos demostró que entendía quién era Emerson. Tratándose de su mejor amigo era obvio, pero aun así parecía importante. Ford era simplemente un sonido al que él respondía, una idea de alguien como él: guapo y rico, arrogante, encantador y alto. Emerson era el nombre de la persona que sentía en su interior. Emerson era la parte de él que no se preocupaba por los coches ni por los deportes, la parte que a veces tan solo quería hablar de una frase de un libro o de la particular tristeza que sentía cuando una chica parecía perder el interés por él.

—Es como morir —le había dicho a Amos una noche.

Y mientras su amigo se reía con complicidad, a Emerson le había parecido que su pensamiento no solo era cierto, sino que quizás también era inteligente.

Aquello también era un regalo de Amos: hacerle sentir que tenía algo de sustancia, un núcleo. ¿Acaso no era una garantía para él ser amigo de alguien con un intelecto brutal, cuya vida se había formado en medio de la agitación de la pobreza y el abandono? ¿Por qué una persona así lo elegiría como amigo si no mereciera la pena estar con él?

Qué alivio había sido encontrar a alguien que parecía creer que sí valía. Tal vez, pensó Emerson, podría ser el antídoto contra el miedo a ser defectuoso de alguna manera irremediable que le había atosigado durante tanto tiempo. Lo que eso implicaba era que había algo que estaba por encima de lo que prometían sus dientes y su cabello: era oscuridad, una brecha, un espacio en el centro donde debía de haber algo. ¿Era posible que, en un sentido real e irremediable, no fuera una buena persona? No, la amistad de Amos insistía en lo contrario. Era la prueba, la evidencia que el jurado no podría descartar.

Emerson bajó la mirada hacia su escritorio. La grapadora estaba en su sitio. A través de la ventana, la luz caía fragmentada. Los papeles esperaban las pocas notas que pudiera tomar.

Ahora entendía por qué se había enfadado tanto al oír que le llamaban y al ver la cara tranquila e irreflexiva de Nick. Torpe y accidental como siempre, había entrado en la vida de Emerson sin otro propósito que recordarle la persona que habría sido de no ser por Amos.

Lo que le dijo a Claire sobre necesitar a su amigo es posible que sonase tan natural porque era cierto. Había sido una muestra de afecto, pero ¿era solo eso? No. Lo que sentía ahora no era tanto arrepentimiento como un miedo titubeante. Decir que necesitaba a Amos era una afirmación estructural, literal, de lo que había pensado en un principio.

En los últimos tiempos Emerson había empezado a comprender ciertas cosas. No se refería a ideas, sino a verdades ineludibles. Sentía el frío de un túnel que se estrechaba. Estaba iniciando un proceso del que no saldría vivo. Su aliento se volvería agrio, sus manos temblarían de frío. ¿Y quién lo acompañaría? ¿Quién se aseguraría de que estuviera bien? Porque era un buen hombre. No siempre, claro. Pero no era del todo malo. La gente pensaba que no le importaban las cosas, pero sí le importaban; necesitaba que vieran que le importaban. Y él quería estar bien al final, estar bien, cerrar los ojos y no sentir como si algo lo estuviera desgarrando lentamente desde dentro, tirando de él como una piel dejada secar al sol.

Sí, estaba Sophie. Ella lo quería, ¿no? Retsy también, algunos días. Y luego, todos los demás. ¿Cuántos habían asistido a su cumpleaños? Cincuenta, cien, tal vez. Pero ¿a quién le importaba? Sabía que no sumaban. Eran como objetos en las estanterías de su casa; Amos era las paredes. Lo calmaba, hacía que las cosas estuvieran bien. ¿Cómo no lo había entendido Emerson?

¿Cómo no se había dado cuenta hasta ahora?

—Espera —le había dicho Claire—. Deja que él acuda a ti.

Y lo había hecho. Llevaba más de una semana haciéndolo. Pero las cosas no podían seguir así. Lo primero que le había dictado el instinto había sido lo correcto: debería haber llamado a Amos mientras ella seguía allí, en su despacho. Comprenderlo le llegó como un frío giro en las entrañas. Acobardarse de aquel modo le había hecho parecer, si no culpable, al menos no del todo inocente.

Imagina, pensó, lo que habría hecho si realmente no hubiera sido cierto. ¿Acaso no habría dejado de lado a Claire en el momento en que ella se lo preguntó y habría ido a buscar a Amos dondequiera que estuviese? ¿No habría tomado sus manos —sí, estaba seguro de que tocarlo así no le habría resultado extraño— y habría exprimido en ellas la necesidad de creer, de saber que él nunca, por supuesto que nunca, lo haría?

La había cagado, ahora lo veía claro, y con ello le llegó una visión del mundo en la que no solo no le creían, sino en la que realmente lo había hecho. Se le apareció como si fuera una imagen en las noticias, un fotograma mudo tomado durante una guerra. Y, al hacerlo, lo vio por primera vez. O de nuevo. O de nuevo desde el ángulo correcto. Aquel acto, aquella cosa que había hecho.

Durante un momento de desolado asombro, Emerson sintió perplejidad. ¿Cómo había podido? ¿En qué había estado pensando?

La habitación permanecía en silencio a su alrededor. No le ofrecía respuesta alguna.

Era, empezó. Era solo...

Sus pensamientos se rompían, se desmoronaban. Buscó frases. Todo se desmoronaba como terrones de tierra.

No era nada. Sí, nada, esa era la palabra. No era nada en absoluto. Ese era el problema, la tragedia. Era lo que tenía que ir ahora a explicarle a Amos.

17

Un hombre nuevo estaba sentado tras el mostrador. Era bajito, solo se le veía un trocito de la cabeza. Cuando Amos se acercó, su sonrisa buscó en él señales de pertenencia.

—Trabajo arriba.

Una pequeña pausa de inquietud.

—En la sexta. —Amos señaló su nombre en el tablero—. Lo prometo.

El hombre asintió agradecido y Amos siguió caminando, sintiendo sus piernas larguiruchas y nuevas. Solo fue un instante, pero en ese momento se vio a sí mismo como un extraño; vio cómo se sentiría al llegar y que no lo conociesen.

Su oficina estaba en el centro, con vistas a calles cuyos nombres, al pronunciarlos, entrañaban para él un placer ligeramente arrogante. El vestíbulo era pequeño, pero agradable. Al fondo había ascensores como los de un sueño: subían despacio, haciendo ruido en cada planta. Lo compartía con un pequeño estudio de arquitectura, un bufete de abogados y una revista que publicaba relatos y poemas explícitos. Una vez dentro, las estanterías ascendían por la pared detrás de su escritorio, con los lomos de los libros oscuros como la madera. El mobiliario era sencillo y caro. A un lado había una pequeña cocina donde Amos preparaba té.

Acudía cuatro días a la semana, aunque los miércoles los reservaba para el papeleo y las llamadas. Era la cantidad justa, le dejaba cansado pero no agotado. Le daba un propósito sin grandilocuencia, le exigía esfuerzo sin fatiga. De esa manera, trabajaba a pleno rendimiento: podía escuchar con atención, ayudar a la gente a dar sentido a sus vidas.

Además, para él era un refugio. Si el mundo de su pasado era uno en el que la gente podía morir en el salón, con la pierna gangrenada supurando pus, su oficina era un monumento al mundo que había construido para sí mismo, formado por días estables y honestos, de trabajo importante, de caminatas a casa pasando por las tiendas de vinos a cuyos propietarios conocía, de paseos bajo la limpia luz de octubre.

En los últimos tiempos, sin embargo, había empezado a parecerle diferente. Durante la semana transcurrida desde que Anna les había contado lo sucedido, había caminado por los pasillos como si estuviera bajo el escrutinio de una multitud crítica. El saludo con guantes del portero, el paspartú alrededor de sus diplomas. Todo apuntaba hacia ello, todo daba a entender que lo sabían.

No era ningún secreto lo que había posibilitado todo aquello. ¿Podría haberlo tenido sin Claire y su familia? Por supuesto que no, no de la misma manera. En un mundo así, importaría mucho el número de pacientes que atendía y si rellenaban los formularios correctos. En ese mundo, viviría lejos de su trabajo, tendría que hacer transbordo en el tren, las escaleras de su apartamento estarían recubiertas de goma. Y Amos sabía que no tenía fuerzas para eso. Tal vez lo habría intentado durante un año, dos como mucho. Pero al final habría sucumbido, habría acudido a la facultad de Derecho, habría presionado a sus amigos para que le consiguieran un trabajo en un banco. Se habría unido a las indiferentes multitudes a merced del traqueteo a bordo de los trenes que los llevaban a los escritorios frente a los que se sentarían hasta la hora de volver a casa. Todo para poder leer los menús de izquierda a derecha, para no avergonzarse de la dirección que figuraba en sus cartas.

Sí, amaba a Claire. Pero ¿cómo separar el amor de la promesa de una vida en la que ciertas cosas siempre serían mucho más fáciles? ¿Era la vida que llevaban una transacción? ¿Había algo que no lo fuera? No hacía falta decir que, cuando se conocieron, ciertos pensamientos cruzaron por su mente: la casa que tendrían, las inevitables escuelas de sus hijos, la forma en que podría trabajar como quisiera sin pagar un precio por ello. Además, bastaba imaginar lo presente, cariñoso y abierto que se mostraría. Todo gracias a que sus días no estarían marcados por horas aburridas, pues su mente ya no estaría dominada por el miedo.

Amos se quitó el abrigo dejando que se deslizara por sus brazos. La lámpara hizo un suave clic, la luz cayó sobre la alfombra. En el patio de abajo, un hombre fumaba de pie. Al cabo de un rato, apagó el cigarrillo con el talón. Los pájaros huyeron de su lado.

Una única frase de Claire lo había cambiado todo. «Es posible que no lo superemos.» ¿Era consciente de lo que significaría eso para él al oírlo? Sin duda. Pero también se preguntaba cómo había podido decirlo. Era como si ella se hubiera detenido en la cima de un cerro y hubiera extendido el brazo hacia el horizonte. «Todo esto, todo esto es mío.» Lo que había dicho no era tan fuerte como una promesa, ni siquiera algo más probable que improbable. Era simplemente la posibilidad, la certeza de que se abriría una puerta. No estaba en su poder decir cuán amplia sería.

El hombre de fuera se había ido. El jardín y los bancos estaban vacíos.

Si ella se marchase, se iría por completo. Eso Amos lo sabía. La maquinaria de esa clase de cosas funcionaba con fría certeza. Él quedaría destrozado por su partida, como un jugador que lo ha perdido todo menos su último traje. ¿Y entonces qué? ¿Cómo serían los días?

Tenía la mente inquieta al intentar imaginárselos. Se movería por las habitaciones de su apartamento, deteniéndose para beber un sorbo de café frío. Sus pensamientos envejecerían en su cabeza. Le dolerían los pies. Para entonces, sus dientes estarían amarillos y débiles. Y el mundo se retiraría, no con horror, sino con silencioso disgusto. Al fin y al cabo, quedaría claro que era un invitado; uno que había agradado a los anfitriones durante mucho más tiempo del que nadie esperaba, pero cuyo momento de marcharse había llegado.

Imaginarlo lo debilitaba. Sabía que no sobreviviría. Porque en algún lugar de su interior estaban las partes de su padre que dejaron que se marchitara y muriese; las de su madre también, el miedo que devoraba su mente. Estaban allí como minas terrestres abandonadas por un ejército en retirada. Importaban bien poco los años transcurridos, siempre debía andar con cuidado. Cuando era joven, hacerlo le exigía toda su energía; a aquellas alturas, Amos temía que no le quedara ninguna.

La visión que Claire le había pintado de Francia era como el susurro de una brisa en sus pensamientos. Aunque se equivocara, tal vez tenía razón. ¿No estaban todos cansados? ¿Acaso no tenía sentido resetear, descansar? Podían limitarse a escapar de sus vidas durante un tiempo, hasta que todo se solucionara.

Amos se enfureció consigo mismo. ¿Cómo se atrevía a pensar en términos tan difusos? ¿Estaba dando a entender que podría abandonar a su hija, dejarla a merced de las dudas del mundo? Ella solo había pedido una cosa. Solo verlo, dijo. Solo quería verlo. Por supuesto, Amos sabía por qué. Si le permitían hacerlo, sabría que creían en ella.

Sin embargo, allí estaba él ahora, como una viuda que ha perdido su fortuna. Todas esas cosas maravillosas, pensó, tocándolas una por una. Los relucientes suelos de madera, con tablones anchos y ricos. Las noches en Capri, Gstaad, el tintineo de los tenedores en los platos. El aspecto del Les Clos mientras lo servía, cómo se iluminaba el rostro de Claire cuando le ponía una copa al lado. O las mañanas con los pacientes, las notas escritas en papel grueso y pesado, su pluma rayando como si fuera hielo. Pero no solo se trataba de cosas, no, era mucho más que eso. En lo que pensaba era en un lugar que no se tambaleaba bajo sus pies. Era hermoso, ¿no? Su debilidad, su complicidad, estaban grabadas en cada detalle.

El teléfono de su escritorio vibró ligeramente al sonar. Hubo una pausa, luego la voz insegura del nuevo empleado.

—¿Quiere que le envíe a su invitado? —preguntó. Otra pausa, un murmullo más allá de su mano ahuecada, luego la línea se aclaró—. El señor Ford —dijo—. ¿Quiere que suba el señor Ford?

18

Se mantuvieron separados, con los cuerpos tímidos, cóncavos. Como los paréntesis que enmarcaran fechas, la historia que compartían.

Amos había rechazado el abrazo de Emerson. Eso significaba algo. Tenía que seguir sintiendo que la habitación era suya. Emerson sonrió. Era una sonrisa débil, forzada, la sonrisa que se le dedica a un antiguo amante en una fiesta. Amos sintió que anhelaba recibirla. Se volvió hacia la ventana.

Detrás de él, la voz de Emerson.

—Nunca lo haría.

Las palabras aterrizaron suavemente en la habitación tranquila y silenciosa. Amos no dio señal de haberlas oído. Emerson dio un paso adelante. La alfombra lo acogió sin hacer ruido. Mente inteligente, le había proporcionado palabras que podrían ser ciertas. Nunca lo haría, nunca más. Decirlo le haría creer.

—No sigas por ahí —dijo Amos.

Emerson observó los hombros de su amigo, las puntas de su cabello. No pudo evitar percibir su debilidad. No había estado mirando, pero era evidente.

—¿Qué puedo decir?

Amos se dio la vuelta. Todo estaba allí, en su rostro: la confusión de los sentimientos encontrados y los deseos conflictivos, la mirada inquisitiva de un niño que ha perdido la mano de su madre.

—No te sientes —dijo. Esas palabras, sin saber por qué, lo desestabilizaron. Eran demasiado atrevidas, demasiado conscientes de sí mismas. Volvió a mirar por la ventana—. ¿Por qué iba a decir ella algo así?

—¿Cómo voy a saberlo? —La voz de Emerson era suave, casi imperceptible.

—Porque tú estabas allí. —Amos se acercó a él sin pensar, con un movimiento torpe e instintivo—. Porque eras el único que estaba allí. Y la has conocido toda su maldita vida. —Esas palabras, la verdad que encerraban, agudizaron su mente—. Es mi *hija* —gritó. Era lo único correcto que podía decir. Su rostro parecía azotado por el viento y en carne viva.

Emerson sabía que tenía que esperar. Sus movimientos debían ser elegantes, confiados. Amos quería que lo guiaran sin sentir las riendas. No tenía que hacerse notar, debía ser como el aire.

—¿Por qué lo haría? —Dejó caer los brazos a los lados como si fuera una verdad demasiado obvia para explicarla—. Tenemos la mejor vida posible. Adoro todos y cada uno de nuestros días.

Amos se rascaba la cabeza con ambas manos. Eran los pensamientos que él ya había tenido.

—Amos —insistió Emerson. Con suavidad.

—Lo sé.

—La gente no tiene una amistad como la nuestra.

—Lo sé.

—Nadie conoce a nadie.

Amos sintió que su rostro se relajaba. Ahora era frágil, delicado como papel húmedo. En la calle, desconocidos llamaban a los taxis. En la radio, unas voces hablaban del tráfico, de los precios de las acciones.

Emerson extendió los brazos.

—Amos —repitió. Señalaba todo, absolutamente todo. Era demasiado para describirlo.

Amos se acercó a su escritorio, se sentó un instante antes de levantarse de un salto. Quería romper la paz.

—¿Por qué coño diría algo así si no fuera cierto? —Lo miró fijamente—. ¿Por qué coño lo diría?

Las palabras golpearon las paredes. Emerson no dijo nada. Dejó que se aplacaran, que se desvaneciesen. A su paso se formó un silencio dulce y vulnerable. Finalmente, Amos volvió a hablar.

—Bien. Dime qué pasó.

Emerson se encogió de hombros con impotencia.

—La desplacé. Eso es todo. Tal vez con brusquedad. No lo sé. Tal vez fue un empujón. Los niños, las niñas... se dejan llevar por la imaginación.

Amos negó con la cabeza. Las respuestas se amontonaban sobre él como piedras. Quedaba una pregunta. Le avergonzaba no haberla hecho todavía. Porque tenía miedo, por supuesto. Incluso ahora, incluso todavía. Su garganta se abrió, se cerró y se abrió de nuevo. Levantó la vista.

—Entonces, ¿por qué se lo contaste a Claire?

—¿Contarle qué?

—No hagas eso —dijo Amos. Su voz era fría como una navaja.

Emerson supo que había sido un error.

—Solo supuse —volvió a insistir—. Pensé que a estas alturas ya lo sabría.

—No. —Amos negó con la cabeza—. No. No te creo, no me lo creo. Sabías lo que eso significaba para mí, sabías lo que significaba.

—Por Dios.

—Querías crear una brecha.

—Quería ayudar.

—Querías que ella recordara que yo no soy como tú.

Emerson resopló, pero no dijo nada. Amos lo miró. Su rostro era como el hogar de la infancia. Los ojos marrones, su luminosidad, la brillante confianza en sí mismos. Además del resto. La misma piel, la nariz. Era a los dieciocho, era a los treinta, era ahora. Sonreía al sentarse a almorzar, se reía de una broma que Amos había hecho, le confiaba sus secretos; estaba cerca.

Amos se frotó los ojos.

—¿Recuerdas lo que dijiste cuando nos presentaste?

—Que eras la mejor persona que conocía.

—A mí, quiero decir. Antes de ir a conocerla.

Emerson esperó.

—Dijiste que no fuera en autobús.

—¿Por qué estamos hablando de esto?

—Porque no habrías dicho eso si hubieras entendido, si hubieras tenido la menor idea de quién soy.

—Tenía *veinticinco* años.

—No importa.

—¿Por qué no? —dijo Emerson, de repente enfadado de verdad—. *Tú* quieres que te lo perdonen todo. Cuando estás distante o triste o de mal humor o cuando no devuelves la llamada a alguien durante un mes y tienen que preguntarme si todo va bien. —Había encontrado un ritmo, lo mantenía como un corredor en los kilómetros tranquilos en mitad de una carrera—. Todos tenemos que entenderlo. —Alzó las manos—. Así es Amos. Es su mente, sus padres, etcétera. No te lo tomes como algo personal, simplemente déjalo correr.

Hizo una pausa y exhaló, llevando una mano de manera inconsciente a su cabeza.

—No te toques el puto pelo —dijo Amos.

Esa extraña e inesperada frase los pilló a ambos por sorpresa. Emerson sintió un calor punzante bajo la piel.

—Que te jodan —dijo—. No me eches eso en cara. —Estaba señalando. Sintió que le temblaba la mano al final del brazo—. No me eches todo eso en cara como si importase. Porque algunas cosas no importan. Algunas cosas no son nada.

—No son nada para la persona a la que no le importan —dijo Amos con calma.

En el interior de Emerson se produjo una pequeña y repentina ruptura. Qué seguro parecía Amos de sí mismo. Era la única idea de su vida, sobre la que había intentado construir todo lo demás.

Emerson cruzó la habitación. Sintió cómo se alzaba imponente sobre el escritorio.

—No eres mejor. —Su voz era tranquila, salvaje. Sus rasgos temblaban—. No eres mejor que nosotros.

Amos permaneció inmóvil. ¿Qué acababa de presenciar? ¿Algo nuevo? ¿O algo viejo, pero familiar? En una ocasión, tal vez. Sí, aquella noche en la universidad. Los dos se habían cruzado en el oscuro sótano de una fiesta. Emerson estaba borracho y se desplazaba con pasos inseguros y poco elegantes. Pero eso no era lo que Amos vio entonces ni lo que le vino a la mente en ese preciso instante. Eran los ojos de Emerson. Distantes, depredadores, más de lo que lo serían los de un extraño, confesaban una especie de odio distante, el desprecio que se siente hacia un objeto que no tiene utilidad posible. Miraron más allá de Amos, lo atravesaron, se dirigieron hacia algo que no existía: una frialdad, un lugar desolado, remoto como un bosque en mitad de la noche.

Amos tragó saliva. Entendió algo que antes no había entendido. Si Emerson lo había hecho, ahí era donde había estado, ese era el lugar al que había tenido que acudir en su mente. Era como comprender la lógica con la que se había desarrollado un crimen. Ah, sí, y si se caían de ese modo, el jarrón estaría a su alcance.

—¿Qué soy para ti? —preguntó finalmente.

—¿Qué?

—¿Qué *soy yo* para ti? —Amos pronunció las palabras muy despacio, como si estuviese contando billetes—. ¿Qué significo? ¿Por qué querías tenerme cerca?

La ira de Emerson se desvaneció. Esa pregunta se le clavó lentamente, como la punta de un alfiler. Hizo una mueca de dolor. Era su amigo a quien veía, el que realmente se preguntaba, el que, a pesar de sí mismo, anhelaba que le tranquilizaran. ¿Qué le había hecho? ¿Qué había hecho? El aire se escapaba, la habitación se contraía como una garganta seca. Dejó que su voz se quebrara ligeramente, casi como si fuera una risa.

—No puedo hacerlo —dijo al fin encogiéndose de hombros—. No puedo. Sin ti, la vida solo sería una mitad.

Amos dio la impresión de no haberlo oído.

—¿Por qué lo haría? —volvió a preguntar. No le hablaba a nadie en particular.

Emerson agitó las manos sin fuerza.

—Sabes que no puedo. Sabes que te necesito a mi lado.

Su voz sonaba diferente ahora, diferente a como Amos la había oído antes. Había perdido su fuerza, su intensidad. Ahora parecía desesperada, como la de un hombre en la horca que sigue defendiendo su caso.

—Amos, por favor —dijo Emerson—. Piensa en todas estas cosas. En todos estos días. ¿Quieres renunciar a todo esto?

Amos sintió que flaqueaba. La tristeza lo ahogaba como el humo. ¿Qué estaba haciendo? ¿Qué estaba perdiendo? ¿Cómo no iba a ser un error? Se acercaba el verano, ya estaba aquí. Pronto los restaurantes abrirían sus ventanas y las voces se disiparían por la calle. Pero luego, con la misma rapidez, la escarcha en la hierba, las hojas muertas en las alcantarillas, la nieve compacta bajo los pies. ¿A quién llamaría mañana? ¿O dentro de diez años? ¿Y cuando se estuviera muriendo? Su familia había desaparecido, eran como la lluvia de una tormenta que hubiera quedado atrás. El otoño anterior había ido al dentista temiendo lo peor. ¿Y a quién se lo había contado primero? A Claire no, había sido Emerson quien le había permitido tener miedo, quien sabía tomarse las cosas en serio y aun así convencerlo de que todo saldría bien.

La sala esperaba. De repente, parecía que llevaban allí mucho tiempo. El yeso se estaba endureciendo, las salidas estaban bloqueadas. Aquella sala en la que había dado tantos consejos, en la que la gente había acudido a él. Eso lo destrozaría. Todas sus mesuradas palabras, sus opiniones cuidadosas: el paso de los años las había convertido en inútiles, eran tan preciosas que carecían de valor. Y en el centro de todo ello, hábilmente oculta, su necesidad de ser querido, como una erupción cutánea escondida bajo un traje elegante.

Miró a Emerson. Imaginó cómo se sentiría al lanzarse contra él. Un brazo inmovilizado contra su cuello, los libros cayendo al tiempo que sus miembros se movían con bruscos y feos tirones. ¿Qué pasaría? ¿Qué significaría?

Entonces, una visión de Anna, un recuerdo. Nítido, inquebrantable. Estaban en el muelle de Maine, el hermano de Claire tomaba de la mano a la gente para ayudarlos a subir a su barco. Anna se volvió hacia Amos. «Esto», dijo, tirando de su chaleco salvavidas. Nadie más lo llevaba puesto. Y él supo lo que quería decir. Ella se había quedado de pie mientras él le untaba crema solar en los pronunciados hombros, había aceptado sin quejarse que él, como siempre, le pusiese crema en el puente de la nariz. Pero, por otra parte, ella también quería ser normal, no sentirse como un peso muerto. «No seas tonta», le dijo él. «Es que yo todavía no me he puesto el mío.» Y entonces llamó a Eric, quien, con un encogimiento de hombros de indiferencia y confusión, le lanzó otro. Anna sonrió. Él le devolvió la sonrisa. Y juntos navegaron, riendo y gritando, mientras el barco se lanzaba sobre las olas y las salpicaduras les empapaban el pelo.

Amos observó a su amigo. De repente parecía apagado, cansado, como la tristeza de un bar por la mañana. ¿No le había parecido mucho más grande? ¿Las superficies estaban realmente tan desgastadas? ¿Estaba el suelo siempre tan pegajoso?

Exhaló un suspiro y negó con la cabeza. Un pequeño eco: ¿quieres renunciar a todo esto? Amos no respondió. Donde debían estar sus palabras quedó un hueco.

—No —dijo—. No. Pero si no puedo, nada de esto habrá sido mío en ningún momento.

Pasó un minuto. Sus ojos se bebían el uno al otro, los últimos sorbos. Dentro de las paredes del edificio, los ascensores ascendían. La gente era llevada a donde tenía que ir.

—Me siento tan jodidamente solo —dijo Emerson.

Las palabras lo sorprendieron. No parecían suyas. Amos bufó con incredulidad. Emerson prosiguió.

—¿Qué quieres que me pase?

—No me importa lo que te pase.

Él asintió.

—¿Qué te importa?

—Ella.

Emerson recibió sus palabras sin inmutarse.

—Tengo una pregunta —dijo. Por primera vez pensó que existía la posibilidad de que no volvieran a hablarse—. ¿Por qué no me llamabas por mi apellido?

—¿Qué?

—¿Por qué no me llamabas por mi apellido? —repitió—. Todos los demás lo hacían.

Amos lo miró con incredulidad, en sus ojos se apreciaba la ira de un extraño.

—Porque no quise.

Emerson suspiró. Se apartó de la pared y echó a andar hacia la puerta. Parecía un vagabundo expulsado por la policía. Su cuerpo estaba desorientado, no sabía adónde tenía que ir.

—Bueno, me alegro —dijo.

—Lo sé.

—¿En serio?

Amos no dijo nada.

—Algún día, cenaremos juntos. —Su voz sonaba ausente, débil; no parecía creer en sí misma—. Cuando estés listo —añadió—. Cuando quieras.

Cuarta parte

Amos está sentado. Tiene los ojos cerrados y su pecho se eleva con cada respiración. Los ha cerrado un momento. Solo para poder centrarse en la idea de lo que podría haber cerca. Tiene los dedos entrecruzados, colocados en su regazo como si fuera un cadáver.

Junio. Ha pasado un mes. Los árboles muestran un verde descuidado y mustio. Por la mañana, los hombres limpian las aceras y las cajas de coles se calientan al sol. La gente sale en tropel de Grand Central, con la nuca ya húmeda. Ha llegado el calor. Se extiende como el aroma del pan desde la calle.

Ahora es de noche. Claire está en la cocina, él puede oír el ruido de los platos que ella está recogiendo. El sol se pone, las fachadas occidentales de los edificios están brillantemente iluminadas. Ella no le ha dirigido la palabra desde hace casi dos semanas y no han follado desde que él se lo contó. Se limitan a intercambiar sonidos breves y esenciales, como los trabajadores que construyen una valla.

—Espero que entiendas por qué no tuve otra opción. —Eso fue lo que él dijo antes de explicarlo todo. Luego prosiguió, hablando de cómo había llamado y de cómo sonaba la voz de Emerson cuando descolgó el teléfono.

—¿Mañana? Por supuesto. Voy a tener que cambiar un par de citas, pero sí, sí, mañana a la hora del almuerzo será genial. —Luego, una pausa—. Eh, me alegro mucho de oír tu voz.

Amos llegó primero. Ya había mucha gente. Las mesas cercanas estaban ocupadas por hombres. Se desabrochaban los trajes al sentarse, riendo ruidosamente, voraces. Revisó el menú. Chalotas, jamón, *poisson entier*. No iba a comer, en cuestión de minutos se levantaría y se iría.

Tenía que hacerlo, le dijo a Claire. Si ella hubiera estado allí, lo habría entendido. No solo entonces, en la mesa, sino unos días antes, cuando Anna se acercó mientras él estaba arrodillado, desatándose los zapatos.

—Papá —dijo. Su voz era como la rama caída de un árbol—. ¿Por qué no me hablas?

Él inclinó la cabeza. Había estado huyendo. Tenía los antebrazos empapados de sudor.

—Anna... —comenzó.

Había intentado con todas sus fuerzas hacerlo a la manera de Claire, ayudar sin ir demasiado lejos.

—Deja que pase de una vez —le había dicho ella—. Permite que sea algo que podamos superar.

Y él había hecho todo lo posible. Había utilizado palabras inconcretas. Había rodeado el tema como si fuera un terreno que pudiera hundirse y convertirse en una cueva.

—Estoy aquí —dijo él—. Lo sabes.

—Pero no estás —lloró ella, con los ojos repentinamente húmedos—. Y te reías... A la mañana siguiente os reíais juntos.

De alguna manera, él supo de inmediato lo que ella quería decir. No era una súplica para que la creyeran. Era algo más que eso. Ella se estaba limitando a describir su vida, verdades que no necesitaban ser demostradas.

—Anna —dijo él. La abrazó—. Anna. No lo sabía. No...

—¿Cómo es posible que no lo *supieras*?

Su cuerpo soltó la pregunta como un suspiro. El alivio brotó de ella al decirlo.

Fue entonces cuando él captó algo importante. No solo sobre ella, sino también sobre sí mismo. Sobre sus padres y los padres de estos y todo lo demás.

Mientras se lo contaba a Claire, Amos abrió los brazos; necesitaba expresar lo grande que era.

—Dios mío —dijo—, piénsalo un segundo. Piensa en ella en su habitación, completamente aturdida. Y entonces oye a su padre riéndose, a su propio padre y a ese tipo, ese hombre al que conoce de toda la vida. Es..., intentó decir, es demasiado. Es demasiado incluso para imaginarlo.

Tal vez ese fue el momento en que las cosas quedaron claras. Estando de pie en el pasillo, Amos entendió por fin lo que ella merecía: una fe tan absoluta que no había sido capaz de darse cuenta de que se trataba de eso. Poder confiar en que había alguien ahí, en que si estaba cansada o triste o simplemente vacía, tenía gente en la que apoyarse. Eso era lo que él no había tenido, lo que se había pasado tanto tiempo intentando encontrar.

Pero ahí estaba la clave, le dijo a Claire, la esencia de lo que había comprendido: ¿qué sentido tenía trascender el pasado si el precio era infligir ese mismo daño a su hija? ¿No era eso lo que estaría haciendo? Porque ¿cómo podría ella vivir con eso? ¿Cómo podría respirar? ¿Existía una cura posible si sus propios padres se negaban a reconocer la verdad? Al fin y al cabo, ¿qué era la vida sino saber si somos capaces de detectar los momentos realmente significativos? ¿Podríamos, debido a la fuerza de la costumbre y a la voluntad, saber cuándo despojarnos de nuestra mezquina y egoísta coraza? Y, en caso de hacerlo, ¿actuaríamos?

Claire se había equivocado: no bastaba con ser amable y simpático, con llevarle té a su hija o dar largos paseos. Había que hacer algo, él tenía que hacer algo, comportarse como una persona que creyese en lo que ella les había dicho. Quizás toda su vida había girado en torno a eso, pensó Amos. Cabía la posibilidad de que fuese la única elección que acabase importando. Sabía cómo se sentiría ella, le dijo a Claire mientras ella daba vueltas. Pero tenía que hacerlo, simplemente tenía que hacerlo, y esperaba que ella lo entendiera.

Emerson entró por la puerta. Amos lo vio al instante. El *maître* escuchó, luego asintió y gesticuló. Amos alzó la mano. No fue un saludo, solo una señal.

—Siéntate —le dijo cuando llegó, con tono seco y cortante.

Emerson lo hizo. Esbozó una sonrisa torpe.

—De acuerdo —asintió Amos—. De acuerdo.

Apoyó las manos sobre la mesa como si fuera a levantarse.

—No tengo ni idea de lo que hay dentro de ti. Pero espero que sepas por qué estoy haciendo esto y espero que entiendas lo que significa.

Luego se puso de pie. Buscó el rostro de Emerson. Estaba claro: realmente nunca lo habría adivinado.

Sus ojos siguen cerrados, sus manos siguen en su regazo. Pero es como si fuera real, como si estuviera sucediendo en ese mismo instante, la escena es tan vívida que brilla.

Amos se ve a sí mismo volviéndose hacia la barra, haciendo señas con una mano. Junto con Emerson, observa cómo ella se mueve entre las mesas, lenta, sin detenerse, como el casco de un barco. Sus pasos no vacilan. Tiene miedo, pero no va a detenerse. Los camareros revolotean a su alrededor como gorriones. Los sonidos de la multitud se han atenuado hasta convertirse en un rugido lejano, débil como el mar.

Solo por un instante, Amos aparta la mirada de su hija para ver qué ha pasado con la expresión de Emerson. Al principio hay una mirada de asombro, una especie de respeto atónito. Luego esa expresión desaparece, sustituida por una calma silenciosa e iracunda.

—Es una manera de hacer las cosas —dice.

Pero Amos apenas lo oye, ya se está alejando. Él le había preguntado antes:

—¿Quieres que me quede?

—No —respondió ella—. No ahí. Pero ¿puedes estar cerca?

Se cruzan. Él le toca el hombro. Ella parece no darse cuenta.

Dos minutos, quizás tres: no está allí más que eso. Tiene la cabeza casi siempre inclinada, solo levanta la vista una o dos veces. Se sienta sobre sus manos como una niña. Las bocas de ambos se mueven, pero las palabras no le llegan. La sala las devora antes de que se acerquen.

Entonces ella se pone en pie, se acerca y Amos tiene que contenerse para no correr a abrazarla. Detrás de ella, en algún lugar, está Emerson. Pero Amos ya no puede verlo. Se ha disuelto en el compartimento con asiento de cuero de respaldo alto, en el remolino de rostros, en los sonidos amables y sin sentido.

—¿Que hiciste qué? —preguntó Claire.

—Tendrías que haberla visto —respondió él—. Claire, tendrías que haber visto cómo estaba. Por primera vez —dijo él—. Volvió a ser ella misma. Volvió a ser ella misma por primera vez.

—Ya hemos hablado de eso —dijo Claire. Caminaba de un lado a otro. Sus dedos se posaron en su cuello—. ¿Y ahora qué, Amos? ¿Y ahora qué?

Sabía que diría algo así. Era fiel a su naturaleza. Clínica, sensata, ennoblecida por la presunción de una razón clarividente. Mientras ella lo miraba, Amos entendió lo que ella veía en él: un hombre imprudente y caprichoso, como el granjero de un cuento, convencido de venderlo todo para comprar unas semillas mágicas.

Y tal vez ella tenía razón, tal vez no estaba resuelto; tal vez no era suficiente. Pero ella no había estado allí. No era consciente de que había sido algo, había sido un comienzo.

Salieron por la puerta y se toparon con el calor. Anna se alejó a toda prisa. Amos se apresuró a seguirla. Parecían ladrones, o gente que huía de un naufragio.

—Papá —dijo ella. Se volvió. Estaba llorando, pero su rostro no demostraba tristeza—. Papá.

Entonces gritó. Una sola vez. Sus rodillas se doblaron ligeramente, las manos se le cerraron en puños al final de sus brazos. La gente se movía a su alrededor, solo unos pocos se volvieron. Cuando él llegó a su lado, ella empezó a hablar, o al menos lo intentó. Él la abrazó, pero ella se soltó.

—¿La has visto? —preguntó ella.

—Anna.

—¿La has visto?

—¿Ver qué?

Las palabras de ambos eran concisas y entrecortadas.

—¿Estás bien? —dijo él.

—Su cara.

Ella intentó explicárselo. Pensaba y luego descartaba sus ideas, como alguien que rebuscase en un baúl lleno de herramientas. Él la escuchó. Se había dicho a sí mismo que eso era todo lo que haría. Sin preguntas, sin detalles, a menos que ella quisiera compartirlos. Se le amontonaban las ideas —pequeñas frases, gestos—, y después de cada una le preguntaba:

—¿Sabes a qué me refiero?

Poco a poco, él lo fue entendiendo. Hubo un momento, solo uno, en el que ella pensó que Emerson tenía miedo. Sabía que parecía una locura. Pero así fue. No, dijo Amos, no parecía una locura; él creía todo lo que ella le estaba diciendo. Y aunque la escuchaba, lo que ella expresaba le llegaba ahora como algo más que simples palabras. Sus dedos, sus brazos, sus movimientos electrificados. Lo entendió. Ella le había obligado a ver lo que ella veía.

Un rápido cambio en el rostro de Emerson, un pequeño espasmo de pánico. Pero no por miedo a ser descubierto o a meterse en problemas, tenía que ver únicamente con el hecho de que Anna estaba sentada allí, que había querido verlo, que había deseado que sucediera. Era algo en ella, algo *dentro de* ella; era lo que él no había podido romper. Y cuando Anna captó en sus ojos que él sabía que no lo había hecho, se sintió atravesada por una corriente de poder.

Amos la sujetó por los hombros como a un potro. Su respiración comenzaba a ralentizarse. El sol les daba de lleno. La acera brillaba como el cristal.

—Tengo mucha sed —dijo ella.

En la esquina había un carrito de *pretzels* con un pequeño cartel pegado a un lado. EL AGUA MÁS FRÍA DE LA MANZANA. Anna rio. Una risa auténtica, verdadera. Agarró una botella y se la llevó a la nuca. Cerró los ojos como por instinto. Algunos mechones de pelo se aferraban al plástico como enredaderas.

Amos la observaba. ¿Qué estaba viendo? No era algo nuevo, sino algo que había regresado. Ahora parecía tan obvio, pero solo después de volver a colgar el cuadro nos percatamos de lo vacía que se veía la pared. Y aquí la tenía de nuevo, por fin. Él lo vio. Ella estaba dentro de sí misma. Su cuerpo era el lugar donde quería estar.

Claire está cocinando pasta. Él oye cómo la pasa por el escurridor y la imagina inclinada hacia atrás para evitar el vapor. Fuera, las tiendas empiezan a cerrar. Los pájaros se apiñan en los aleros de una iglesia.

Anna entra y se sienta. Amos acaba de llamarla de una planta a otra. La mesa es pequeña; la hoja extensible está en el armario debajo de las escaleras. Si quisiera, podría estirar el brazo y tocarle el dorso de la mano.

Claire aparece. Hace el ademán de levantarse de nuevo, pero Anna ya se ha dado cuenta.

—Ya las traigo yo —dice ella, y vuelve con las servilletas.

Que estén comiendo juntos no significa que todo vaya bien. Claire es demasiado práctica, demasiado reflexiva para eso. De hecho, es obvio que las cosas no van bien. Cada movimiento se lo recuerda. La forma en que, entre bocado y bocado, se toca las pulseras; cómo ha dejado su plato, sin hacer ruido.

Son cosas como esas las que asustan a Amos, y algunas noches siente un escalofrío fatal en la entrepierna. Se pregunta si así es como terminará todo. ¿Ya ha empezado? El miedo sigue ahí, no ha desaparecido, pero lo extraño es que no lo ha destruido.

La respuesta obvia al porqué es la propia Anna: es real y está aquí, si entrecierra los ojos y mira de cerca, incluso hay señales de que está empezando a curarse. Y aunque sin duda eso forma parte de la historia, también hay más. No es lo suficientemente bueno como para que solo sea eso.

Amos pasa el cuchillo por la mantequilla, se forma un pequeño rizo en el filo. Las ventanas están abiertas. El aire de la tarde lo bendice todo. Sus manos, la nuca.

A veces, él está en una habitación y Claire entra sin darse cuenta de que él está allí. Y cuando lo hace, ocurre algo: él observa cómo se refleja en su rostro como el viento en una vela. Bajo su desprecio y su ira hay algo más: incomodidad, incluso miedo. Y lo que él no podía prever es el alivio, el placer, la alegría muy real que supone vislumbrar eso en su interior. Su miedo es como una lluvia fresca y purificadora. Significa que ella es consciente de él. Su presencia la impacta. Él ocupa espacio.

—Necesita pimienta —dice Claire—. ¿Quieres algo ahora que me he levantado?

Amos traga el último bocado.

—¿Más vino?

Ella asiente con la cabeza y deja la botella a su lado. Los espaguetis se enroscan en el tenedor de Anna mientras le da vueltas en su mano. Amos la observa y trata de pensar en algo que decir. Pero se detiene. El silencio está bien, es más que suficiente. En vez de eso, las mira a ambas y siente, por primera vez, que esa casa también es suya.

Sí, podría haber sucedido así. Es posible. Pero ¿quién sabe?

Amos parpadea y las cosas vuelven. Los contornos, los sonidos. El avión comienza a moverse. Claire tiene los ojos cerrados y un libro en el regazo. Respira con calma, indiferente al rugido de la maquinaria bajo sus pies.

Más allá de la ventanilla, una torre se desliza. Dos hombres, con los brazos cruzados, están de pie hablando. Se inclinan el uno hacia el otro, gritando por encima del rugido de los reactores. El borde del sol acaba de tocar el horizonte. Las sombras se proyectan desde sus pies.

Anna está al otro lado del pasillo. A su izquierda, una anciana hace un crucigrama; a su derecha, otra más joven se inclina hacia delante y le susurra algo a unos chicos —¿hermanos?, ¿amigos?— en la fila de delante. Ya ha tenido que impedir dos veces que se peguen.

Bajo la tenue luz de la cabina, el rostro de Anna queda sumido en la sombra. Su piel se ha puesto tensa, como una cortina agitada por el viento. Sus ojos están cansados, pero alerta. Se recuesta y suspira. Ya no lleva el pie escayolado, aunque necesitará muletas durante otras dos semanas.

—Las fracturas por estrés no son ninguna broma —le dijo el médico—. Así que tómatelo con calma, correcaminos.

Ahora ella levanta la vista como si se le hubiera ocurrido algo. Busca a tientas en la bolsa que tiene a los pies. Amos se da cuenta de que necesita un bolígrafo. Le invade una sensación de terror: tiene que conseguirle uno. No sabe por qué. De lo contrario, podría pasar algo terrible.

Rebusca en sus bolsillos. Ahí, en el trasero. Sus dedos lo agarran con un alivio desesperado. Se estira, pero ella no lo ve. Ella ha vuelto la cara y él no puede mirarla a los ojos. «Anna», intenta decirle. Pero hay demasiado ruido en la cabina. Extiende el brazo por el pasillo, la hebilla se le clava en la cadera. Entonces, alguien le da un golpecito en el hombro. «Señor», dice la azafata, con el rostro sereno como las normas.

Él quiere explicarse, siente que las palabras le salen como vómitos. Pero el momento ha pasado; ella ya ha vuelto a su asiento. Claire suspira y se mueve. Su mano encuentra el muslo de él.

Ahora el avión tiembla, gana velocidad. Las tazas se agitan suavemente en la parte trasera. Una mujer se santigua y exhala. Se precipitan hacia delante, se inclinan hacia atrás, el morro se eleva como si recibiera un rito. La luz entra a raudales por las ventanillas. Las ruedas se deslizan por la pista. Como dedos, la dejan atrás.

«Hay una ciudad junto al mar, al sur de Nantes. Pequeña, pero real, el lugar más real en el que jamás hayas estado.» Así es como Retsy lo había descrito cuando Claire le habló del viaje. También había un viñedo, aunque no recordaba el nombre. Emerson lo sabría. Cuando Emerson llegara a casa, Retsy le diría que les llamase. «Eso sería perfecto», dijo Claire; y Amos, que estaba cerca, asintió con la cabeza. Primero irían allí, se instalarían. Después, Anna podría elegir.

Últimos títulos
Colección Andanzas

1053. El mar de Arrigunaga
María Bengoa

1054. Destino y memoria. Cien años de Jorge Semprún
Mayka Lahoz

1055. Tesis sobre una domesticación
Camila Sosa Villada

1056. Perro negro
Miguel Ángel Oeste

1057. La última función
Luis Landero

1058. No volverán tus ojos a mirarme
Marta Barrio

1059. Cuadernos de la guerra y otros textos
Marguerite Duras

1060. La ciudad y sus muros inciertos
Haruki Murakami

1061. Mosturito
Daniel Ruiz

1062. Peces abisales
Rosa Ribas

1063. Los rieles
Aurora Venturini

1064. El niño
Fernando Aramburu

1065. Suzuran
Aki Shimazaki

1066. Arde ya la yedra
Gonzalo Hidalgo Bayal

1067. El enigma de West Heart
Dann McDorman

1068. Cualquier cosa pequeña
Rafael Reig

1069. La tarde que Bobby no bajó a jugar
Mayra Montero

1070. El limo
Rosa Jiménez

1071. Las furias
John Connolly

1072. Una tienda en Chicken Hill
James McBride

1073. Nela 1979
Juan Trejo

1074. Casi perra
Leila Sucari

1075. Conquistadores
Éric Vuillard

1076. La casa limón
XX Premio TQE de Novela
Corina Oproae

1077. Ir a La Habana
Leonardo Padura

1078. El ladrón de cuadernos
Gianni Solla

1079. Esta no soy yo
Biografía de Aurora Venturini
Liliana Viola

1080. Una Navidad así
Varios Autores

1081. Animales pequeños
Mercedes Duque Espiau

1082. El borde cortante
Ginés Sánchez

1083. El dedo en la boca
y Las estatuas de agua
Fleur Jaeggy

1084. El marido de mi madrastra
Aurora Venturini

1085. Escalera interior
Almudena Grandes

1086. Buenas noches, lechuza
Jordi Ibáñez Fanés

1087. Los niños de Himmler
Caroline De Mulder

1088. Retratos de jazz
Haruki Murakami y Makoto Wada

1089. Hombre caído
Fernando Aramburu

1090. El fenómeno Minerva
Eduardo Mendicutti

1091. Escribir
Marguerite Duras

1092. Hotel Roma
Pierre Adrian

1093. Una joven en Tokio
Aki Shimazaki

1094. El viaje inútil
Camila Sosa Villada

1095. Lo que sé de Almudena
Rafael Reig

1096. Los mensajeros de la oscuridad
John Connolly

1097. Morir en la arena
Leonardo Padura

1098. Los últimos de la lista
Grégory Cingal

1099. Lo que no se ve
Cristina Fernández Cubas

1100. El corazón revolucionario del mundo
XXI Premio TQE de Novela
Francisco Serrano

1101. Mesopotamia
Olivier Guez

1102. Ese montón de espejos rotos
Gonzalo Celorio

1103. Quince años
Ramiro Pinilla

1104. Wendy
Eugenio Fuentes

1105. La tierra de las cosas perdidas
John Connolly

1106. Primer amor
Banana Yoshimoto

1107. Eileen
Miquel Berga

1108. Las damiselas y el escritor
María Bengoa

1109. Los antropólogos
Ayşegül Savaş

1110. La traición de mi lengua
Camila Sosa Villada

1111. Distancia de fuga
Cristina Araújo Gámir

1112. Coloquio de invierno
Luis Landero

1113. Entre amigos
Hal Ebbott

1114. Manual de terapia felina
Joaquín Berges